Eduardo Halfon

ポーランドのボクサー

エドゥアルド・ハルフォン
松本健二［訳］

白水社
EXLIBRIS

ポーランドのボクサー

人には詩を読むべき時とボクシングをすべき時がある。

ロベルト・ボラーニョ

ポーランドのボクサー　目次

装 丁
緒方修一

彼方の

迷路の出口でも探すように彼らのあいだを移動しているところだった。短篇小説という形式の二重性は、私たちはリカルド・ピグリアのエッセイを読んでいたが、あどけない困惑の表情を浮かべたニキビだらけの居並ぶ顔を見ても、今さら驚きもしなかった。一つの短篇は常に二つの物語を語る、と私たちは読んだ。目に見える物語には秘密の物語が隠されている、と読んだ。短篇とは隠れている何かを人為的に出現させるべく構築される、と読み、ここで、何かわかったか、何でもいいぞ、と尋ねたが、それはアフリカのどこかの言葉で話しかけたようなものだった。沈黙。そして私は大胆にも、ひるむことなく、迷路のなかを先へ進み続けた。何人かが眠りかけていた。いたずら書きをしている奴もいた。痩せぎすの女子学生がひとり、退屈しのぎに、ブロンドの前髪を人差し指で巻いたりほどいたりして弄んでいた。その隣のハンサムな男子学生が彼女を食い入るように見つめていた。そして深い沈黙の奥底から、ひそひそ話す声や押し殺した笑い声やガムを嚙む音がぼんやり聞こえてきて、そのとき私は、毎年のように、こんな馬鹿らしいことをして本当に意味があるのだろうかと自問したのだった。

ほとんどが文字すら読めない有象無象の大学生を相手に文学を教えていったい何をしていたのか、自分でもわからない。年度が替わるたび、いじけた子犬みたいな匂いをまだ漂わす若者が入学してきた。彼らはかなり道に迷っていたが、うぬぼれたことに、いやそんなことはない、自分はもうすべてわかっている、全宇宙を司る秘密について究極の知識を得ていると信じ込んでいた。だから文学なんてやっても意味はない。つまらない授業の、これまたつまらない教師による、さらにつまらない文学談義、本がいかに素晴らしいか、本がいかに大切かなんていう与太話をなぜ聞かねばならないのか、それよりもうかまわないでくれ、本などなくても、文学は大切だと今なお信じている鬱陶しい奴の助けを借りずとも、自分ひとりでやっていける。彼らはそんなふうに考えていたのだと思う。そして、今から思えば、彼らの毎年変わらない尊大な表情を眺めながら、毎年変わらないあの傲慢で無知な視線を浴びながら、ある意味で、私は彼らの気持ちを完璧に理解し、彼らが正しいとすら思い、そこにいくらか自分自身の痕跡を見出していたのだろう。

星みたいですね。

振り向くと、浅黒い肌の痩せた男子学生がいた。そのはかなげな表情はなぜか薔薇の茂みを思い起こさせたが、それは薔薇の花が咲き乱れる薔薇の茂みではなく、悲しげで干からびた、花などひとつも咲いていない薔薇の茂みだった。何人かの生徒がくすくす笑っていた。

なんだって？

星みたいですね、と彼はもう一度呟いた。私は名前を尋ねた。フアン・カレルです、彼は私のほうを見ずに落ち着きはらって答えた。何を言おうとしているのかみんなに説明してくれないかと頼むと、考えをまとめるように数秒黙り込んだ。星は星ですよ、と彼がおずおずと口にすると、またしてもくすくす笑う声が聞こえたが、私は話を続けてと言った。だからそういうことです、と彼は言った。星というのは僕たちに見える星のことですけど、何かそれ以上のもの、僕たちには見えないのに、それでもそこにある何かでもあるんです。私は何も言わず、彼がもう少し話を深められるよう、時間と空間をあけた。つなげると星座にもなります、と彼は呟いた。黄道十二宮にもなりますね、そのどれかが僕たち一人一人を表しているわけです。私は、たしかにそのとおりだが、それが短篇小説とどう結びつくのかと尋ねた。彼はまたもや黙り込み、私はその沈黙が続くあいだ教卓に戻り、ぬるくなっていたカフェオレをゆっくりすすった。それはつまり、と彼はまるで言葉が喉につかえているかのように窮屈そうな話し方をした。短篇小説は僕たちに見えるもの、読めるものですが、整理してみると何かそれ以上のもの、見えないけれど、それでもそこに、つまり行間に、暗示的に存在する何かにもなるんです。

他の学生たちは黙ったまま、フアン・カレルのことを珍しい虫みたいに眺め、私の反応をうかがっていた。私は彼の意見にこめられた形而上学的、美学的含意について、フアン・カレル本人ですら気づいていないであろうあらゆる派生的解釈について考えた。だが口には出さなかった。コーヒーをすする合間に微笑みかけるにとどめた。

授業が終わり、教員用控え室に戻って紙コップにコーヒーを注ぎ足し、煙草に火をつけ、ぼんやりと新聞をめくり始めた。ゴメスだかゴンサレスだかいう心理学の教師が隣に座り、何の授業を担当しているの、と尋ねてきた。文学です、と私は答えた。あら、それは難しいわね、と彼女は言ったが、私にはその理由がわからなかった。彼女は厚化粧で、髪はまるでキンカジューか捨てられた人形みたいな褪せた黄土色をしていた。紙コップの縁がどこも口紅の痕で真っ赤になっていた。それで、あの子たちには何を読ませているのかしら？　と、彼女はやけにはしゃいだ口調で尋ねた。あの子たち、彼女は学生をそう呼んだ。私はありったけの深刻さと不寛容さをこめて彼女を見つめ、煙をもうもうと吐き出しながら、今のところはドナルドダックとグーフィーのお話をいくつか、と答えた。あらま、と彼女は言うと、それ以上は何も言わなかった。

＊

それから数日間というもの、私はフアン・カレルのことを考えて過ごした。彼が経済学部の予備課程に在籍する特待生であることまでは知ることができた。テクパン出身の十七歳。テクパンはグアテマラ西部の高原地帯にある、アーティチョークともみの木で知られる美しい街だが、あそこを街と呼ぶのはやや大げさで、あれをもみの木と呼ぶのはやや楽観的である。フアン・カレルのすべてが、私の担当する授業のどの学生とも、そしてもちろん、大学内のどの学生ともずれていた。その感性と雄弁。その興味の対象。その外見と社会的立場。

ラテンアメリカの多くの私立大学と同様、フランシスコ・マロキン大学の学生の大半は裕福な家庭、または自分たちは裕福だと信じ、それゆえ子どもたちにも経済的な将来が約束されているはずであると信じている家庭の出だ。したがって、大学の学位など、家族関係のわずらわしさを避け社会的な体面を保つのに便利な単なるまやかしのお飾りでいい。ためらうことなく断言するが、こうした侮蔑的で人を見下したような態度は、私が心底うんざりしながら毎年授業に受け入れていた一年生に、いっそう目立つ形で、いっそうはっきりと観察することができた。もちろん話を一般化しているし、おそらく危険なほどに一般化しているが、世界というものは一般化を介してのみ理解できるものなのだ。

ところが、こうした欺瞞と偽善のまっただなかにあって、ときたまファン・カレルのような（彼自身の比喩に従えば）小さな流れ星が現れる。彼のような存在は、簡単に言えば、ほかの学生たちの欺瞞と偽善を明らかにするばかりか、悲しいことに、ときには教師自身やその腐った大学制度の欺瞞や偽善さえも明るみに出してしまう。

＊

初回に選んだ作家はエドガー・アラン・ポー、現代短篇小説講読クラスの入口としては妥当だろう。ポーの二つの短篇、「盗まれた手紙」と「黒猫」を読んでくるように指示した。前者で探偵小説の、後者で幻想小説の流れを押さえておこうというわけだ。

授業が始まると、さっそく小太りの女子学生が手を挙げて、どちらの短篇もちっとも好きになれなかったと発言した。いいだろう、と私は答えた。その意見もありだね、でもなぜ気に入らなかったのかな。すると彼女は不快そうな顔をして、気味が悪くて、とだけ言った。何人かが笑い、何人かが頷いた。そうそう、気味が悪いよな。そこで私は彼らに、好き嫌いを述べるときはより洗練された理解を伴っていなければならない、何かを気に入らないとして、それはまずほとんどの場合、対象を理解していないから、あるいは理解する努力をしていないからだ、したがって、いちばん安直なのは、これはつまらないと切り捨てて、すっかり手を引いてしまうことだと説いた。ものを見る目を養わなければならない、と私は彼らに言った。分析と統合の技術を鍛えるのだ、中味が空っぽの意見を吐き捨てるのではなく。言葉の向こう側を読む術を学ばねばならない、と私は言い、そのときは詩的な言葉遣いに思えたが、今ではかえって混乱させてしまっただけだと確信している。その後、残りの授業時間をほぼめいっぱい使って、二つの短篇の隠れた側面、それらの作品の背後に、ポーが自らのテクストを支えるように張り巡らせたほとんど目には見えない象徴の網の目を解きほぐしていった。何か質問は？　と私は話し終えたときに尋ねた。すると長髪の男子学生が、ここ数年の学生たちと同様、ポーのような作家は意図的にそういうことをしたのか、つまり目に見える物語の隙間にあえて秘密の物語を織り込んだのか、あるいは自然とそうなってしまっただけなのかと質問した。そこで私は、これまた例年どおり、その答は彼、つまりポーに尋ねてみなければわからないが、自分の意見としては、あることを語りつつ実は別のことを語る才能、つまり言語を用いて至高かつ繊細なメタ言語へと至る能力こそが普通の作家と天才作家を分かつ差なのだと答えた。腹話術みたいなものですか？　と男子学生が尋ねた。ああ、そうかもしれない、と答えたが、あとでちょっと考え直して後悔した。

授業が終わって荷物をまとめていると、あの小太りの女子学生がやってきた。やっぱりまだ気に入らないわ、と彼女は言った。私は笑みを浮かべて名前を尋ねた。リヒア・マルティネス。気にすることはないよ、リヒア、私もポー先生もそんなことで腹を立てたりしないから。でもかなり理解はしたわよ、教授、と彼女が言ったので、私は教授はやめてくれと叱った。すみません、エンジニアさん、と言うので、私はまた叱った。そういう呼ばれ方が嫌なのよ、それまで見たことのない、ドアのところで待っていたもうひとりの女子学生が言った。じゃあどう呼べばいいのよ、とリヒアが尋ねた。エドゥアルドでいいのよ、とそのもうひとりの女子学生がかすかに笑いながら言い、私はその日が糖蜜の色、少なくともその瞬間の光の加減でそう見えることに気がついた。あのね、とリヒアが言った。授業で扱う予定の作家に女性がもっといないのはどういうわけか尋ねようと思って。ひとりだけでしょ、エドゥアルド、誰だっけ、このオコノリーとかいう人。それっておかしくない？　つまり政治的に、とリヒアは少し意地悪な口調で言った。そこで私はまた例年どおりに答えた。黒人の作家もいないよ、リヒア、アジアの作家も小人の作家もいない、たしかゲイの作家がひとりいたと思うが。ありがたいことに私の授業は政治的に正しくないのさ、と私は彼女に言った。リヒア、これは言い換えれば誠実だってことだ。芸術と同じ。偉大な短篇作家である、以上。リヒアは、わかったわ、ただ知りたかっただけ、と言い残し、友だちと去っていった。

たったひとり、フアン・カレルだけが、教室の外の壁にもたれて私を待っていた。ちょっとお時間ありますか、ハルフォン、と彼は私の名字をとても変わった発音で、まるで「ハル」と「フォン」のどちらの音節にもアクセントがあるかのように口にした。私はもちろんと答え、そのあと、今日の授業で黙っていたのでどうしたのだろうと思ったと言った。ちょっと先生にお願いがあって、と彼は私の言葉を無視して、床を見つめて言った。そのとき、フアン・カレルの右の頬に紫色の大きな傷跡があるのに気づいた。マチェーテで切りつけられたみたいだ、と思った。そのあと一瞬、かつてポーランド生まれの祖父が話してくれたアウシュヴィッツの黒い壁にあいた白いくぼみを思い浮かべた。フアンはシャツの胸ポケットから折りたたんだ紙切れを出して私に差し出した。詩なんです、ハルフォン。今ここで読んでほしいかと尋ねると、彼はぎょっとして二、三歩後じさりし、いえ、あとでいいんです、どうか、お時間のあるときでいいので、と言った。喜んで読ませてもらうよ、フアン、と私は言い、別れの挨拶にと手を差し出そうとしたが、フアンは私の顔を見もせずに、ありがとうございます、とだけ言いながら、そのままそろそろと後じさりして去っていった。

＊

モーパッサンは「オルラ」を読ませた。

授業を始める前、この短篇が気に入らなかった人は手を挙げるようにと言った。六人がおずおずと挙手した。そのあと七人。さらに八人目。よろしい、では君たち八人は全員黒板の前に出たまえ、と言うと、彼らは気乗りしない様子で、少しずつ、みんなの前に一列で並び、背丈がばらばらの容疑者集団みたいになった。それで、どうして気に入らなかったのかな？　一人目——わかりません。二人目——最後まで読み通せなくて、それで気に入らなかった。三人目——言っていることが意味不明。

作者はくだらないことばかり言っていて、自分はくだらないことを言う奴が嫌いだ。四人目――長すぎる。五人目――長すぎる（笑）。六人目――主人公が狂っているのが悲惨で。七人目――わたしが好きなのはインスピレーションや生きる勇気を与えてくれる素敵な物語だけ、暗い気持ちになるのは嫌だ。八人目――そう、僕もです、この短篇は気が滅入るし、自分は気が滅入りたくはない。私は黙ったまま、口に出さずとも何かは伝わるだろうと思い、彼らの顔を見つめ、他の学生たちを見渡した。無駄だった。そこで私は、どうもありがとう、座っていいよ、と言い、それからゆっくりと小説の分析にとりかかり、重要な要素、頻出するテーマ、秘密の物語に通じる美しい入口のようなさまざまな文章を指摘していった。難解で、切り詰められた、おそらく理解しがたい物語だが、名作であることは間違いないと。

ではまた来週、と授業が終わると私は言った。カレル君、君は残って。そして何人かの個別の質問に答え、荷物をまとめたあと、煙草を吸いにカフェテリアに行くのでついてきてくれないかと言った。彼はただ頷いた。フアン・カレルは寡黙だった。

私たちは黙って歩いた。それはその場にふさわしい気持ちのいい沈黙で、無声映画のように、無音なのではなく単にそれが当たり前の状態なのだった。私はカフェオレを二つ買い、二人でいちばん奥のテーブルに座った。私は煙草に火をつけた。モーパッサンはとてもいいですね、とフアンが砂糖を入れてかき混ぜながら呟いた。建築を教えている教師が声をかけに来たが、私が立ち上がらなかったので、すぐに離れていった。フアンはコーヒーでやけどしたのか、指で唇をこすっていた。見えない手で花の茎が折られる場面がとても気に入りました、と彼は抗いがたい悲しみをこめて言い、私はフアンが今にも泣き出すのではないかと思った。私もだよ、なぜかはわからないがね、と灰皿に手を伸ばしながら答えた。ねえフアン、君の詩を読んだよ、と言うと、私は黙ってカフェオレをほんの少しすすった。フアンは自分のカップになおも息を吹きかけていた。とてもいい出来だったと私は言った。フアンは顔を上げて、そんなことはわかっていたと言った。二人ともにやりとした。私は煙草をくわえて、緑色のレザーの鞄のポケットから例の紙切れを取り出した。声に出さずにその詩をもう一度読んだ。タイトルは？ と私は尋ねた。無題です、僕はタイトルを信じていないので、と彼は答えた。タイトルは必要悪だよ、フアン。そうかもしれませんけど、それでも信じません。ここで彼は一呼吸置いた。あなたと同じですよ、ハルフォン、とからかうような笑みを浮かべてフアンは言った。あなただって人の肩書きを信用していないでしょう。参ったな、と私は言い、煙草の火を消しながら、ほかにも詩はあるか、もっと書いているんじゃないかと尋ねた。フアンはカップにまだ息を吹きかけていた。こちらを見もせずに、その詩はあの日書いたんです、先生の授業で、先生がポーの話をしている最中に、と答えた。彼は、たとえどこにいようとも、何かとても強いものを感じたときには必ず詩を書く、でもその詩はそのとき感じたことではなく、かなり違ったことについて語っているのだと言った。フアンは家に詩ばかりを書いたノートが数冊あると言った。人に読んでもらうのは先生が初めてだと言った。

＊

二日後、糖蜜色の目をした女子学生からメールをもらった。名前はアナ・マリア・カスティージョだったが、差出人名はアニーという甘ったるい愛称になっていた。とっさにオレンジ色の巻き毛の孤児の姿を思い浮かべたが、こちらのアニーは背が高く色白で、髪はまっすぐで驚くほど黒々としていた。

メールは短く、驚いたことに、けちのつけどころがない見事な文章だった。そのなかで彼女は、実はわたしもモーパッサンの短篇は気に入らなかった、でもそれをみんなの前で認めるのはひどくつらいことだったと書いていた。だからこうしてメールを差し上げています、と彼女は書いていた。なぜ気に入らなかったのかを説明するために。まずお伝えしておきたいのですが、先生が常々そうすべきだとおっしゃるように、わたしもこの短篇小説を二度読み、そして理解もしました、というか少なくとも多少は理解したつもりです。この短篇を気に入らなかったのはわからなかったからではなく、主人公に感情移入しすぎてしまったからなんです。わたしもやはりときどき孤独な気持ちになり、何をどうしていいかわからなくなってしまうんです。わたしも主人公も、自分という人間がいやになっているんだと思います。

私はその夜のうちに返事を書いたが、メールの内容は自分で思っていたより横柄なものになってしまった。おめでとう、と私は書いた。短篇小説はそうやって読むべきだ、つまり作者の川に自ら運ばれていく。川の流れが穏やかでも激しくても同じことだ。要は勇気と自信をもってざぶんと飛び込んでみること。そうすれば文学、いやすべての芸術はある種の鏡と化すんだよ、アニー。そこには私たちの完全さも不完全さもすべて映し出される。ぎょっとすることもある。心が痛むこともある。不思議なものだよね、フィクションというやつは。物語なんて、ただの嘘にすぎない。幻だ。そしてその幻は私たちが信じたときにのみ効果を発揮する。トリックとわかっていながら魔術師の手品に感心してしまうのと同じだ。ウサギは消えたりしていない。女の人は鋸で切断されたりしていない。でも私たちはそう信じてしまう。それが本物のイリュージョンだ。プラトンは文学はペテンであると書いた。そこでは騙す人間のほうが騙さない人間よりも誠実で、すすんで騙される人間のほうが騙されない人間よりも賢いのだと。

＊

お次はチェーホフ。チェーホフの比較的短い短篇を三つ読ませたが、誰も何ひとつ理解していなかったと思う。それか誰も読んでこなかったのだろう。私はがっかりして、残りの時間をめいっぱい使ってテストをし、教室の前に座ってファン・カレルのノートの一冊を読みながら、ページをめくるたびに目のくらむ思いをした。

教室を出ると、ファンがまた壁にもたれて私を待っていた。いっしょにカフェテリアへ行くと、今度は彼がカフェオレのお金を出すと言った。私は礼を言った。座ってファン・カレルのノートをテーブルに置き、煙草に火をつけた。私は、なぜ経済学部なんかにいるのかと尋ねたが、彼はただ肩をすくめただけで、二人ともそれが馬鹿げた質問だと理解した。家族は何をしているの？　父はテクパン郊外のパマンサーナで小さな菜園をやっています、とファンは言った。母は織物工場に勤めています。

兄弟は？　妹が三人います、と彼は言った。ファンは奨学金で首都の学生寮に部屋を借りていると言った。ところで先生はどうして工学部卒なんですか？　馬鹿だったのさ、と私は答え、それから二人とも二、三分黙り込んでカフェオレをすすり、私は煙草を吸いながら、ファンの家での暮らしはどんなだろうと考えた。ファン・カレルは矛盾した男だった。ときおりこのうえない無垢、その頬の切傷のように露骨で偽りのない無邪気さをふと見せることもあった。ところが別のときには、まるですべてを悟っているかのような、私たちが読書や憶測や幼稚な理論を通してしか知りえない多くのことを実際に生き、耐え忍んできたかのような印象を与えた。笑ってもいないのに笑っているように見え、泣いてもいないのに頬を拭いきれない涙で濡らしているように見えた。どんな詩人を読むのが好きかと尋ねると、ランボーとペソアとリルケだと答えた。特にリルケが、と彼は言った。君の詩にリルケの跡はあまり見えないな、ファン、少なくともこれまで読んだなかには、と私は言った。リルケは僕の詩すべてにいますよ、と彼は答え、私はどうしてそう言えるのかと尋ねはしなかったものの、ずっとあとになってその理由をはっきりと理解することになる。先生は詩を書かないのですかと訊かれて、私は煙草の火を消しながら、いやまったく、とだけ言い、それから、自分を詩人だとは思っていない、私見では、詩人とは自分を詩人と自覚し、生まれつき詩人でなくてはならない、いっぽう小説家は少しずつ自己形成していくものだ、と言いかけたが、結局何も言えなかった。後ろから声をかけられたので振り向くと、アニー・カスティージョの糖蜜色の目があった。といってもこれはただの比喩で、糖蜜色というのはどうやら記憶違いだったらしい。そして私は立ち上がった。

こんにちは、エドゥアルド。彼女は本を何冊か胸にしっかりと抱いていて、まるで救命胴衣だと私は思った。それから私たちに取り込み中だったかと尋ねた。少しね、と私は答えた。あらそう、わたしはただ、お返事くださったことに直接お礼が言いたくて。いいんだよ、アニー。それとね、エドゥアルド、ひょっとして今度どこかでお話しできないかしら、もしよければだけど、と彼女は頬を赤らめながら小声で言った。もちろんだ、喜んで、と答えると、アニーは神経質そうに微笑んだ。それじゃあまたメールします、と言うと、右手を差し出した。ほっそりした、あまりに冷たい手だった。

私は座って新しい煙草に火をつけ、アニーが遠ざかっていくあいだ、ファン・カレルがそのお尻を凝視していることに気がついた。

*

この物語では何も起きません、アレオーラという名の、どこかひ弱そうな男子学生が主張した。ある男が昔なじみと何杯かお酒を飲んで、そのあと家に帰るだけ。つまり、それのどこがすごいんでしょう？　と彼はおどけて言った。僕が毎週金曜日にやってるのと同じじゃないですか。何人かがぎこちなく笑った。

私は彼らに、ジョイスはもっともっと注意深く読まなければならないと言った。アイルランドの歴史やアイルランド人同士の宗教対立についても多少は理解しておく必要がある。各短篇の背景、その秩序と多様な象徴体系を踏まえておかねばならない。そして何よりも、エピファニーを感じ取らねばならない。

ここにいる誰か、エピファニーの意味を知っているかな？　キャットウーマンみたいな顔つきの女子学生が、イエスの顕現のようなもの、と言った。そう、だいたいそんなところだ、でも顕現とは何だろう？　うーん、忘れました、と彼女は答えた。よろしい、ではみんなよく聞いて、するといっせいに紙と鉛筆を取り出す音。ギリシア演劇において、エピファニーとは神が姿を現して舞台に秩序をもたらすクライマックスの瞬間を指す。次にキリスト教の伝統では、エピファニーとはイエスの神性が東方三博士の前に示されることを指す。どちらも何かが明らかにされる瞬間だといえる。ではジョイス的な意味におけるエピファニーはというと、それは登場人物の誰かに起きる突然の啓示だ。ふいの精神的なひらめきだとジョイス自身が書いている、と私はとてもゆっくり話した。わかったかな？　そして沈黙、いつもと同じ「わからない」の印。

まずタイトルの「片雲」だが、これは最悪の翻訳なんだ、と私は彼らに言った。これについては、キューバのカブレラ＝インファンテを含むスペイン語圏のあらゆる翻訳者が失敗している。原題は「ア・リトル・クラウド」といい、ジョイスがこれを聖書の列王記１から引用したことがわかっている。誰か列王記１がどういう話だったか覚えているかな？　ひとりの女子学生が何か言いかけたが、結局黙り込んだ。イスラエルの民が神から見離された時代の話だ、と私はかなり大まかに内容を説明した。そのとき、と私は言った。預言者エリヤが民に向かい、偽りの神々を崇めるのをやめてヤハウェ神に戻らないかぎり、旱魃が続くだろうと告げる。一滴の雨も降らないまま二年が過ぎ、やがてアハブと偽の預言者たちが敗れ、イスラエルの民が本来の神のもとへ戻ったとき、エリヤの使いの者が嬉しそうにこう告げる。人の掌ほどの小さな雲が海から上っています。言い換えると、皆さん、じきに雨が降るでしょう、ということだ。ここがポイント。つまり片雲ではない、と私は言った。小さな雲なんだ。ではそれがこの短篇を考えるうえでなぜ重要なのか？　間。カブレラ＝インファンテとその他の翻訳者たちはタイトルを誤訳しているばかりか、この誤訳によって短篇の究極的な意味から読者を遠ざけてしまっていると私は言いたいわけだが、それはなぜか？

　ファン・カレルが手を挙げて、聖書における雲の出現にこめられた楽観主義とちび《チコ》のチャンドラーの見せかけの楽観主義とのあいだには、ひょっとして何らかの関係があるのかもしれません、と言った。だって英語では、と彼は続けた。リトル・チャンドラーとリトル・クラウドですよね？　つまり小さなチャンドラーと小さな雲。この二つは「小さな」という形容詞を介してつながっています、と彼は言った。私は嬉しくなり、カフェオレを取りに教卓に戻った。つまり、とファンは話し続けた。チャンドラーは自分がこれからやろうとしていること、これから書こうとしている詩についてひたすら語り、自分もいつかダブリンを出て友人のギャラハーのように自由でリベラルな暮らしをするんだと言います。でもそのあと家に帰って彼がすることと言えば、子どもを叱りつけて泣かせるだけ。情けないですよね、僕はそう思います、と彼は言った。それと辛辣でもある。この短篇における二つの小さなもの、つまり雲とチャンドラーとの関係は皮肉めいている、なぜならチャンドラーがやりたいことをできないのは明らかだからです。聖書に出てくる雲と違って、彼には希望がありません。彼は麻痺してしまっているかのようです、とファンは虚ろな眼差しで、まるで自分の心の奥にあるのに到達しがたい何かを理解したかのような表情で言った。

　私は微笑み、他の学生たちにわかったかなと問いかけた。アニー・カスティージョが手を挙げた。

でもわたしはもっと別の意味があるような気がします、と彼女は呟いた。もちろんもっと別の意味もあるよ、と私は言った。わかりませんが、と彼女はゆっくりと続けた。タイトルに皮肉が込められているのには理由があると思うんです。そして黙り込んだ。君の言うとおりだ、と私は言った。ではどんな理由かな？　この短篇には、ほかにどんな皮肉が見出せるかな、アニー？　彼女はただ首を振り、肩をすくめた。私は助けを求めてファンのほうを向いたが、彼はノートに夢中で何かを書きなぐっている最中だった。たぶん詩だろう。わかりませんが、とアニーはおずおずと呟いた。チャンドラー自身の態度も皮肉ですよね。なぜ？　と私はさらに尋ねた。チャンドラーは、と彼女は言った。どう言えばいいのか、友人のギャラハーが象徴する間違った不道徳なことばかりを羨んでいるからです。そこが皮肉なんです。

私は何も付け加えることなく、チョークのかけらをつまみ、黒板にジョイスの言葉を書き写した。「私が目指したのは我が国の精神史の一章を書くことだった。その舞台にダブリンを選んだのは、あの街が我が国の麻痺《パラリシス》の中心に見えたからだ」。

では、と学生たちに背を向けたまま私は言った。このジョイス流の見事なおふざけのいったいどこでエピファニーが訪れるのか？

＊

次の週はヘミングウェイの二つの短篇、「殺し屋」と「清潔でとても明るい場所」を読ませた。簡潔で直接的、そして実に詩的なヘミングウェイの文体について語った。ニック・アダムスの話をした。最初は三人だったのが二人になり、一人になり、最後は無《ナダ》になるウェイターたちの話もした。そのうえで学生たちに、二つの短篇のタイトルが意味するところについて簡単なレポートを書かせた。殺し屋たちは何を始末したのか？　誰を？　清潔でとても明るい場所とは実在するのか、それとも何か別のもののメタファーなのか？　新聞を読むふりをしながら彼らの様子を観察した。ファン・カレルは授業に姿を見せなかったが、私は大して気にもしなかった。

その日は、午前中の休み時間にアニー・カスティージョと教員用控え室でコーヒーを飲む約束をしていた。彼女が来たとき、私は煙草を吸いながら、新自由主義経済が専門の教師を相手にマルクス主義のでたらめを並べ立てているところだった。すみません、そのお嬢さんと約束がありまして、と言うと、教師はすぐに席を外した。

アニーは腰を下ろした。髪を切ったかと尋ねると、前髪をいじりながら、ほんの少し、と言った。コーヒーを取りに行こうか？　そうですね、と彼女が言い、私たちはコーヒーメーカーのところまでいっしょに行った。私はアニーが髪形を変えただけでなく、いつもより入念に化粧していることに気がついた。ターコイズブルーのぴったりしたブラウスの下から臍が見え、肩と胸のラインを力強く目立たせていた。砂糖は？　お願いします、と彼女は言った。あとクリーム多めで。

座り直すと、彼女が履修している他の授業について、そしてもちろん将来の職業に対する目に見える不安について、しばらく話をした。彼女がまっすぐこちらの目を見つめてくるので、私のほうがときにどぎまぎしてしまい、そんなときはコーヒーや新しい煙草や書類などに視線を逸らさなくてはならないほどだった。彼女は、ジョイスの短篇についてあれからずっと考えていたと言った。ジョイスがダブリン市民について指摘したことの多くはグアテマラ人にも当てはまるのではないかと言った。文学が好きになったことなんかなかったが、先生の授業は悪くなかったと言った。どうもありがとう、と私は言い、そのあと、モーパッサンの短篇の語り手にあれほど感情移入したのはなぜかと尋ねてみた。彼女は一瞬、まるで暗記してきた回答を思い出そうとするかのように考え込んでから、わかりません、と言った。わたしがいつも人の輪の中に身を置こうとするのは、孤独を感じないようにするためなのよ、エドゥアルド。でも周りに人がいようがいまいが、いつも孤独だと感じてしまう。あの主人公も同じなんじゃないかしら。耐えがたいまでの孤独、わかります？　そしてそれ以上は何も言わなかった。私もそれ以上聞き出そうとはしなかった。

アニーは時計を見て、たいへん遅れちゃう、と声を上げた。代数学なのよ、と絶望的な声で囁いた。私たちは立ち上がった。このあいだの授業でフアン・カレルが欠席した理由を知っているかと尋ねてみた。フアン・カレルって誰？　と彼女は訊き返し、私はただ微笑んだ。アニーはずいぶん落ち着かない様子で、本の束を抱きかかえ、あたりをきょろきょろ見回していた。大丈夫かと尋ねた。もちろんよ、なぜそんなこと訊くの？　私は黙り込んで煙草をいじった。するとアニーはふと、何か大事なこと、少なくとも何か打ち明け話でもするかのようにわずかに口を開いたが、結局何も言わなかった。

＊

「黒んぼの人形」の意味を知っている人はいるかな? 私はあらかじめ読ませていたフラナリー・オコナーの短篇のタイトルについて彼らに尋ねた。ファン・カレルの席はまたもや空だった。のっぽの女子学生の携帯電話の着信音が響き渡ったが、こちらが注意する間もなく、彼女は荷物をまとめて教室から出ていった。「黒んぼの人形」とはいったい何か? といくらかうんざりしながら繰り返し、それはアメリカ南部でよく見られるジョッキー姿の黒人の人形であり、人種差別と奴隷制のまぎれもない象徴なのだと説明しかけたとき、一番後ろの席から、考えうるかぎりおそらくもっとも文学的といえる答が返ってきた。黒んぼの人形とは、と坊主頭の男子学生が叫んだ。マイケル・ジャクソンのことですね。

授業のあとで経済学部の事務室へ行き、ファン・カレルはどうしたのか、私の授業を二週連続で休んでいるのだがと秘書に尋ねた。秘書は眉間にしわを寄せて、ファン・カレルと言われても誰のことだかわからないと答えた。思わず、ファン・カレルは予備課程一回生の特待生であるばかりか真の詩人でもあるのだと叫びそうになった。ファン・カレルなら退学したよ、と学部長室から学部長の声が聞こえてきた。エドゥアルドをこちらへお通しして。

君を呼ぼうと思っていたんだ、と学部長は書類を整理しながら言った。まあ座りたまえ。学部長はメールの返事を書きながらかかってきた電話にも応対し、それから秘書に向かって、二、三分くれないか、そのあとで用があると告げた。授業はどうかね? 何かの書類にサインしながら学部長が尋ねた。まずまずです、と私は答えた。君を呼ぼうと思っていたんだ、エドゥアルド、と学部長はまた同じことを言った。実はファン・カレルは退学した。理由をご存じでしょうかと私は尋ねた。個人的事情のようだ、と学部長は言い、明らかにそれ以上話したくなさそうだった。二人とも黙り込み、私は愚かにも、何か戦死した兵士に対する敬意というかオマージュのようなものを想像した。数日前にこれを受け取った、と学部長は言うと一通の封筒を差し出した。郵送されてきてね、さっきの秘書に君に知らせるように言っておいたんだがね、エドゥアルド、どうやらその暇がなかったらしい。封筒は汚い白地で、差出人の名前や住所こそなかったが、紫色の消印にはくっきりと、テクパンという文字が見えた。私は手紙を上着の内ポケットにしまい、学部長に礼を言って立ち上がった。残念だね、と学部長が言い、ええ、残念です、と私は答えた。

*

土曜日、朝の七時に車に乗り、一路テクパンを目指した。フアン・カレルの詩のノート、彼からの手紙以外は何も持たずに出かけた。前もってメールで訪問することを伝えてみたが、サーバーか何かが即座にはね返してきた。大学では、フアン・カレルは公的にはすでに退学したので彼の情報は大学の記録から公的に削除された、ゆえに住所も電話番号も教えることはできないと言われていた。まるでフアン・カレルが公的には存在しなかったかのように。

途中、首都から二十キロほどのサン・ルカス・サカテペケスにある弟の家に寄って、朝食をとることにした。チョアコラルというなんとも詩的な名前の小さな村だ。

ブザーを鳴らし続けていると、ようやく弟が目を覚ました。何の用？　まだ寝ぼけ眼の弟がドアを片手で押さえながら言った。私は、朝飯代わりにチャンプラーダを持ってきた、これからテクパンへ行くところだと答えた。弟は当惑した顔というか、むしろ不愉快な顔だったかもしれないが、私をなかに通した。弟はスリッパとガウン姿のまま、制作中の白い大理石の彫刻作品をいくつか、そのあと石膏ボードに描くことになっている壁画を見せてくれた。石膏に色を塗るのかと尋ねると、そう、たぶんね、まだはっきり決まったわけじゃないが、と弟は言った。弟が鍋でコーヒーを淹れ、私たちはテラスに座って朝食をとった。寒かったが、それは山特有の冷たさで、都会の舗装された冷たさとは別物だった。もっと澄み切っていて艶があった。空気にはむき出しの匂いが漂っていた。顔がぽかぽかしてくるのを感じ、緑色の岩壁の陰から太陽がそっと顔を出し始めたのに気がついた。ある学生を探しにテクパンへ行くところなんだ、と私は言った。というか元学生だが。どういうこと？　と弟が私のコーヒーを注ぎ足しながら尋ねた。大学を中退したんだ。新入生？　ああそうだ、と私は答え、そのあと、経済学部の学生で詩も書いていると言いかけたが、気が変わってやめた。で、どうして中退したの？　わからない、でもそれを確かめに行こうと思っている、と私は答えた。どうやらただの学生じゃなさそうだな、と弟がさりげなく言った。ああ、と私は言った。ただの学生じゃない。それから私たちは黙ってコーヒーを飲み終えた。

　グアテマラの村の名前はとめどもなく私を驚かせる。心地よい滝の音、美しいネコ科の動物のエロティックな呻き声、奇妙奇天烈なジョーク、まさしくなんでもござれ。ふたたび路上に戻り、スンパンゴを通過した。私はスンパンゴを車で通り、案内板でスンパンゴの名前を見るたび声に出してスンパンゴと発音してしまうのだが、なぜかはわからない。エル・テハール（もちろんその名のとおり煉《テ》瓦《ハ》をたくさん作っている村）とチマルテナンゴを通り、さらにパッツィシーアを通ったが、これも文字を見るたび必ず発音してしまう。これらの名前にはすべて、言葉の魔法のようなものがかけられている、運転しながらまるでささやかな祈りの言葉のように呟きながら、そんなことを考えた。私のお気に入りの名前は、たぶんどれもテナンゴという語尾がついている。チチカステナンゴ、ケツァルテナンゴ、モモステナンゴ、それとウエウエテナンゴも。こうした名前は言葉として、純粋に言語として好きなのだ。聞くところによると、テナンゴはカクチケル語かケクチ語で「～の場所」を意味する。さらに、トトニカパンという名前を聞くと古い船を思い浮かべるし、サカテペケスという名前はオナニーする女の姿を思わせる。同じように、ネバッ、チセック、スクッツルといった乾いた生々しい、ほとんど荒々しいともいえる名前も大好きだが、実はこの三つの村のどれにも行ったことがないし、地図で探すのさえ一苦労だ。いっぽう、粗野でありきたりな、スペイン語化されてしまった平凡な名前もある。たとえばボボス、オホ・デ・アグア、パタ・レンカ、そしてベリーズ領となった地域にあるサル・シ・プエデスなどだ。でも私の意見としては、もっともグアテマラらしい、そしてもっとも創造的な（またはその逆の）村の名は、イサバル湖のほとりにあるエル・エストールだ。二世紀ほど前、外国人の一家がここに土地と農場と、地元の先住民が所有者たちの発音を真似してエル・ストーレと呼ぶのでとても有名な店を所有していた。そこからエル・エストールの名がついた。グアテマラの村の名前は、結局のところグアテマラ人と同じなのだと思う。すなわち、かすかに漂う先住民の息遣いと、がさつなスペイン人征服者のもたらした同じくがさつな言葉と、滑稽かつ残虐なやり方で押しつけられた、しかし苛烈なことには変わりはない帝国主義の混交。

正午近く、テクパンに着いた。車を停めて、〈ラッキーの店〉という看板のレストランに入った。真ん丸に肥った中年の女性が巨大な素焼きの皿にトルティーヤをぺたぺたくっつけていたが、それは紫色というか青っぽい色のトルティーヤだった。きっと私が驚いているのを察したのだろう、彼女はすぐさま、これは黒トルティーヤというのよ、と小声で教えてくれた。そうですか、と私は言い、そのまま腰掛けた。

遠くにランチェーラの曲が聞こえていた。壁には額に入った写真が三枚かかっていた。スイスと思しき山小屋の写真、芝に寝そべる二頭の白い馬の写真、そしてピカピカのパトカーの前でジャーマンシェパード犬とポーズをとる金髪の警官の写真の上には、「ビバリーヒルズ警察署」と英語の仰々しいキャプションがついていた。

いらっしゃい、おそらく十歳くらいのとても綺麗な顔立ちをした、地元の布地で着飾った少女に突然声をかけられた。ビールを一本注文し、煙草に火をつけようとした瞬間、少女がチッチッと舌打ちをして、禁煙の表示を指差した。おばさんに訊いてみてもいいけど、と少女は強い訛りのある口調で言ったが、まるで一言一言発音するのにとてつもない努力が必要であるかのようだった。いやいや、それにはおよばないよ、私は煙草をしまった。

別のテーブルでは、ソンブレロにブーツ姿の男が〈インディア・キチェ〉という銘柄の炭酸飲料を飲んでいた。ベルトには黒いぼろ切れがエプロンか何かみたいにぶら下がっていた。男は片手を挙げ、顔は上げずに挨拶を送ってきた。

少女がビールを運んできた。名前を尋ねてみた。ノルマ・トル、と少女はにっこりして答えた。いい名前だね、「トル」はどんな綴りなの？　彼女は、T、O、L、と答えながら指でその文字を空中に描いてみせた。ねえ、ノルマ、この店には君のおばさんがいるのかい？　うん、いるよ、と彼女は答えたが、それ以上は何も言わなかった。呼んできてもらえるかな、と言うと、少女は店の奥に走っていった。きっと厨房に行ったのだろうと思った。ぎゅうぎゅう詰めのバスが一台、土埃と騒音の跡を残して通りを横切っていった。何でしょうかね。とても小柄な黒ずくめの女性に突然声をかけられ、その背後にはノルマがほとんど隠れるようにくっついていた。初めまして、お手を煩わせてしまって恐縮です、と私は言った。いいのよ、とおばさんは姪っ子よりもっと強い訛りのあるスペイン語を話した。両手が赤い何かのソースで汚れていて、それを綺麗にしようとひっきりなしにスカートで拭いていた。あなたがラッキーさんですね？　そうだよ、お兄さん、いったい何のご用？　私は、自分が首都から来たこと、テクパンには教え子を探しに来たことを説明した。私は彼の教師です、というか、かつてそうでした。まあ、そうかい、と彼女は眉間に皺を寄せて言った。で、その生徒さんはこちらに住んでるの？　ええ、このテクパンに。名前は？　カレルという名字です。フアン・カレル君といいます。彼女は少し考え込んだあと、テクパンにはカレルという名字が多い、ここではとてもありふれた名前なのだと言った。父親がパマンサーナで畑を耕していることは知っていると言ってみたが、彼女はただ首を振るばかりだった。母親は織物工場で働いているそうです。するとラッキー夫人はソンブレロにブーツ姿の男のほうを振り返ってカクチケル語で何か尋ねた。フアン・カレルの右頬にはマチェーテの切り傷があると言いそうになったが、黙っていることにした。パマンサーナに行ってみるといい、と男は言った。そうだね、近くの村だし、あそこなら誰か知っている人がいるよ、とラッキー夫人が付け加えた。そのあと二人はパマンサーナへの行き方をどうにかこうにか教えてくれた。
私は紙幣を何枚か置いて席を立った。何か食べてかないのかい？　とラッキー夫人に訊かれ、けっこうです、ありがとうございます、と答えた。豚の皮を揚げたのとか、煮込み料理は？　いや、けっこうです。煮込みはテクパンの名物料理なんだよ。それは知らなかったと私は答えた。どうやって作るんです？　四種類の肉を煮込むんだよ、とおばさんが言った。豚と鶏と牛と山羊。まずは肉をとろとろになるまで煮込む、それからタイムと月桂樹の葉、オレンジジュースとビネガーをちょっとずつ、あとビールとペプシコーラをほんのちょっと。そこでおばさんはにっこりしたが、冗談だったのかはわからない。すみません、と私はまだそこに座っていた男に話しかけた。ベルトにぶら下げているその布は何というんでしょうか？　これかい？　と男が布を持ち上げて尋ね返した。膝当て《ロディジェロ》と彼は言った。昔からある、と彼は言った。街の連中はもう使いたがらん、と彼は言った。カクチケル語で何というのか尋ねてみると、まるで傷ついたトンボにでも触れるみたいにそっと布をつまみ、シェルカ、と言った。なんですって？　シェルカ、と男はほとんど口を開かずに発音した。Xで始まります？　と尋ねると、男はただ肩をすくめ、そんなことは知らん、とだけ言った。

*

パマンサーナは文字どおりの集落だった。もっとも、集落と呼ぶのすらあまりに同情的かもしれない。街道に沿って日干し煉瓦と錆びたトタン屋根でできた半ダースほどの小屋が並び、今にも崩れ落ちそうに見えた。車を停め、入口の上に〈ルビオス・メントラードス〉の煙草の看板を掲げたちっぽけな店に向かって歩いていった。店の外では、唯一日陰になった場所で、犬が一匹すやすや眠っていた。鉄格子のはまった窓の向こうに囚人みたいに座っていた少女が、私を見て立ち上がった。やあ、こんにちは、と私は話しかけた。少女はただ不安そうに微笑んだ。干したイワシか何かの匂いがつんと漂ってきて、思わず後じさりした。カレルさんのお宅はどちらかな？　ファン・カレルという青年を探しているんだ、と私は言ったが、少女は恥ずかしそうにというより恐ろしそうに微笑み続けていた。ファン・カレルを知ってる？　すると少女は腕組みをして何か呟いたが聞き取れなかった。お父さんがこのパマンサーナで菜園をやっているらしいんだ。無言。私はしばらく黙ったままでいた。私たちを隔てているあらゆる柵のことを、こんなにも多くの柵のことを思い、無力感に襲われた。少女から煙草を一箱買い、一本取り出して火をつけ、もと来た道を引き返した。

小屋のあるほうに向かって歩いてみたが、見渡すかぎり誰もいなかった。先ほどの犬が目を覚まし、何かに向かって吠えていた。蛇だろうと思った。それかネズミ。車にもたれて、なぜかアニー・カスティージョのことを、かつては糖蜜色だったかもしれない彼女の目、青白い肌、彼女の孤独について考え、愛と軽蔑と理解の入り混じった気持ちを束の間味わった。パマンサーナの集落からこんなにも近くに住んでいるのに、パマンサーナの集落など目にも入らないほど遠くに住んでいるアニー・カスティージョのような学生たちのことを考えた。土埃と小屋を見つめながら、そこよりもっと完璧な世界に引きこもって学生たちを相手に読み、分析し、話し合ってきた短篇小説のことを思った。そうやって読み、分析し、話し合うことがあたかも本当に大切であるかのように思っていた小説のことを。

そのあとはもう考え続ける気がしなくなった。

新しい煙草に火をつけた。フアン・カレルの詩のどれかを読もうと思った瞬間、背後で足音がした。野菜と果物の詰まった袋を手にした黒ずくめの女性がいた。白い薄手のマンティーリャを被っていた。上気した深刻そうな顔で、私のすぐそばで立ち止まった。きっとハルフォン先生ですね、と表情をまるで見せず、フアン・カレルそっくりに私の名字を発音した。私は戸惑いながら微笑んだ。彼女は深刻そうな顔を崩さなかった。その顔は、海辺の年老いた漁師のように悲しげで、やつれて見えた。フアンがあなたの本を持っていて、そこに載っていた写真でわかったんです、と彼女は言った。フアンのお母さんですか？ 彼女は息子と同じ仕草で頷いた。私は、お目にかかれて光栄です、フアンと少し話がしたくて首都からやってきたのですが、どこに行けば会えるのかわからなくて、と言った。母親は私の顔を見ずに、それはちょうどよかった、ここには夫の菜園でカリフラワーの収穫があるときだけ来る、ちょうど今からテクパンに帰るところだと言った。送っていくと言うと、母親は無言のまま頷いた。

母親は落ち着かない様子で車に乗ると、ここへ来たのはフアンに大学へ戻るよう説得するためかと尋ねた。いいえ、そんなことは、ただ少し話がしたいだけなんです、と私は答えた。フアンの詩のことは言いたくなかった。母親は長いこと黙り込み、カリフラワーの入った袋を抱えて車の外を見つめていた。あの子は大学には戻りませんからね、とふいに母親が口を開いた。そのために来たわけではありません、とまた言いそうになったが、口には出さなかった。今はフアンに、ここでわたしたちのそばにいてもらわないと、と母親は口ごもりながら言った。私は彼女の顔を見ようとしなかったが、声の調子からすると、きっと泣いていたのだろう。

＊

カレル一家の住まいはテクパン郊外、マヤのイシムチェ遺跡へと続く街道沿いにあった。子どものころに一度だけ、級友の家族とイシムチェ遺跡を訪れたことがあったが、覚えているのは、ライムとパンプキンシードをまぶした緑色のマンゴーを食べたあと、遺跡内の神殿か祭壇の石段のそばにそれを全部吐いたことくらいだ。苦いキナの水をすすっているあいだ、級友の母親に雑誌で扇いでもらったことも覚えている。

玄関の扉には、思いがけないことに、黒いリボンの喪章がかけられていた。どうぞおかけください、ファアンはじきに戻りますので、と母親が言った。家のなかは、ともかく清潔で快適そうに見えた。たった一間に、台所、食卓代わりの小さなテーブル、黒い合皮の野暮ったいソファがあった。燭台の明かりが部屋の隅をぼんやりと照らし出していた。子どもたちの初聖体拝領の写真を収めた額のある棚のところへ行き、それをじっと見つめているうち、無意識に煙草を手にしていたらしく、ファアンの母親が灰皿を取ってくれた。それをテーブルに置き、どうぞお吸いになってください、と言った。私は礼を言って腰を下ろしたが、吸わずに箱にしまった。母親は無言でバナナのアトルの入ったカップを差し出し、それから私の隣に座った。バナナのアトルなど飲んだこともなかった。作り方を尋ねた。彼女は答えなかった。ハルフォン先生、ファアンが退学したわけをご存じですか？　いや、大学では個人的事情としか教えてもらえなかったと私は答えた。わたしたちのほうでそうしてほしいと頼んだのです、と母親は言うと視線を落としたが、あまりの勢いだったので、まるでそのまま花崗岩の床を貫いて地面に突き刺さりそうに見えた。母親はしばらくその姿勢のままでいたが、ふいにドアが開き、六、七歳くらいの少女と手をつないだフアンが玄関に姿を現した。フアンは窮屈すぎる白いシャツに、これまた窮屈すぎる黒のベストを重ね着していた。女の子は母親のミニチュアみたいで、黒のワンピースに白いマンティーリャを被っていた。振り向くと、隅の燭台の回りに萎れた花とロザリオ、それと古い写真が何枚か置かれていて、その瞬間、ようやく私はすべてを理解した。

＊

私たちは昼食に七面鳥《チョンピペ》（彼らはチュントと呼ぶ）のスープと南瓜《アヨーテ》の砂糖漬けを食べた。その後、中央広場に向かっていっしょに歩いていたとき、フアンは私に、父親はもう何年も前立腺癌を患っていたこと、最後には全身に転移していたことを話してくれた。父は首都の医者に診てもらおうとはしなかった、そのまま働き続けることを選んだのだとフアンは言った。父は畑で死んだんです、と言うと、それ以上は何も言わなかった。それ以上言うべきことはなかったのだろうと思う。だが、畑の一角で死にゆくフアンの父の姿、畑と同じく自分のものではない土地で死にゆくフアンの父の姿が心に焼きついた。

フアンがカフェオレを飲もうと誘ってくれた。テクパン一のカフェオレですよ、と、中央広場の真ん中に小さなテーブルを構えている女性に代金を払いながら彼は誇らしげに言った。女性はプラスチックのカップ二つにまず濃いコーヒーを注ぎ、お湯を少し足してからミルクを注いだ。店の女性がカクチケル語で何か言い、ファンは黙って微笑み返した。私たちは無言で空いている席に向かった。

これを返しておくよ、と彼のノートと郵送してもらった詩を手渡して言った。断られるかと思ったが、彼は何も言わずに受け取った。カシューナッツ売りの年配の女性が裸足で前を通りかかった。あなたの本を読みましたよ、ハルフォン、と噴水の周りで靴を磨かせている男たちを見つめながらファンが言った。それからしばらくのあいだ、二人とも何も言わずにいた。私は彼に、大学を中退した理由はよくわかったから説明などしなくていいと言いたかった。授業に君がいなくてさびしいと言いたかった。このまま詩を書き続けてほしいと言いたかったが、その必要はなかった。ファン・カレルのような人間は、たとえ本人が望んだとしても、詩を手放すようなことはないだろう。そもそも詩のほうが彼を手放したりはしないだろうから。それは形式の問題ではなく、美学の問題でもなく、形式的な完成とはほとんど、いやまったく無縁の、さらに究極の、さらに完璧な何かに属す問題だった。

ファンの友だちの女の子が声をかけにやってきて、二人はカクチケル語で話し始めた。湖に落ちる雨の音か何かのような、実に美しい音だった。彼女が去ると、私はファンに、カクチケル語でも詩を書いているのかと尋ねた。もちろん、と彼は答えた。スペイン語で書くかカクチケル語で書くかはどうやって決めるのかと尋ねてみた。ファンは靴磨きたちの集まる噴水のほうをじっと見て、かなり長いこと黙り込んでいた。わかりません、と彼はようやく答えた。そんなこと考えたこともなくて。それからふたたびあの、彼と私のあいだのあまりに自然な沈黙が訪れた。まるで二人のどちらも言葉を発する必要がないかのような、あるいは二人のあいだであらゆる言葉を語り尽くしてしまったかのような沈黙が。焼きトウモロコシの匂いが漂っていた。遠くで子どもがひよこを売っていて、説教師など相手にする者はいなかった。ハルフォン、カクチケル語で詩を何ていうか知っていますか？　とファンがふいに尋ねた。いや、見当もつかないよ、と私は答えた。パチュン・ツィッ、と彼が言った。パチュン・ツィッ、と私も言ってみた。そして、しばらくのあいだその言葉を味わい、音の響きそのものを、発音するときのうっとりするような快さを噛みしめた。パチュン・ツィッ、私はもう一度口にした。どんな意味かご存じですかと訊かれて一瞬ためらったが、いや、でもわからなくたっていいんだ、と答えた。言葉の三つ編み、とファンが言った。言葉の三つ編みを意味する新語なんです、と彼は言った。パチュン・ツィッ、と、ファンは疑うことを知らない精神を通じてのみ獲得しうる優美さをたたえて言った。喩えるなら言葉のウイピルみたいなもの、言葉の織物みたいなものですね、と彼は言い、それ以上は何も言わなかった。

もう遅い時間だった。日も暮れかけていたので、私たちはファンの家に戻ることにした。植民地時代風の教会のそばで、ひとりの老人が小さな白い籠を前に立っていた。近くに行ってみた。籠のなかには黄色いカナリアが一羽いて、老人に何かを囁くか歌うかしていた。そのカナリアは未来を占ってくれるんです、とファンが言い、私はただ微笑んだ。本当ですよ、とファンは言った。いくらだい？　と私は老人に尋ねた。老人は指を二本立てた。私はポケットから硬貨を二枚取り出して老人に渡した。でも占うのは彼のほうだ、と私はファンを指差して言った。私よりこの青年の未来を占ってほしいんだ。老人は色とりどりの細い紙がくっついた円盤を取り出し、そっと口笛を吹いてカナリアを呼び寄せると、その前に円盤を置いた。小鳥はくちばしでピンクの紙をつまんだ。すると老人は、カナリアに向かって何か呟きながら、そのくちばしの紙切れを取って二つに折り、ファンに渡した。ファンはカナリアをじっと見つめていた。だが、その目には優しさも哀れみもなかった。そこにあったのは途方もない怒り、暴力的なまでの、狂わんばかりの怒り、まるでそのカナリアから忌まわしい秘密を告げられようとしているかのような怒りだった。ファンはピンクの紙切れを開いて、声に出さずに読み始めた。私はただ黙って彼を見つめ、そして、街灯のせいか、もっと別の理由のためなのかもしれないが、彼の右頬の紫色の傷跡がくっきり見え、今では単なるマチェーテの傷以上のものに見えた。まるで地獄かどこかから戻ってきたかのように、ファンの顔に笑みが広がった。紙切れに何が書いてあったのか、黄色いカナリアはどんな未来を君に告げたのかと尋ねてみようと思ったが、結局そうしないことにした。理解されるべきではない微笑みというものがある。ファンは老人にカクチケル語で何か言い、ピンクの紙切れをシャツの胸ポケットにしまうと、空を見上げて、もうじき夜が来ますね、と言った。

トウェインしながら

ダーラムには嘔吐する一歩手前で到着した。隣に座っていた、南部特有の人懐こい抑揚をつけて話す巨漢の黒人は、飛行機がくそ忌々しい独楽みたいに揺れ動くあいだ、三時間にわたりノースカロライナの家具製造業について語り続けた。氷を少し舐めるといい、私の顔が青か緑か、あるいはその両方になっているのを見て彼は言った。絶対に効くよ。最後には目を閉じ、ようやく着陸しておそるおそる目を開けると、隣の巨漢の黒人が心配そうに機内誌で私を扇いでくれていた。まったく南部の人は親切だ。

私は同じ地域の、ダーラムからほんの二十キロほどのところにある大学の工学部にかつて在籍していたが、母校にはもう十二年も戻っていなかった。戻る理由もない。アメリカ人が母校を上品ぶって懐かしむことが私にはいつも愚の骨頂に思えた。空港を出て十一月のひんやりした空気に触れると気分もよくなり、少なくとも飛行機酔いはましになった。タクシーとスーツケースが行き交うあいだをさまよった。一台の豪華リムジン、いや正確にはリムジンではなくてキャデラックかリンカーンか、私にとっては同じことなのだが、そのウィンドウがスモーク加工になっていたせいで、なかに貼ってあった自分の名前を見つけるのに時間がかかった。煙草を吸う時間はあるかと運転手に尋ねると、もちろん、もう一人ユタからお来しの方を待ちますので、という返事だった。私はベンチに座った。運転手は立ったままだった。キャメルを一本すすめたが、真面目な顔で首を横に振った。たしか天気の話をしたが、私が間違っていて、単にそう記憶しているだけかもしれない。私がグアテマラから来たと知ると運転手は驚き、グアテマラ出身で今もあちらに暮らしていると言うと、いっそう目を丸くした。でもあなたの英語は見事ですよ、と運転手が言い、私は、どうもありがとう、君の英語もね、と言った。彼はただ冷たい息を深々と吐き出した。

少しするとユタからの客が到着した。ハロルド・ルイス。ブリガム・ヤング大学の政治学の教授。もちろんモルモン教徒だった。マーク・トウェインの作品に関する会議に参加するためダーラムに来た。私もですよ、と言うと、私のジーンズ姿と髭面、いかにもラテンアメリカの革命家みたいに煙草をすぱすぱ吸っている様子を見て、明らかに驚いた表情を浮かべた。そう、実は大学に勤めていましてね、と言ったが、彼は信じなかったと思う。いやひょっとすると信じてくれたかもしれないが、とにかく愚かしいほど得意げな顔をしただけだった。ルイスはどこか羊飼いを思わせるところがあったが、実際それで何を言いたいのかは自分でもわからない。スーツケースをリムジンのトランクに入れ、最後に煙草を一口吸ってから、そのばかでかい乗り物の後部座席に遊園地の門をくぐる子どもみたいに勢いよく飛び乗った。運転手が、ホテルまで十五分かかります、どうぞくつろいでくださいと言った。ルイスにどこの出身かと訊かれて答えると、彼は目を丸くしたが、理由はわからなかった。まったくグリンゴって奴は。車の外に目をやった。高速道路の向こう側に広大なもみの木の森が広がり、昔、三つか四つの女の子が車窓を流れていく木々を見て「どうして木は後ろ向きに走っていくの」と問いかけてきたのを懐かしく思い出して微笑んだ。無害な思い出というものもある。少なくとも無害に思える思い出というものが。見てください、なんて痛ましい、とルイスがふいに声を上げ、アスファルトに横たわる鹿の死骸を指差した。珍しくもありませんよ、と運転手が言った。この辺で動物がはねられるのは。私はそのとき、そうやってグアテマラ人とモルモン教徒を乗せたリムジンがマーク・トウェインに関する学術会議を目指して鹿の死骸のそばを唸りを上げて走り抜けているあいだ、自分が間違った場所にいるような気がした。ときどき、ほんの束の間、私は自分が何者かを忘れてしまう。

〈デューク・イン〉に到着した。いつもの癖で運転手にチップを二ドル渡し、ルイスがそうしないのを不思議に思ったが、深く考えないことにした。ロビーには数十人のゴルファーがいた。十八ホール回ったあとの酒で陽気になっている様子はさておき、寄木張りの床に鳴り響く靴音を聞いて、父のことを考えた。〈デューク・イン〉はホテルと会議場としての機能に加え、会員制のゴルフ場も備えていた。インドかパキスタン出身と思しき、どちらかと言えば美人のフロント係から、部屋のキーと、この二日間の行事やスケジュールなどをまとめたファイルをもらい、歓迎ディナーまで一時間ほどあるのを確認してほっとした。部屋で煙草が吸えるか尋ねてみた。フロント係はコンピュータの画面を見ながら、いえ、たいへん申し訳ございませんが喫煙のお部屋は満室ですと言った。ちょっとお待ちください、と彼女は不必要にはしゃいだ口調になって、一室ございますが、障害者の方専用になっておりますと言った。じゃあ問題ない、私は作家だから、と言いたかったが、何も言わずに黙っていると、フロント係は、車椅子の客専用の部屋なのだと説明してくれた。こっちはかまわないが、と私は言った。少々お待ちくださいませ、と彼女は言うと、そばにいた女性っぽい男に何やら囁いた。上司だなと思った。けっこうでございます、ハルフォン様、こちらの×印の横にご署名だけいただけますか。私は何が書いてあるかも確かめず、すぐにサインした。

＊

ガリヴァーか何か、不思議の異邦の国のアリス、よく言えば七人の小人の穴蔵に来た白雪姫。そんな気分だった。何もかもが床に近いところにあった。ベッド、机、テレビ、ナイトテーブル、洗面台、便器、ドアの小さな覗き穴までもが腰の高さにある。いたるところにレールが敷いてあり、シャワー室はスロープになっていた。見えないサーカスにいるみたいだと思いつつ、煙草に火をつけた。いつもより文学的な空間に浸っていい気分だった。あるいは、そう、単に体が大きくなったように感じていい気分だったのかもしれない。

シャワーを浴びた。タオルにくるまり、階下へ降りる前に少し横になろうと思ったが、ついうつらうつらしてしまった。自分がマーク・トウェインになって、あるいはマーク・トウェインそっくりの誰かになってミシシッピ川を下っていく夢を、同時に自分がミシシッピ川を下る様子を小説に書いている夢を見た。目が覚めたときにはもう遅かったが、それでも慌てて身なりを整えると、ちょうどサラダが供され始めていた一階の大広間に駆けつけた。若い女性従業員が目で合図して近寄ってきた。ハルフォン様ですね。私は遅刻を詫びた。お席はあちらのテーブル、あのあたりでございます、と彼女は指差した。会議には十六名が招かれていて、あとで知ったところでは、私が唯一の外国人だった。席について自己紹介をした。名字は忘れたが、メアリー・キャサリンとかいう若い女性が、ニューヨークのイェシヴァ大学で経済学を教えていると言った。私はあわてて、ユダヤの方ですかと尋ねた。まさか、違うわ、と彼女は答え、私もそれ以上尋ねようとはしなかった。別の内気な青年は博士論文を執筆中で、テーマは英国の十四世紀か十五世紀の詩人だったと思うが、その詩人の名前も忘れてしまった。ノートルダム大学の公共選択論の教授です、と名乗ったのはずいぶん年配の女性だったが、二十分以上も説明してもらったにもかかわらず、その公共選択論とやらが何なのか、今でもわからずにいる。右隣では小柄な老人がズッキーニのスープを静かにすすっていた。九十歳は下るまい、スプーンを口に運ぶたびに老人の手が震えるのを見て私は思った。こんにちはと声をかけた。老人はスプーンをテーブルに置いて目を上げた。相手にする価値のある人間かを見定めるかのように、少しのあいだ私をじろじろと見た。老人の目は明るいブルーで、爪は長く、付け髭みたいな山羊髭を生やしていた。ズッキーニには性欲亢進効果があるのをご存じかね、と老人は囁いた。本当ですか？　嘘じゃよ、と彼は言った。でも女房にはそう言い聞かせておる、このスープをしょっちゅう出させたくてな。老人はにやりとした。君に頼みがある、老人は私の腕をぽんぽんと叩きながら耳元で囁いた。今の話は女房には内緒だぞ。それからまたにやりとした。確証はないが、私はジョー・クルップの名前や専門を知る前から、すでに彼の好意を勝ち得ていたのだと思う。

ディナーを終え、あまり面白くないスピーチをいくつか聞いたあと、私たちは全員別の大広間へと追い立てられ、そこでカクテルをいただくことになった。親睦の時間ということだった。ポートワインを一杯飲み、誰にも何も言わず、そそくさと例の小人部屋に退散することにした。インテリと酒を飲むのは好きではない。部屋に戻ってみると、枕の上にチョコレートが二つ載っていて、テレビは一本七ドルで鑑賞できるポルノ映画専門チャンネルに設定されていた。平均的な男性が一本のポルノ映画で見るのは三分と聞いたことがあるが、女性の場合は違うのだろうかと考えた。答はいまだに知らない。チョコレートを二つとも頂戴した。トウェインの伝記をちょっと読んで、煙草でも吸おうと思い、狭いバルコニーに出てみたが、本を開く間もなく睡魔に襲われた。あくまで言葉の綾だが。床で煙草の火を揉み消していると、右隣のバルコニーで誰かのすすり泣く声が聞こえたような気がした。こっそり覗いてみると、足を抱えて座り、かすかに身を震わせている女性のシルエットが見えた。泣くのに疲れた赤ん坊みたいに、時々しゃくりあげていた。きっと彼女のほうでも私の姿が見えたと思うが、かなり暗かったので確信はもてない。大丈夫か、助けがいるかと声をかけようかと思った。すぐに余計なことだと思い直し、ただ黙って部屋に引き返し、眠りに落ちた。

＊

朝食にチーズオムレツと二杯の——もちろん不味い——コーヒーを飲み、ゴルファーや私と同じくつまみ出された喫煙者たちとホテルの外で寒さに凍えながら、なんとか会議が始まる前の最後の一本を吸った。

会議の最初のテーマは『ハックルベリー・フィン』の冒頭数章についてで、発表者の話は概してあまり面白くなかった。専門がまちまちの研究者を集めた会議はいつもこう。まとまりというものがほとんど、いやまったくない。各自が自分の分野に話を引っ張ろうとする。その点は私も例外ではなかった。私は少し退屈していたこともあって、自分はもう何年もトウェインの作品を手に取っていないと言った。最後に読んだのは子どものころです。でも今はトウェインをそれだけの作家とは考えていません、と私は言った。つまり、単なる子供向けの冒険小説の作者だとは。実は、彼はドン・キホーテ的な作家です。沈黙。第一段落からして、と私は話を続けた。完全にドン・キホーテ的というか、セルバンテス的です。語り手、ここではハックルベリー・フィンという名ですが、彼は先行する『トム・ソーヤーの冒険』という作品に言及するのです。そして、ここで朗読をした。「これはマーク・トウェイン氏によって書かれたものであり、概ね真実を語っている」。これはいかにもセルバンテス的なしかけですよ、皆さん、作者による自己言及というやつです。沈黙。何ページか先を見てみましょう、と続けると、私がそのページを言わないうちに全員がその問題のページをめくり始めた。ここではトム・ソーヤーが語り手、つまりハック・フィンに向かって、君がよほどの無知でないかぎり『ドン・キホーテ』という小説は読んだことがあるだろうね、あれがいかに素晴らしい物語か知っているはずだ、と言います。いいですか、皆さん、トウェイン自身がセルバンテスに言及しているわけです、と言って何らかの反応を期待したが、無駄だった。ではなぜ、私がこの点を大事だと思うのか？　ここで私は善き教師らしく間を置いて、十五人全員の目が自分に向けられるのを待った。二人の登場人物、すなわちトム・ソーヤーとハック・フィンの関係が、サンチョ・パンサとドン・キホーテの関係と実によく似ているからです。実際に小説を読み進めていけばその事実を確認することができますし、とりわけトムが友人ハックに接する態度、さらには結末の部分、つまりさまざまな英雄による救出の物語を読んだトムがドン・キホーテさながらに振る舞う場面に顕著です。彼はドン・キホーテ化しているわけ《エスタ・エンキホタード》です、と私はスペイン語で言い、芝居がかった仕草でぬるいコップの水を飲んだ。無言。沈黙。誰も『ドン・キホーテ』など読んだことがないのか、あるいはこんなに専門がまちまちの人たちの関心が小説の語りに向かうはずもないからか、さらには私の話が単にちんぷんかんぷんだったのか、とにかく彼らは私の見解にほとんど興味を示さなかった。それから数時間、奴隷制や政治の話が続けられ、ほかにもまったくもって不毛な、およそ文学とは縁のない話題が続いたが、内容は覚えていない。

　昼食には野菜のパスタが出た。隣に座ったのはワシントンかアイダホか西海岸のどこかの州の小さな大学から来た歴史学の教授で、熊みたいに丸々と肥えた彼の唯一の関心事は下手くそなスペイン語を私相手に練習することだった。食後は煙草が必要だった。立ち上がろうとしたが、すぐに誰かに手を肩に置かれ、しゃがれた落ち着いた声が、どこへ行くのかねと言うのが聞こえた。ジョー・クルップだった。そのとき私は、午前の会議でただ一人発言しなかったのが彼であることに気がついた。君、急ぎの用かね？　いえ、ちょっと煙草でも吸おうと思って、と私は答えた。彼は巨大なガラス窓の向こうの何もない空間をじっと見つめたまま黙って立っていた。そうか、君は喫煙者か、と言った。私は何も言わなかった。だが禁煙するのは実に簡単なことだよ、君、とジョー・クルップは言い、それから真顔でこう言った。わしはもう何千回と禁煙してきた。その手はまだ私の肩に置かれていた。食後は散歩にかぎる、どうかね、君、少し歩かんか、と彼は言うと、その空色の目をゴルフ場のほうへ向けた。

人工芝の上をくねくねと小道が伸びていた。ときおり、ピエロみたいな服を着て白球を追いかけるゴルファーたちが愉快な電動カートに乗って通過するたび、道の脇にどけねばならなかった。ジョー・クルップは話すときと同じように、ゆっくりと、じっくりと、まるで足も言葉も特に目的地に急いではいないかのような、本当はどこにも向かっていないかのように歩いた。年寄りとして生まれてきたら人生はさぞ楽しいだろうな、彼がミズーリでの少年時代や戦争体験、妻との出会いなどについて語るのを聞いているうち、私はふとそう思った。クルポフスキーはポーランドの姓だ。私は祖父のこと、ザクセンハウゼン、アウシュヴィッツ、ポーランド人のボクサーの話を聞きながら祖父と二人で飲んだウィスキーのボトルのことを考えた。ところで君は、グアテマラの暮らしが気に入っているのかね、と彼は尋ね、それからしばらくのあいだ、一切口を挟まずに、私にだけ話させてくれた。片手は後ろに回し、もう片方の手は私の肩にかけていたが、そのほうが楽だったからか、私への親愛の情からだったのかはわからない。その両方だと思いたい。私は新しい煙草に火をつけ、しばらくそのまま黙って歩き続けたが、そのうちジョー・クルップが、『トム・ソーヤー』と『ドン・キホーテ』の比較は面白かったと言った。実に面白かったがね、君、これは知っておくべきだろう、実はトーマス・A・テニーの『マーク・トウェイン――文献案内』という本に、ミゲル・デ・セルバンテスとマーク・トウェインの関係を論じた論文が十以上あると記されておる、そのうちの一本はたしかスペイン語だったはずだ。私は黙っていた。ところがだ、と四人組のゴルファーが通り過ぎたあとで彼は続けた。それは一九七五年までに出た文献のみのリストなのだよ、きっとその後もリストに含まれるべき論文が書かれていることだろうて。私たちは巨大なもみの木のそばにあったベンチに腰を下ろした。どういうわけか、私はジョー・クルップが経済学者かもしかすると歴史家かもしれないと思っていたので、少し恥ずかしくなり、そのことを彼に打ち明けた。いやいや、まさか、と彼は笑って言った。わしは五十年近く文学部で教えていた、大半はここのデューク大学でな、で、その間ずっとマーク・トウェインを研究していたのじゃよ（あとになって私は図書館を渉猟し、ジョー・クルップがトウェイン研究の第一人者であることを知る）。申し訳ありません、知りもせず、と私は口ごもりながら言った。きっと君はトウェイン氏が一時期中米に滞在していたことも知るまいな、どうだね、と彼は言うと、からからと笑った。実はそうなのだ、一八六六年に君の国から帰る途中、ニカラグアにも寄っている。私はそのことも知らなかった。トウェイン氏、とクルップはあえて呼んだが、そこには長年の文学的献身を経て初めて得られる神聖なまでの畏敬の念が感じられ、突拍子もない話だが、ジョー・クルップの話し方はマーク・トウェインその人の話し方にそっくりに違いないと思った。突然、褐色の猫がやってきて、私の足に体をこすりつけたが、撫でようとすると走り去ってしまった。私は老人が奇妙な笑みを浮かべたのに気づき、恋する男のような微笑みだと思ったがすぐに、いや、悲しい男の微笑みだと思い直した。トウェイン氏によると猫と嘘には最大の違いがあってな、とジョー・

クルップは言った。猫は七回しか生まれ変われないというのだよ。彼は微笑み、それからいくぶん大儀そうに立ち上がった。つまりだ、トウェイン氏の言うことなど信用してはならんのだよ、決してな、彼の名前すら本名だと思ってはならん。彼は片手を私の肩に載せ、私たちは黙って帰路についた。ジョー・クルップがしごく真面目な顔で、もう疲れた、少し休まなくては、今夜女房とダンスできるようにと言ったのを覚えている。タンゴをな、と彼は言った。

＊

午後にもうひとつ会議があった。私はあまり発言しなかった。トウェインの小説の登場人物の良心とモラルに関する退屈な知的ディベートのあいだ、眠ってしまわないよう、ほとんど透明なコーヒーをひっきりなしに飲み続けた。ジムとハックが議論の中心だった。ジョー・クルップはまたもや黙って話を聞き、パントマイムの役者のような、憐れみと嘲りが入り交じったような謎めいた眼差しを皆にじっと向けていた。会議が終わると、一行はマイクロバスに乗せられ、ギリシア料理店に連れていかれた。私は羊のローストを食べ、赤ワインをがぶ飲みして、テロリズムと——そこにいた全員によればアメリカが勝利しつつある——イラク戦争についての近視眼的会話になんとか耐えた。馬鹿どもが、と私はなかば酔いつつ呟いた。疲れてホテルに戻ったが、眠くはなかった。ベッドに寝転がり、音を消したテレビを見るともなしに見ながら、少しのあいだ静かに煙草を吸った。隣の女性が泣いているのが見えるのではと思い、バルコニーに出てみた。誰もいなかった。私はコートを取った。

ロビーにはほとんど誰もいなかった。バーに行き、ウェイターに煙草を置いているかと尋ねた。あちらに自動販売機がありますよ、とウェイターは言い、わざわざそこまで連れていってくれた。まったく南部の人は親切だ。カウンターでビールを注文しようとしたとき、名前を呼ぶ声が聞こえた。それは隅にひとりで座っていたモルモン教徒のハロルド・ルイスで、私の顔に浮かんだ困惑の表情に気づいたのだろう、すぐにグラスを高く上げた。アップルジュースですよ、ご心配なく。実はときどき眠れなくなるんです、特にホテルでは、と彼は言い、少し付き合わないかと誘った。私は疲れているとか、読みかけの本があるからとか何とか、下手な言い訳をもごもご呟いた。ではまた明日。

どうしても新鮮な空気を吸いたくて、ゴルフ場へ向かった。煙草を吸い、寒さに震えつつも外の空気に触れて気分もよくなり、二ホールほど歩いた。満月があたりを灰色に照らし出していた。なぜかイタリアの古いネオレアリスモ映画を思わせる、味気ない、とりつく島のない灰色だった。ふと、遠くのグリーン上のぼんやりした影が目に留まった。ゴルファーの誰かが芝生にクラブケースを置き忘れたのだろうと思ったが、近寄ってみると、その大きな塊が動いているのに気がついた。わずかに。鹿かなと思い、さらに近づいた。十メートルか十五メートルほどのところまで来たとき、甲高い声が聞こえ、私は慌てて最寄りの木陰に身を隠した。女はブラウスの前をはだけていた。男の上にまたがってリズミカルに体を揺すり、まるで宇宙に自分しかいないかのごとく唸り声を上げていた。何と言っているかはわからなかったが、男も何か囁いているのが聞こえ、両手をやみくもに女の腰や胸に這わせるあいだ、その声はだんだん大きくなっていった。寒さに震えつつも私は黙ってそこに立ち、彼らが二頭の野生動物みたいにグリーンの上でまぐわう様子を見つめていたが、少しすると静かに退散することにした。なぜかはわからない。ばつが悪くなったからか、あるいは私が平均的な男性で、例の三分が経過したからかもしれない。どちらにしても同じことだ。

*

ほとんど眠れなかった。朝食にクリームチーズを塗った小さなパンを食べ、眠たい目を擦りつつ、最後の会議に遅れて参加した。

ミシシッピ川の蒸気船におけるトウェイン自身の波瀾万丈を語ったかなり断片的な半自伝的作品『ミシシッピの生活』について全員が議論しているあいだ、コーヒーを一杯飲んだ。ほぼ三時間にわたり、作者トウェインの経済観念、アイデンティティの捉え方、南部の欺瞞的貴族階級に対する批判、自由の概念などについて語り合った。私は場違いにも、トウェインが『ドン・キホーテ』への称賛の念を語っていることをまたもや指摘してしまった。馬鹿をやったな、と自分でも思ったし、きっと他の全員がそう思ったことだろう。それでも私は、トムとハック、そしてサンチョとあの憂い顔の騎士について語るあいだ、二人の作家のある種の文体的関係性、いや文体というより哲学的、宇宙論的関係性に気づいたように思ったが、その直観は思いついたのと同じ速さで消え去り、結局、まだ話の途中でガソリンが切れたみたいに黙り込んだ。

そのときジョー・クルップがその二日間で初めて、またもやあの謎めいた微笑みを浮かべつつ発言の許可を求め、ユーモアこそがすべてである、ユーモアは我々の救済だ、ユーモアこそ人類に与えられたもっとも偉大な祝福である――ここは何かの引用に思えたが口を挟まなかった――と述べ、その後、あのマーク・トウェインばりの物憂い声で笑い話を語り始めた。それはありとあらゆる笑い話だった。ほぼ半時間は続いた。彼が意図するところを直ちに理解したのは私だけだと思うが、自信はない。きっと私もよく理解してはいなかったのだろう。ここはゴルフクラブだからね、ジョー・クルップは困惑顔のインテリ集団に向かって語りかけた。最後はゴルフクラブの話で締めくくることにしよう。よろしいかな。ある日、一人の男が会員制ゴルフクラブの女性用シャワールームに入り込んだ。もちろん、そうとは知らずにだ。シャワーを浴びて出てみると、脱いだ服がぜんぶ消えているのに気がついた。いったいなんてこった、とジョー・クルップは、その話の結末を思い出そうとしているのか、あるいは新しくでっち上げているかのようにゆっくりと言った。そのときだ、と彼は少し間を置いてから続けた。何人かの女の話し声が聞こえたので、男は顔を見られないよう、タオルを頭にぐるぐる巻いた。だが、そう、首から下は、まさにすっぽんぽんのままだ。ジョー・クルップが語っているあいだ、誓ってもいいが、まるでその広く寒々とした大広間には他に誰もいないかのように、その空色の眼差しはじっと私だけに注がれていた。それでだな、男がシャワールームから飛び出そうとしたその瞬間、三人の女とばったり出くわした。女たちは最初こそ驚いたが、やがて男の体をしげしげと見つめ始めた。観察し始めた、と言ってもいいだろう。ジョー・クルップは年寄りだけに許されたとぼけた表情で、悪魔のようにからからと笑った。これはわたしの夫じゃないわ、と最初の女が言った。わたしの旦那でもないわね、と二人目の女が言った。すると三人目の女がこう言いおった。この男はこのクラブの会員ですらないわ。

エピストロフィー

ミラン・ラキッチの演奏を初めて聴いたのは数年前、サン・ホセ・エル・ビエホ大聖堂の廃墟でのことだった。一羽のハトがセルビア人ピアニストの頭上、古いドーム型天井のてっぺんにある巣に舞い下りたが、腹をすかせた雛たちの盛大な鳴き声と、母バトの勇ましい羽ばたきとが、まるでラフマニノフ自身の手であらかじめ楽譜に書かれていたかのごとく、ミランはそのまま演奏を続けた。

私はアンティグアに予定より少し遅れて到着し、リアは待ち合わせ場所の〈カフェ・デル・コンデ〉でよく冷えたビールを前に煙草のパッケージのセロハンを歯で剥がしながら待っていた。そのまま座るのを恐れるかのように、私が立ったまま、高速道路で雌鶏を載せたトラックが横転して両車線が数時間通行止めになっていたと弁解すると、彼女はありったけの——かなりの——不信感を視線にこめて私を見つめた。おかげでイタリア・ネオバロック建築の講演を聞きそこなったわ、リアは腕時計を見ながらねちねち言った。わかってるよ。それにね、と彼女は言い足した。アイルランド少年合唱団も聞き逃したわ。私は実のところ、気障な男がイタリア・ネオバロック建築について語るのを聞きたい気分ではないし、アイルランドの生っ白いガキどもがハレルヤを合唱するのも聴きたくない、東洋のどこかのモダンダンスカンパニーがダチョウの痙攣するような動きを真似する様を見るのも嫌だし、エルサルバドルの劇団の安っぽいメロドラマにも付き合いたくない、正直言って、熱心なファンには申し訳ないが、このアンティグア・グアテマラで二年に一度開催される文化フェスティバルのどの行事にもまったく興味はないと言いかけた。私はため息だけついた。いいわ、と突然リアが言った。これでよかったのかも。そしてかすかに微笑んだ。ほら、こっち来てキスして、と私のシャツの裾をぐいと引っ張って言った。彼女の唇は無人島の味がした。

あたりはもうすっかり夜で、私たちは黙ってビールを飲み始めた。すぐ横で、奇妙な形のコンクリート製の魚の口から水が垂直にちょろちょろと、まるでうがいでもするように滴り落ちていた。ときどきリアが片手を持ち上げて自分の煙草を吸わせてくれた。美しい看護婦による酸素補給。もう部屋はチェックインしてあるとリアは言った。いつものホテル？　と尋ねると、彼女は落ち着かない様子で笑った。いつものとこよ、ドゥドゥ。リアはサルヴァドール・ダ・バイーアにしばらく滞在してカポエイラを習い、全裸か半裸で肌をこんがり焼き、当然ながらポルトガル語を習って以来、私のことをそう呼んでいた。帰国した彼女は私をブラジル代表のミッドフィールダー選手みたいなあだ名で呼び、恥部を綺麗に剃り上げていた。リアという名で、しかも恥部をつるつるに剃って旅から戻ってくる女に惚れないなんて、私にはまず無理、というかありえないことに思える。

私たちはビールをお代わりし、若者の退廃について、政敵を幽閉する伯爵たちについて、超ひも理論について（リアは医学を学んでいたが量子力学にも目がなかった）、チベットのタントラにおけるオーラルセックスについて、コルタサルのある短篇小説におけるオーラルセックスについて語り合った。リアは時計を見て、〈パンサ・ベルデ〉でマリンバのコンサートがあると言った。私は彼女の首にキスをした。行きましょうよ、ドゥドゥ、ちょっとでいいから、とリアは両目を閉じ、顎を軽く持ち上げて首をもっと見せながら言った。私はビール代を支払った。

〈パンサ・ベルデ〉――緑のお腹――というアンティグア市民につけられたあだ名をいかがわしくも高貴に掲げるそのレストランまで、私たちは歩いて移動した。アンティグアが野菜の産地であり、住民もよく野菜を食べることからついた名だという。男性はみなスーツにネクタイ姿、女性は毛皮や宝石、そしてほぼ全員が黒の豪華なイヴニングドレスで着飾っていた（私たちはといえば革のサンダルに着古したTシャツ姿だった）。どこかで誰かがマリンバを演奏していた。各国の大使が奥のテーブルで、シャンパン片手につき出た腹をゆするようにして談笑していた。リアの話によると午前中にモーツァルトを何曲か演奏したらしいオーストリアの室内四重奏楽団の一行が、ひとつのテーブルに身を寄せ合っていたが、たぶんばらばらになって第三世界の恐怖にひとりで立ち向かうのが怖かったのだと思う。ベネズエラ人のバリトン歌手が政治の話をがなり立てているのが聞こえた。善きベネズエラ市民としては、四六時中チャベスを話題にせねばならないというわけだ。何人かのグアテマラの詩人がさっそく酔っ払って、ゲイやリゴベルタ・メンチュウをネタにした冗談を言い合っていた。私はやれやれと呟き、リアと揃って香水の匂いから顔をそむけながら、遠くに見えた知人に手を振って挨拶すると、二杯のテキーラとしばしの孤独を求めて、バーのカウンターにまっすぐ向かった。

肌のとても黒い女の子が、どのテキーラにしましょうと尋ねてきた。うちには何でもありますけど、と言ったあと、なんならここで一緒に死んでもいいのよと言わんばかりの共犯者めいた笑みを浮かべた。じゃあ、このお店にある白でいちばんいいのを出して、とリアが大声で答えた。そして肌の黒い女の子のために乾杯した。もう一杯いかが？　とバーテンの女の子が汚れた台布巾でカウンターを拭きながら私たちに尋ねた。その手はあまりに小さく見えたが、やがて二つの茶色いヒトデみたいに見え始め、そのうち二匹のぶよぶよした悲しいタランチュラが勝者なき領土争いを繰り広げているようにも見えてきた。私たちは二杯目のグラスを掲げ、今度はリー・マーヴィンのために乾杯した（ちょうど『殺人者たち』を観たばかりだった。一九六四年にドン・シーゲルが監督した、ヘミングウェイによる同名の短篇の二度目の映画化作品だ。マーヴィンが全編を通じて陽気に錯乱した演技を見せてくれる）。誰かが私たちにカナッペを載せたトレイを置いていった。

あっちを見て、とリアが言い、私は彼女の視線の先を追った。カウンターの反対の端で、長髪の男が赤ワインを飲んでいた。独りぽつんと。喧噪のさなか、忘れ去られたように。ちょっと持っててちょうだい、とリアが火のついた煙草をよこしながら言って席を立った。それがリアだった。ひ弱な小鳥や野良犬を見ると放っておけない。子どものころ、親切心を起こしたがゆえに、巨大な汚いイングリッシュ・シェパードに左の太ももを大きく噛みちぎられたことがある。

ミラン・ラキッチを紹介するわ。彼は、はじめまして《ムーチョ・グスト》、と勇ましいアルゼンチン訛りこそあれ、申し分ないスペイン語で言った。アルゼンチン人かと私は尋ねた。セルビア人だ、と彼は答えた。恋人がブエノスアイレス出身なんだ。お前どこにいるんだよ《グデ・シ・ブレ・チョヴェチェ》、と私は大げさな身ぶりで言った。なんだ、君はセルビア語がわかるのか、と彼は声を上げ、私の背中を叩いた。リアが微笑んだ。まさか、と私は言った。クストリッツァの映画の見すぎだよ。それから私は、フェスティバルのプログラムでセルビア人ピアニストについて何か書いてあったのを読んだ記憶がある、と言った。俺だよ、と彼は大声で言い、笑みを浮かべて親指で胸を指した。もう弾いちゃったの？　とリアが尋ねた。彼は煙草に火をつけた。そして、明日だ、正午から、と言いつつ神経質そうに、あるいは絶望からかもしれないが、ため息とともに煙を吐き出した。

　すぐそばにもうひとつスツールがあるのに、ミランは私たちのあいだに立ったままでいた。歳は私と同じくらいに見えた。トルティーヤのような色の薄手のドレスシャツを着て、両手の指にはごつい銀の指輪をいっぱいはめていた。まっすぐな黒髪が顔を隠すほど伸びていて、私はなぜか、リアが大好きな花嫁衣装のヴェールを思い浮かべた。ミランの目は、形のせいか、より名状しがたい何かのせいか、夜行性動物のように見えた。夜にだけものがよく見える、というか夜にだけものをよく見たい者の目だろうか。それは吸血鬼の目、ただし善良で悲しげな、もはや血など求めず、むしろ聖水に長々と浸かっていたい吸血鬼の目だった。

　私たちはテキーラを三つ注文した。それで、あなたはベオグラードの出身なの？　とリアが尋ねた。ああ、ベオグラード生まれだが、もう何年も外国暮らしだ、ミランはテキーラを三つ注いでいる黒い肌の女の子から目を離さずに言った。どうもありがとう、ミリアム、彼は見るからになれなれしい口調で言った。どんな国で暮らしてきたんだい、と私は尋ねた。ミランは、本当に可愛い子だな、と呟くと、まるで暗く狭いトンネルを抜けてきたかのように、イタリアとロシアで音楽を学び、今はニューヨークにいると言った。私は少し混乱して、肌の黒いインディオ風の顔をした女の子を見つめていたが、そのうちリアに脚を思い切りつねられた。で、明日は何を演奏するの、ミラン？　と彼女が尋ねた。さあね、それはいつだって謎さ、と彼はかすかに横柄な見栄を感じさせる口ぶりで謎めいた返事をしたが、そのあと、たぶんラフマニノフを少し、あとサン＝サーンス、リスト、ストラヴィンスキーを少しずつかなと言った。チャーリー・パーカーの好きな作曲家だね、私は何か言わねばと思い口を挟んだ。ミランが微笑んだ。君はジャズが好きなのか？　私は彼に、ユダヤ系ラテンアメリカ人の宇宙論に飛躍する前の前世かひとつ前の前世で、自分はきっとカンザスシティかストーリーヴィル（作り物みたいに綺麗な名前）の場末の売春宿で演奏する三流の黒人ジャズマンだったはずだ、もっとも、三流ジャズマンの演奏に合わせて夜通しやりまくっていたカンザスシティかストーリーヴィルの黒人売春婦だった可能性もあるが、と言った。いずれにせよ、ジャズという音楽は私の生殖腺を流れているわけだ、と見捨てられた哀れなアルルカンよろしく大真面目に締めくくった。それからテキーラをぐいと飲み干した。ジャズでは何が好きなんだ？　とミランに訊かれ、答えようとすると、リアの温かい指が私の唇を遮った。それならわたしが覚えてるわ、と彼女は言った。純粋なジャズが好きなの、この人、と彼女は言った。スイングしていれば誰だっていいのよね？　そのスイングってのが何なのか、ドゥドゥったら、まだわたしにうまく説明できずにいるんだけど。私はリアの指を舐めた。彼女は笑いこけながら私の太ももでそれを拭った。スイングというのは言葉では説明できないものなんだ、とミランがたどたどしく言った。私は、バード、初期のマイルズ、コルトレーン、テイタム、パウエル、ミンガスが好きだと言った。でもモンクには恋していると言ってもいい。おお！　とミランがテキーラを少しすすって大声を出した。巨人セロニアス・モンクだな。それから私たちは、まるでアステカの戦士か北欧の奇妙なルーン文字の名前を挙げるように、メロディアス・サンク――モンクの妻は彼をそう呼んだ――のありとあらゆる曲名を交互に唱え始め、それらはみな無秩序に並べ立てたものだが、口にするとなぜか、あの不協和音と縁なし帽と神秘的なトランス状態と幸せな魚の頬をもつ怪ピアニストの強張った指できちんと秩序を与えられているように聞こえた。リアは辛抱強く私たちの話に耳を傾け、ところどころで質問を挟んだ。モンクの曲は聴いただけでモンクだとわかるが、それがどの曲か正確に答えるのはよほど詳しい奴でも至難の業なんだ、と私は彼女に答えた。彼は晩年ピアノに近づかなかった、とミランが彼女に答えた。この「エピストロフィー」というのは植物用語みたいだね、と私が彼女に答えると、ミランはとたんに人を小馬鹿にしたような笑みを浮かべた。あの曲名に意味なんてない、と彼は言い放った。あのとんでもない野郎がでっち上げたんだ。でも結句反復《エピストロフェ》って修辞用語でもあるわよね、繰り返しとか、すごく音楽的な意味じゃなかった？　とリアが尋ねた。ほら、あの有名な、泥棒として生まれ、泥棒とともに育ち、泥棒になるべく学び、かくして泥棒となる、みたいな。そして彼女の御説はごもっともではあったが――このセルバンテスの引用にミランは渋い顔をしたが、その理由を私は翌日知ることになった――私たちはどちらも返事をしなかった。私はミランに、雑誌「メトロノーム」に載ったジョージ・サイモンのインタビューのなかでモンクが、あれは異常から正常への逆転を意味する植物用語だと述べているのだと説明した。君はそれを信じるのか、エドゥアルディート？　モンクはでたらめを言ってるだけなのに。俺だって調べてみたんだ。どうやらほかにも、モンクがあの曲の着想をギリシア神話のエピストロフィアから得ただとか、アフロディーテと愛と性と、他にも何だか知らんがそういうものと関係する概念だとか言ってる奴もいるが、まるでわかっちゃいない。ミランはここで少し間を置き、私はふと、彼は話し方まで音楽的だと思った。彼は言った。何も意味はなくても、それでも美しいものというのがある。「エピストロフィー」と彼は言い、その言葉はぬるいレンズ豆のスープに落ちたトンボの死骸のように落ちてきた。それからミランは立ったまま、昔のユーゴスラヴィア人にとっては何かもっと精神的な意味があったかもしれない、あるいはまったく何の意味もなかったかもしれない、やけに家父長めいた仕草で私の頭をやさしく撫でた。

束の間、沈黙が続いた。その場にふさわしい、このうえなく濃密な厳粛さに満ちた沈黙。リアが煙草の火を消し、失礼するわと言ってトイレに立った。ミランはカウンターに近づくと、肌の黒い女の子に赤ワインを注文した。そしてそのまま彼女にちょっかいを出し始めた。ある舞台監督が声をかけてきたが、私が興味なさそうなそぶりを見せると、すぐに去っていった。君も何か飲むか《ボス・ケレス・トマール・アルゴ》？　とミランに訊かれ、私はまた彼のきついアルゼンチン訛りについて考えた。それじゃビールをもらうよ。ミランにリアのことを訊かれて、彼女がリア・ガンディーニという名であること、知り合ったのはあるモノローグ喜劇の幕間で、その前になんとも不機嫌なイタリア人俳優と、もう一人のはるかに魅力的なイタリア人俳優の芝居に耐えていたこと、共通の友人を通じて紹介してもらったが、その後この友人を無視して赤ワインを飲みながら、そのあまりにドライで（ワインのこと）あまりに短い（時間のこと）休憩時間のあいだずっと二人で喋り続けたこと、ダリオ・フォの虎物語でどの話が気に入ったかなどと彼女にとりとめもなく説明したこと、彼女はそのとてつもなく長いまつ毛とともに微笑みながらただ聞いていたことなどを語った。ミランは私が何の話をしているのかわかっていないようだった。あのすらりと伸びた首が気に入った、とミランは言った。白鳥のようだ、と彼は言った。モディリアーニの描く女性のようだ、と彼は言った。そうだね、と私は言ってビールを一口すすった。ミランに米国とヨーロッパではクラシック音楽の学び方に違いがあるのかと尋ねた。そりゃ大違いだよ、君。ミランはリアがいた席に座った。いいか《ミラー》、と彼は言った。アメリカ人はクラシックの曲を機械かロボットみたいに演奏させたがる。個人的感情はいっさい差し挟ませない。そこには人というものがいない。誰が演奏しようが同じだ。奴らはね、と彼は言った。演奏者の個性を完全に排除したいのさ。ミランは煙草に火をつけると、肌の黒い女の子に微笑みかけ、少しのあいだ考え込んだ。君はラザール・ベルマンという名前を知っているか？　いやさっぱり。偉大なピアニストだ、と彼は言った。リストの名手だ、と彼は言った。ポーランド人であるショパンの曲と闘ったユダヤ系ロシア人、と彼は言い、私はとたんにその言葉をかき回して、毎晩闘うポーランド人ボクサーのことを考え、そのあとポーランド語の言葉と格闘する祖父のことを考えた。俺は子どものころ、イタリアでベルマンに師事していた、とミランが言った。吸うか？　私は彼から煙草を一本受け取った。最初の日のことを今でも覚えている、俺はベルマンのスタジオでリストのソナタロ短調を弾いた、とにかく複雑な曲だ、それで、ユダヤのじいさんは赤いビロード張りのばかでかい肘掛椅子に座って一言も口を利かない。一言も。二日目、またそのスタジオに行って同じ曲を弾き始めると、ベルマンが急に立ち上がって杖で窓を叩き始めたんだ、こんなふうにそっと。ミランはワインを長々と喉に流し込むとシャツの袖で口を拭った。昨日と同じ弾き方をしているじゃないか、君は、とじいさんはロシア語で怒鳴った。ベルマンが杖で窓をこつこつ叩き続けているあいだ、俺は黙り込んでいた。このじいさんは気でも狂ったのか、ああ、と思った。ところがじいさんは、そのあと俺のところまでそろりそろりと近寄ってきて、俺の肩に手を置くと、悪魔みたいな笑顔でこう囁いた。今日は雨だというのが君にはわからんのか？これは大きな違いだぞ、とミランは言うと、リアが座れるように場所を空けた。明日はリストをちょっとばかし弾くことにしよう、エドゥアルディート、とそれまでの話が本当であることを裏打ちしようとするかのように言い残し、カウンターの肌の黒い女の子とお喋りをしに行ってしまった。

レストランは客がまばらになり始めているようだった。リアが私のグラスからビールを飲んだ。彼女の前腕を撫でると——唇をやや色っぽく突き出し、かなり若いころのマリリン・モンロー、というかマリリン・モンローを下手くそだが可愛らしく真似て演技するかなり若いころのナタリー・ポートマンを思わせるふくれっ面をし——もう帰りたいと言った。それからふくれっ面をさらにふくらませ、アーモンド色のノートにどうしても絵を描きたくなったと言った。私はビールを二口で飲み干した。

席を立つと、私はミランに、明日、君の演奏を聴きに行くと伝えた。必ず。彼は私たち二人をいっしょに抱きしめた。三人でハグだ、我が友よ、と彼は言うと、作り物めいた笑い、見るからに嘘くさい笑い、本当は笑うつもりもない人間特有の笑い声を上げた。

＊

部屋に着く前からリアはブラジャーを外していた。いっしょに歩いているときや車に乗っている最中、彼女はよくそうしたがった。ふいにブラジャーなしになった彼女の姿を想像するのを私が好きだと知っていたからだ。私たちは道中のあちこちで立ち止まってキスをし始め、すると彼女は私の手をとり、むき出しの冷たい両胸に置き、そこがまるで誰にも触れられたことがないかのように震えた。固く抱き合っていると、二人のどちらが震えているのかわからないほどだった。おそらくどちらも震えてなどいなかったのだろう。それからもどかしそうに、少しふらふらした足取りで歩き続けた。ブラジャーは彼女のバッグのなかか、ひょっとすると地面に置き忘れたか、あるいはどこかの木の枝から巨大な黒い豆の鞘みたいにぶら下がっていたのだろう。

そのあとはビールとテキーラをがぶ飲みしたあとのセックスの大乱戦。震えるひとつの裸の塊に千の脚、千の手、そしてセックスするにはいくらあっても足りないグアバの味のする千の舌。一言も、少なくとも理解できる言葉は一言も発さずに。言葉はいつも余計なことを伝えてしまう。私たちはそうやって離れがたく交わったまま、決して終わりを迎えることなく（セックスはいつだって現在進行形がいい）まどろみ始め、やがて夜明けの光とともに、遠くで叫ぶ子どもの声か雄鶏の鳴き声が聞こえてきて、胸のあたりがひんやりするのに気づいたとき、ベッドの端でぬくぬくと座っているリアの姿が見えた。彼女の体は琥珀色に輝いていた。アーモンド色のノートが膝の上に開かれていた。

リアには自分のオーガズムを描く習慣があった。

出会った最初のときから、彼女はことが終わると立ち上がり、全裸のままどこかに歩いていくと、アーモンド色の小さなノートを持ってベッドに戻ってきた。それから片肘をつくか、ちゃんと座るか、ときには膝をついて、自分が体験したばかりの、つまりヴァギナにその記憶がまだ生々しく残るオーガズムを、あるいは幾度ものオーガズムを描くのだ。リアはまるで科学者のようにあらゆる細部を図に表して見せた。体の震え、絶頂の瞬間、痙攣、失神、体温の変化、体液の噴出。たいていは山、あるいは高さと幅がまちまちの山系みたいな線を描いた。そうした山地は小さいこともあれば丸いこともあり、ときには何キロにもわたって水平に広がっているように見えることもあった。川がどこかから流れ出していることもあり、ほぼいつも（だがいつもではなかった）クレーターから湧き出ていた。側面からごくまばらにジグザクの折れ線が突き出ていて、ミニチュアの稲妻にも見えたが、実際に何を表していたかはわからない。わたしのただひとつの秘密、とても大事なものなの、とリアは言っていた。それで私はこの折れ線を見つけるたびに、なぜかはわからないが愚かな満足感を覚えたものだ。だが彼女はときに山を描かず、雲というか、綿のような何かでできた渦巻き模様を描くこともあった。楕円状に渦を巻く、細かく震える太い線。リアは私に、これをほかにどうやって表現したらいいかわからない、ただ全身でそう感じるのだと説明した。ふんわりした塊がぴくぴく震えているみたい、とリアは言った。私は彼女を羨ましく思った。実が落ちたあとの葡萄の枝に見えることもあった。電柱のてっぺんで絡まり合った電線。骨の多い化石。アフリカのどこかの国、アンゴラかナミビアと思しき地図に見えることもあった。たった一晩だけ、アンティグアのその同じホテルの部屋で、リアは私の肩に顔をうずめ、おそらく泣きながら、おとなしく体を震わせ、そして言語を絶する何らかの快楽によって最後の数滴が流れ出した温かい性器で私の太ももを濡らしつつ、今のは絵にできない、と言ったことがある。そのとき私はまたもや彼女を、いやおそらくすべての女性を羨ましく思った。だがいつものリアは、フランドル派の画家のひたむきさで入念にスケッチしながら、彼女のなかにあるはかり知れない謎の細部、記号、解釈の手がかりを私に明かしてくれるのだった。

目を閉じて彼女のむき出しの背中を撫でながら、斑模様の群島の夢を見始めた。紙の上を滑るさらさらというペンの音が聞こえ、その後短い静寂が訪れ、それからまたペンの音がした。お腹にキスの感触があった。できたわ、とリアは言い、私の隣に体を丸めてノートを差し出した。

小舟から見た嵐の海。

そんな情景に見えた。何を表しているのか尋ねたかったが、うなじにかかるリズミカルな寝息を感じ、彼女をしっかりと抱きしめると、たちまち深い眠りに落ちた。

目覚めたときか、まだ夢のなかにいたときかはわからないが、リストがヴィトゲンシュタイン家の侯爵夫人の愛人だったこと、さらにワーグナーの義父でもあったことを思い出した。リアにそのことを話すと、彼女は脱皮する蛇みたいにずるずると白いシーツから這い出てきて、もうシャワーを浴びる時間よ、と言った。

私たちはホテルの食堂でコーヒーとチャンプラーダの朝食をとった。リアの栗色の髪はまだ濡れていて、薄いグレーのTシャツに水が滴っていた。彼女は自分の見た夢の話をした（いつも細部まで記憶していた）。リアの話に耳を傾けるうち、私はふと、彼女のざらざらとしたこの世のものとは思えない声が、まるでミルクを満たした浴槽に全身を沈めて私に語りかけているような気がした。

＊

サン・ホセ・エル・ビエホ大聖堂の廃墟に集まった聴衆は声をひそめて囁き合っていた。空気はまるで何世紀ものあいだ、そこで動かずに冷たく凝結してしまったかのようで、心地よい陽の光が壮大なドーム型の空間に調和的な雰囲気を生み出していた。折り畳み椅子の列が並ぶその先、二つの可動式の壇の上にぽつんとグランドピアノが見えていた。私は出港間際の黒い船を思い浮かべた。

私たちは最後列に座った。リアが耳元に熱いキスをしてきた。前の席には三つか四つくらいの男の子が膝をついて座っていたが、ときどきそのマカダミアナッツみたいな顔を後ろに向けて、いたずらっぽい目で私たちの顔をうかがった。見てこの子、とリアが囁いた。ネクタイまでつけてもらって。こんにちは、ハンサムさん、とリアが声をかけると、男の子は顔を真っ赤にして母親にしがみついた。

聴衆のざわめきがやんだ。男がひとり壇上に現れて、不遜な笑みを振りまきながら、おそらくついさっき暗記してきたのだろう、セルビア人ピアニストの奇天烈な経歴を披露した。ラキッチ氏はベルファストのご出身で、ニューヨークのバサール・レルマンのもとでピアノを学び、現在はイタリアにお住まいです、と男は言った。聴衆——いつだって臆病すぎる連中、と私の吃音症の友人がよく言っていた人々——はそれでも拍手を送った。

ミランが登場し、すぐにピアノの前に座った。うつむき、両手を腿の上に載せ、しばらく黙ったまま、たぶん目を閉じていたと思うが、なにしろ距離があり、しかも長いまっすぐな黒髪が黒いカーテンみたいに顔を覆っていたので、断言はできない。でもそんなふうに見えた。たぶん静かになるのを待っているのだろうと思ったが、そのあと静かになってからは、これから弾く曲目を心のなかでおさらいしているのだろう（楽譜はなかったので）と思ったが、そのあと一分以上が経過し、いくらか困惑した人々が顔を見合わせ始めるころには、これはきっと重度の二日酔いで頭が真っ白になっているに違いない、ピアノの弾き方も、自分がグアテマラの遺跡くんだりでいったい何をしているのかも、あれほど愛したベルファストからどうして旅立ったかさえも、何もかも忘れてしまったのだろうと思った。

滝をゆっくりと滴り落ちる水滴のような音を立ててピアノが鳴り始めた。ショパンのマズルカ——とプログラムにはあった——にしてはあまりに繊細で、甘美で、静謐な音だった。リアが私の腕をぎゅっとつかんだ。ベートーヴェンの『悲愴』よ、と眉を寄せて囁いた。彼女はプログラムの紙切れに顔を近づけて読み、そのあと目から離してもう一度読んだが、たぶん光の角度でホログラムのように別の文字に見えてくるのではないかと期待していたのだろう。私はあきらめて肩をすくめた。ミランは第三楽章を弾いていたと思うが、第二楽章か第一楽章だったかもしれない。右隣のご婦人は居眠りしているようだった。前の席では男の子が椅子の上に立ち、まだ親に小さなネクタイをつけさせてもらう年頃の子らしく、心から驚いた表情で聴いていた。男の子が母親に何か叫んだ。母親は男の子を座らせようとしたが無駄だった。リアが微笑んだ。私はというと、どういうわけか、ベートーヴェンのソナタを聴くといつも世界を変えたくなるというか、少なくとも自分の住む世界を取り換えたくなってしまう。私は目を閉じ、しばらくのあいだ、ミランの生白い指にはめられた指輪が象牙の鍵盤に叩きつけられる様を想像した。やがて静寂。聴衆が拍手した。目を開けると、男の子が面白そうに、しげしげと、ほとんど瞬きもせずこちらを見つめていた。あなたのことを怖がっているのよ、とリアが拍手の合間に言った。野生の豹みたいに口をカッと開いてみせると、男の子は椅子からずり落ちそうなほど驚いた。

ミランはまたうつむいて両手を腿の上に載せ、おそらく目を閉じていた。そんなふうにじっと集中する姿を眺めていると、彼が語って聞かせてくれたあの雨の日と年老いたユダヤ人の話がどこからか甦ってきた。どの曲を弾こうか決めているんだ、と私はリアに囁いたが、彼女はなおもプログラムを解読しようとしていた。ここにはサン＝サーンスって書いてあるわよ。何でもありえるけど、サン＝サーンスではないね、と私は断言した。どうしてわかるのよ？　だってバサール・レルマンが、と私が言いかけた瞬間、交霊術師の静かなる祈りの言葉に呼び出されたかのごとく、灰色の、いやおそらく灰白色の鳩が一羽、廃墟のなかに舞い込んできて、ちょうど舞台の真上にあたるドーム型天井のてっぺんに向かった。鳩が羽ばたきながら巣にとまろうとするあいだ、何羽もの雛たちがいっせいに鳴き始めた。とりさんだ、と、もう立ち上がっていた男の子が声を上げ、その新たな発見を人差し指で示した。聴衆がざわつき始めたそのとき、間違いない、ラフマニノフが始まった。ピアノ・ソナタ第二番だったと思うが、何か別の協奏曲かプレリュードだったかもしれない。速かった。濃密だった。完璧に整っていた。ハリケーンの猛烈なつむじ風やリアの描く荒海のようだと思い（あるいはそう感じ）、それから、お腹をすかせた鳩の雛たちの騒ぎに興奮する男の子を見ているうち、その音楽が、慌てた鳩の群れやアマゾンのインコや青いオウムの群れそっくりに、おとなしく飛び回り、遠くから聞くかぎりではまったく支離滅裂で、恐れを知らず、悲しいほどでたらめに聞こえるのが、実は正確な論理に基づいて鳴いているアマゾンの青いオウムたちで埋め尽くされた、アマゾンのどんよりした空そっくりに思えてきた。ミランの両手はぼんやりした肌色のしみと化した。ピンぼけに見えた。彼の髪の毛は飛びはねていた。男の子が金属製の折り畳み椅子の上でぴょんぴょん飛びはねながら、とりさん、とりさん、となおも天井を指差していた。雛たちはしばらく前に鳴くのをやめていた。

拍手。ミランはまたもうつむき、またも長い沈黙があった。今度は何かしら、とリアが呟いた。私は何も言わなかった。プログラムはいまや床に落ちていた。

ミランは力強く情熱的な曲を弾き始めた。音はふと弱まってほとんど消えてしまうかと思えば、次の瞬間には激しく劇的になり、ふたたび上へ向かって放たれた。聞き分けにくい上昇と下降が、長々と、おそらく三、四十分にわたって繰り返された。しかしその相反する感情、平穏な部分と、何も考えずにうとうとしていた客の目を覚まさせるほどの不安に満ちた部分が対照的に鳴り響く最中、セロニアス・モンクのシンコペーションの効いたメロディーのいくつかを――ほんの束の間、どこか奥底から、まるで無数の和音のあいだでもつれるように現れるのを――聴きとった気がした。おかしな話だとはわかっている。最初は「ストレート・ノー・チェイサー」、次は「トゥインクル・トゥインクル」、次は「ブルー・モンク」、そしてたぶん「エピストロフィー」のほんの短い断片まで聞こえたような気がした。ほんのかすかに。意識下のレベルのとも言えるかもしれないが、そうとも言えない。特定するにはあまりに一瞬の、だがモンクの信者にとっては、さらに彼のパーカッション的なスタイル、鍵盤を叩きつけ痛めつけるようなスタイルの信者にとっては（あの音の迷宮のなかにあっても）

あまりにはっきりした断片。もっとも、実際に確かめようもない。人はときとして混乱が極まると、自分のなかにもとからあった音楽を聴いてしまう。

ミランは姿を消した。無言で。聴衆は立ち上がって拍手を送り、穏やかな笑みを浮かべながらアンコールを求めた。彼がそれに応じないことは明らかだった。

私たちはミランをにわか仕立ての楽屋で見つけた。うなじに水色のタオルをかけ、ひとりで煙草を吸っていた。リアが彼の両頰にキスをした。私はハグをした。どうしてかはわからないが、そのときの彼には負傷兵の雰囲気があった。といっても瀕死の負傷兵ではなく、命ある負傷兵、幸福な負傷兵、楽しげな負傷兵、満足げな負傷兵、こんな怪我をしたのだからようやく戦場を離れて静かな我が家に帰ることができると思っている負傷兵だった。では、と煙草の火を床で揉み消しながら彼は言った。何か食いに行くか?

リアは、わたしはひと休みしたい、小一時間眠りたい、でも昼食後のコーヒーには合流するからと言い、あなたが空港に向かう前に必ず挨拶に行くと約束した。ミランが乗るニューヨーク行きの便は、その日の夜発つことになっていた。

＊

ミランに少しでもグアテマラ料理を食べてもらおうと〈ラ・クエバ・デ・ロス・ウルキス〉——庶民的な素っ気ない食堂で、テーブルクロスはビニール、皿はプラスチック、出てくる使い捨てフォークと使い捨てナイフはたぶん使い捨てされていない――を訪れた。

この音楽は何だ？　とミランが座りながら言った。ランチェーラだと答えると、彼は眉をひそめたが、理由はわからない。真夏の暑さだった。ビールを二つ注文したあと、儀式のように煙草を吸い始めた。隣のテーブルでは、ある一家がほとんど互いの顔も見ず、慌てた様子で料理をむさぼり食っていた。乾杯《ジヴェリ》、とミランがジョッキを持ち上げて言った。乾杯《サルー》。

私は彼に、どの曲を弾くかはいつも最後の最後に決めるのかと尋ねた。ああ、いつもそうだ。でも頼むから、どうやって決めるのかなんて訊かないでくれ。自分でもわからないのさ。そんな奴には金を払えないと脅されたこともある、一度なんてローマで罵られた、くそみそに野次られてね、と彼は得意げに言った。でも、概して客は思いやりがあるというか、たぶん少しばかりお人よしなんだろう、俺の気まぐれに文句のひとつも言わず付き合ってくれる。私はミランに、君は雨かそうでないかで即興してるんじゃないかと言った。そんなものだな、と彼は言うと微笑んだ。私は最後の曲について尋ねた。リストだよ、と彼は言った。でもリスト弾きすら知らない曲だ。私は当惑して彼を見た。あるとき、ベルマン、いやこの国ではレルマンというらしいが、とにかくじいさんの前で弾いてみたら、そんな曲は聞いたこともないと認めたよ。あの曲は俺が見つけた（発見した、あるいは救い出したとミランは言ったかもしれない）。ベオグラードの図書館で埃にまみれて眠っていたのをね。

ウェイターがやってくると、ミランはビールをすすりながら、注文は君に任せると言った。ワカモレ、チーズを載せたフリホーレス、チョリソ、トルティーヤを注文した。

といっても、と短い沈黙のあとで彼は話し続けた。あれはドイツの作曲家マイアベーアのオペラから採った曲をリストがオルガン用に編み、それをのちにブゾーニがピアノ用に編曲したものでね。でもこいつがまた力強くて暗い、美しい編曲で、なのにどういうわけか誰も知らないんだ。

ウェイターがいくつか皿を運んできて、ミランは全部の料理を気の赴くままにつまみ始めた。料理について尋ねもしなければ、煙草の火を消すことも、モンクのメロディーについて語ることもなかった。

それにしてもミラン、どうしてそんなにリストに親しみを感じるのかな？　彼は顔を上げて少しのあいだ黙っていたが、それは騒々しい静けさというか、ずっしりと重い、列車が到着する間際のすさまじい沈黙だった。彼は口を開きかけたが――たぶん考え直して――すぐに口をつぐんだ。私たちは隣でむさぼり食っていた家族がのろのろと立ち去る様子を眺めていた。それはわからないな、メンソールを含んだ声で彼がふいに呟いた。たぶんリストなら即興を許してくれるからだろう。そうミランは言ったが、本当は何か違うことを言いたかったはずだ。彼の音楽は、言うなれば開かれた構造なんだ、とミランは言い、ワカモレをいっぱいに挟んだトルティーヤにかぶりついた。俺が思うに、とまだトルティーヤを嚙みながら彼は続けた。空気でできた骨組みのなかで自由に遊び、体を伸ばし、飛ぶことができるような感じだ。私はミランの話を聞きながら、白い雲のなかを無数の音符が漂いながら、ぶつかり合い、必死で逃れようとしている光景を想像していた。リストの音楽は、とミランは言った。他のどんな作曲家の音楽よりもそういうことを許してくれる。わかるか？　演奏家というのは、と彼は言った。ロボットじゃないんだ。ある種の境界というものはどこかにあるが、同時にそこには境界なんてない、というかあってはならないとも言える。たとえばひとつの曲のなかの境界、演奏技術上の境界、あるいはジャンル間の境界さえも。どうしてジャンルとジャンルのあいだに線を引いたりする？　ある種の音楽と別の音楽をなぜ区別しないといけないのか？　どっちも同じ。音楽は音楽だ。と言うと彼はビールを一息に飲んだ。もっと別のものも注文しないか？　と腹ぺこの抜け目ない山師のような笑顔で言うので、私はペピアンとカキックを一皿ずつ、そしてチピリンの葉で包んだタマルを二つ追加で注文した。

たしかにそうだな、ミラン、と私は、彼が何のことを言っているのか本当はよくわからずに、いやひょっとするとあまりにもよく理解したがために言った。でも、その種の境界を押しのける、無視する、消すということにどうしてそこまでこだわるのか、境界を揺さぶったり消したりするのを誘うタイプの音楽家の曲にどうしてそこまで惹かれるのか。そういうのは革命的だし、扇動的だ。そういうのは、と私は言った。ちょっとボヘミアン的だ、この陳腐な言葉のもっとも厳密な意味においての話だが。どうして境界というものを受け入れないのか？　境界を避けること、境界に反抗することに、なぜそこまでこだわるんだ？　ミランは無言でビールの残りをぼんやりゆり動かしていた。しつこく尋ねてすまない、と私は自分がどこに向かっているかもよくわからずに話し続けた。実のところ、外的な革命より内面の革命に強く惹きつけられるんだ。とり憑かれていると言ってもいい。たとえばチェ・ゲバラが二十四歳のときにやったバイクでの精神的な旅――のちの彼の思想の多くが育まれ、彼のなかに何か魔術的なものが初めて宿った旅――のほうが、その後ラテンアメリカやアフリカを突き動かした現実のどんな革命よりよほど面白いと思う。芸術であろうと社会であろうとどんな分野であろうと、人がある地点まで、いかにして、そしてなぜ精神的革命へと突き動かされていくのか、それこそ、その後に続くどんな見世物よりもはるかに真摯な探求に思える。だってミラン、その後に来るのはどれも見世物以外の何ものでもないじゃないか。どれもこれも。キャンバスに絵を描くのだって単なる見世物だ。小説を書くのだって単なる見世物だ。ピアノを弾くのだって単なる見世物だ。キューバ革命だって単なる見世物だ。ウェイターが料理を運んできたが、私は無視した。結局のところはね、と私は言いながらため息をつき、曖昧で歯切れの悪い終止符を打った。

ミランは怒った様子で私を睨んでいた。というか少なくともそう見えた。今にも私の顔にビールをひっかけ、セルビア語で罵倒の言葉を吐くか、ひょっとすると泣き出すのではないかと。私は自分の皿に白米を山盛りにし、濃厚なペピアンをたっぷりすくって上からかけた。

俺の親父の職業を知ってるかい？　とミランは尋ね、椅子に深々ともたれると、決して負けを認めない大物のように腕を組んだ。彼は明らかに気が立っているようだった。私はスプーンを置いてじっと彼を見つめた。俺の親父はアコーディオン奏者だ、とミランは言った。ジプシーのアコーディオン弾きだ、と彼は言った。俺はジプシーのアコーディオン弾きの息子なんだ、と言うと、ビールの残りを飲み干した。ウェイター、こっちにもう二本くれ、とミランは空の瓶を振りながら大声を上げた。彼は私を見て皮肉っぽい笑みを浮かべた。それでお母さんは？　と私は尋ねた。彼は恥ずかしそうにというか苦々しげに首を横に振った。親父だけがジプシーだ。おふくろは違う。俺はどっちかっていうとおふくろ似、つまり俺の顔はジプシー風というよりセルビア人っぽいんだ。私は何も言わなかった。言うべき言葉が見つからなかった。俺が物心ついたころから、親父はなんとかして自分の世界と自分の音楽から俺を遠ざけようと、俺にそういうものを禁じようとしてきた。でも、昨日君がジャズついて言ったみたいに、ジプシーの音楽はもう俺の生殖腺を流れてたってわけさ。誓ってもいいが、その不吉な話し方からして、ミランはテーブルの下で自分の生殖腺を握りしめたか、少なくとも撫でたようだった。これまでずいぶん旅をしてきたが、と彼は話し続けた。リストやショパンやラフマニノフのCDなんて荷物に入れたことは一度もない。だがな、エドゥアルディート、俺はほんのちょっとでもジプシー音楽を聴かないことには一日たりとも過ごせないんだ、ボバン・マルコヴィッチ、オラフ・ヴィンツェ、生ける伝説シャバン・バイラモヴィッチをほんのちょっとでも聴かないことにはな。ミランは微笑んだ。ということは、実は俺も彼らと同じノマドなんだろう、親父は認めたがらないかもしれないが。それにノマドに境界なんてものは似つかわしくない。ああ、ありがとう、とミランはウェイターに言ってビールを一口すすった。考えてもみろよ、と彼はまるでひどい無気力に襲われたかのように話し続けた。二十五年もピアノの前に座り続けたこの俺、世界最高の音楽学校を渡り歩き、世界最高の師匠についてクラシック音楽を学んできたこの俺が、今ただひとつ夢見ているのは、ジプシーのキャラバンに加わってジプシー音楽を弾いて踊り、その痛みを少しでもいいから味わうことなのさ。馬鹿みたいだろ？　ミランはペピアンとカキックをスプーンからあふれんばかりによそい始め、そして私はといえば、二つを混ぜて食べるなんて大胆な人だと思いつつ、自分の先祖から逃れようとする者たちもいれば、自分の先祖にほとんど腹の底から恋い焦がれる者たちもいるのはなぜかということしか考えられなかった。父親の世界から逃げ出す者もいれば、父親の世界を求めて叫び、声を嗄らす者もいるのはなぜか、私がいくら頑張ってもユダヤの世界と十分な距離をとることができないのに対し、ミランはいくら頑張ってもジプシーの世界との距離を十分に縮められないのはなぜだろうかと。で、お父さんは？　と答を予感しつつ尋ねてみた。親父はこのことは知らない、とミランは私を見ずに、人参かハヤトウリのかけらかどこかに視線をさまよわせたまま言った。知る由もないことだ。ミランはチピリンのタマルをフォークで切り分けてから、まるで私が父親を薄めたコピーであるかのように、こう打ち明けた。実はクラシックはもうやめたいんだ。私が黙ったままでいると、彼もそれ以上何も言わず、二人ともあまりに多くの言葉に辟易したというか、それほど多くの言葉が最後に居場所を見出すのを単に待ってと言ったほうがいいかもしれないが、そのまま私たちは長々と続く沈黙のなかで食事を終え、ビールを飲み終えた。

プディングとコーヒーを二つ注文した。そのとき私が、正直な気持ちからか、それともどこまでもしつこく食い下がろうとしてかはわからないが、ジプシーについて、ジプシー音楽について知りたいと切り出すと、ミランは蔑むように頭を動かして、そうだな、とだけ言った。ところで昨夜はどうしていたのか、と私は突然興味が湧いて尋ねた。するとミランは煙草に火をつけ、若い吟遊詩人さながらに悪戯っぽく眉を上げ、インディオの女というのはみんな立ったままやるのが好きなのかと尋ね返した。

テルアビブは竈《かまど》のような暑さだった

テルアビブは竈のような暑さだった。ベン・グリオン空港にはエアコンがないのか、その日はついていなかっただけなのか、あるいは誰かが我々観光客を地中海のべとべとした湿気に早く慣れさせようとしてエアコンをつけないことにしたのかもしれないが、結局わからずじまいだった。弟と私は疲労困憊し、目を赤く腫らして立ちつくし、荷物が出てくるのを待っていた。真夜中近くで、空港はもはや空港にすら見えなかった。同じように荷物を待っている何人かの乗客が煙草に火をつけているのを見て驚いたが、自分も一本取り出して火をつけてみると、苦い煙に少しだけ頭がすっきりした。弟がそれを奪い取った。憤慨とも激怒ともつかない煙のため息をつくと、弟はTシャツの袖で額の汗を拭きながら何か呪詛の言葉を呟いた。私たちは二人ともそんな場所、テルアビブにも、イスラエルにも来たくはなかったのだ。

妹が結婚を決めたのだ。公衆電話からグアテマラにいる私たちに電話をかけてきて、正統派ユダヤ教徒のアメリカ人と知り合い、というかエルサレムで通っているイェシヴァのラビたちにニューヨークのブルックリン出身の正統派ユダヤ教徒のアメリカ人を紹介され、ついては彼と結婚することに決めたと言ったが、決めたのがラビたちなのかそれとも二人なのか、私には見当もつかなかった。父は電話を奪い取って少しのあいだ怒鳴りつけ、次に説得を試み、最後にはあきらめて、これからみんなでそちらへ行くので待っていてほしいと頼んだか懇願した。

妹がエルサレムの女子イェシヴァの寄宿生として、トーラーやその他ラビの教えに関する書を学び始めてもう二年近くが経っていた。最初のうち、私たちはみな、どうせちょっとしたシオニズム熱かヘブライ熱に罹ったか、若気の至りで祖父母の宗教についてもっと深い教えを見つけたくなったのだ、いつかは冷めるだろうと考えていた。だが妹の言葉遣いはたちまち変わり始めた。手紙でも電話でも、妹の言葉はもはや妹のものではなくなった。急に信心深くなった人の常として、妹の言葉も次第につっけんどんで薄っぺらになり、お世辞にも寛容とはいえない説教調になった。名前も法的な手続きを経てヘブライ語の名に改めてしまった。あの綺麗な黒い巻き毛を――ときにはスカーフ、ときにはかつらで――覆った写真を送ってくるようになった。正統派ユダヤ教の戒律と慣習によると、女性の美は髪に表れ、これが男性に対する誘惑になる、ゆえに女性は髪を隠さねばならないのだと妹は説明し

*

た。素肌もしかり。若く可愛らしかった妹が、肩も首も腕も、ましてや脚など絶対に見せない、だぶだぶの長いワンピースを着るようになった。まるで服に拘束されたかのように。まるでだぶだぶのワンピースとかつらがあれば誘惑を封じることができるかのように。その間、妹が一度だけグアテマラに帰国したのを覚えている。妹は尊大な態度で、もうどんな男性とも挨拶するときは体に触れない、食事は自分用のを自分で用意し、イスラエルから持参した器二つ、ひとつは乳製品用、ひとつは肉用、これを使う、安息日の二十四時間は車に乗るのも働くのも読書もだめ、ひとつを除いて――という理由が私にはわからなかったが――家中のトイレで水を流すのもだめ、前日の金曜の日没前に自分が前もってつけておいたのを除いて明かりもつけてはだめ、それらは土曜の日没までつけっぱなしにしておくこと、と告げた。いつだったか、たしか両親の家で家族五人が食卓を囲んでいたとき、妹が、自分や新しい師匠や正統派のラビたちにしてみれば、あなたたち四人はユダヤ教徒とはいえないと言い放ったのを覚えている。父が甲高い叫び声を二度上げた。母が席を立ち、泣きじゃくりながら出ていくと、弟がその後を追いかけた。そうだな、と私は妹に言った。少なくともその点についちゃ、私も同感だ。

＊

黒いベルトコンベアーは一向に動く気配がなかった。私たちは荷物が出てくるのを一時間近く待っていた。弟はときどき愚痴をこぼしたが、他の乗客は誰もそれほど嫌そうな顔もせず、大して驚いてもいないようだった。イスラエル当局の治安対策が厳重であることを誰もが知っていたからかもしれない。何時間にもわたる長旅を経て、あの五十センチ四方の機上の空間からようやく解放されたことが、ただありがたかったのかもしれない。

ここからホテルまでどのくらいかかるの？　と弟が尋ねた。エルサレムまでまだタクシーで移動しなくてはならなかったのだ。両親は結婚式に備えて何か用意でもするつもりだったのか、数日前に着いていて、私たちは、空港を出たらタクシーでエルサレムの〈カディマ・ホテル〉に来ること、三十分もかからない、そこで待っていると言われていた。弟に半時間もあれば着くと言いかけたそのとき、ルフトハンザの客室乗務員の一行に目を奪われた。五、六人の若い女性がみなルフトハンザのまぶしい制服に身を包み、ルフトハンザの黄色い帽子をかぶり、ルフトハンザらしい満面の笑みを浮かべていた。私たちはフランクフルト経由のルフトハンザ航空でやってきた。フランクフルトで飛行機はまず到着ゲートに停まり、それから離陸用滑走路までのろのろと移動したが、そのあとをドイツ警察のパトカー二台とドイツ軍の装甲車一台が監視と警護を兼ねてついてきた。

五、六人の客室乗務員は、ばかでかいビールのポスターにもたれて煙草を吸っていた乗客に向かってまっすぐ歩いていった。急に自分が悪いことをしている気がして、煙草の火を床で揉み消した。その乗客はおそらく五十代、短パンにゴムサンダル姿の、禿げ頭で肥った生白い汗だくの男で、客室乗務員たちにパスポートと搭乗券を見せたかと思うと、おそらくヘブライ語かアラビア語で彼女たちと激しく口論し始めた。客室乗務員のひとりが男のパスポートを取り上げ、その顔つきと身振りから察するに、どこか別の場所まで同行するよう指示しているらしかった。しかし男はますます激しく怒鳴り、両手を振り回し始めた。マシンガンを持った緑の軍服姿の兵士が二人、どこからともなく現れて男の両脇に立った。兵士のひとりが男のリュックサックを取り上げようとしたが、男はそれを胸に抱えて離そうとせず、死んでも渡すものか、少なくとも闘わずしてはと叫んでいるように見えた。すでに黒いターンテーブルが回り始めていて、最初のスーツケースが出てきた。乗客の誰もそちらを気にしていなかった。私たち全員が、好奇心と恐怖と若干の期待の入り混じった目でその男を見つめていた。数人の男性客にいたっては、野次馬根性から、あるいは万が一に備えて、つまり客室乗務員から助けか応援を求められたときに備えてそばまで寄っていた。だが突然、二人の兵士がいかにも熟練した計算された身のこなしで男を捕まえ、床に押さえつけ、手錠をはめると、ヘブライ語かアラビア語でまだ怒鳴り続ける男をなかば引きずるように連行していった。実に手際よく、実に素早く。

ルフトハンザの客室乗務員も何人か立ち去った。だが二人の客室乗務員は同じ場所に留まり、小声で何か話し合いながら周囲の乗客たちをなだめていた。弟が私を見て目をむき、頭を横に振った。大した歓迎だ、とでも思っていたのだろう。あるいは、なんて場所に来ちまったんだ、とでも。私は肩をすくめた。かける言葉もなかった。

私たちは、キーキー音を立ててきしむ、といっても豪奢な機械らしくあくまで優雅に上品にキーキー音を立ててきしむベルトコンベアーのほうにゆっくりと近づいた。なぜルフトハンザの二人の客室乗務員の姿をもう一度見てみようと思ったのかはわからない。そして、なぜ彼女だとわかるのにそれほど時間がかかったのかも——もしかすると黄色の制服が目立ちすぎたせいかもしれない。

まさか、と私は弟の腕をつかみながら感激して言った。どうしたんだ？　見ろ、と私は言った。見ろって何を？　あっちだよ、と私は言い、あのスチュワーデスだ、と目で指した。彼女だと思う、と私は言った。彼女って誰？　おそらく弟もルフトハンザの黄色い制服に目がくらんでいたか、あるいは彼女のことを思い出せなかったか、ひょっとすると弟は彼女に会ったこともなく、私から話に聞いていただけなのかもしれない。あのスチュワーデスだよ、ともう一度目で指して言った。ああ、見えてるよ、それであのスチュワーデスが何だって言うんだ？　私は弟の腕を放し、不安を覚えながらというかこわごわと、少しのあいだ彼女を見つめた。タマラだと思う、と私は言った。誰って？　タマラだ、と、あれほど時間が経っていたにもかかわらず彼女の名を覚えていたことにいささか驚きつつもう一度言ったが、その名はいまや崇高でよそよそしい、作り物めいた響きにさえ聞こえた。

弟は数秒のあいだ彼女を観察しながら、何年もの記憶を遡って過去に戻り、埃の積もった無数のイメージをかき分けようとした。どうかしてるな、と弟は言った。ありえないよ、同一人物だなんて。彼女だ、と私は言い、その目と唇、そばかすのある青白い頬、かすかに白いものが混じる銅色がかった栗色の髪をじっくり観察すると、髪は前より短くなって白いものが混じっている、と弟に言い、それでもやっぱりタマラだ、と今度はほとんど確信をもって言うと、ゆっくりとそちらへ向かって歩き出した。ちょっと、どこへ行くんだ？　荷物はもう全部出てきてるんだぞ、と背後で弟の声がした。そんなはずあるだろうか？　タマラなのか？　あれから何年も経っても私のことがわかるだろうか？　私を覚えているだろうか？　やめておけよ、人違いだ、と弟がターンテーブルのきしむ音に負けない大声で叫んだ。

私は彼女の肩に手をかけた。タマラ？

＊

弟と私がようやく空港の外の歩道に出たのは午前一時だった。いくつもの会社の色とりどりのタクシーが何台か停まっていた。よく考えもせず、いちばん信用できそうな赤と白のワゴンのところに行き、運転手にエルサレムの〈カディマ・ホテル〉まで頼むと言った。運転手は怒ったような顔でせかせかと、イエス、イエス、カディマ、イェルシャライムと言い、後ろを指差した。私たちはトランクを開けて荷物を押し込むと、両側のドアに回って車に乗り込んだ。一番前の席にはフランス人の男女の観光客がいて、二人もやはりエルサレムの〈カディマ・ホテル〉を目指しているらしかった。私たちは二人に挨拶してから、疲れ果てて二列目の座席にへたり込んだ。

それでどうだったんだ？　弟が我慢できない様子でまた尋ねた。運転手が無線で誰かに向かって怒鳴っていた。私は運転手がドアも閉めず、ワゴンのエンジンもかけようとしないのを奇妙に思い始めた。話してくれるのか、くれないのか？　と弟がなかば目を閉じたまま挑むような口調で尋ね、私は座席に頭をもたせかけた。真っ赤だったよ、と私は言った。

タマラがはにかんで微笑むのを見るまでもなく、地中海のように青い目を少し見開くのを見るまでもなく、私は彼女の顔がとたんに真っ赤になり、頬に散らばる小さなそばかすが消えたのを見てすぐ、タマラがついにこちらが誰だかわかったことに気づいた。でもそのあとは何もかもがぎこちなかった。私たちはぎこちなく抱き合った。互いにぎこちなく質問し、ぎこちなくそれに答え、それも型どおりの言葉ばかりで、感情が高ぶってしどろもどろになり、大勢の乗客やスーツケースや空港の蒸し暑さのただなかで、彼女に至ってはルフトハンザの見るからにご立派な制服姿で、こんな状況下で再会したことに不安を覚えつつ、私たちはほんの数秒でこの年月をまとめようと、互いの言葉を遮り合い、話の途中でつかえた。そのあと、やはりぎこちなく黙り込んだが、おそらく私たちは二人とも、互いに過去に置いてきたと思っていたのが突然甦り、火山のような勢いで噴火した束の間の過ぎ去った出会いのことを考えていたのかもしれない。彼女が英語で、イスラエルにはどのくらいいるつもり？と尋ねたので私はもごもごと、数日だ、ほんの二、三日、妹の結婚式に出るだけなんだ、そう、正統派の結婚式なんだ、そう、エルサレムでね、そう、〈カディマ・ホテル〉だと答えた。ルフトハンザの同僚が急かすようにタマラの名を呼び、彼女はヘブライ語でそれに答えた。そして紙切れを一枚取り出して電話番号を走り書きすると、ここにかけてちょうだい、〈カディマ・ホテル〉のすぐ近くに住んでいるの、あなたを迎えに行って、どこか名所に案内してあげるわと言った。わかった、エドゥアルド？　と彼女は私の名前を、まるで私の名前ではないかのように、まるで彼女のためだけの私の呼び名であるかのように発音し、一瞬にして私を一軒のスコティッシュバー、何杯かのビール、ハートの形をした口とか、乳首をきつく噛むかそっと噛むかとか、とにかくそういうイメージへと運び去った。わかった？　と彼女は言って身を寄せてきた。彼女は紙切れを差し出した。そばかすのある真っ赤な頬を私の頬に押しつけ、電話するのよ、と今ではぎこちなさのかけらもない口調で、その数語の言葉よりはるかに多くのことを囁いた。彼女の温かい息と冷たい頬の落差が心地よかった。彼女の匂いを覚えていたことに私は嬉しくなった。紙切れを折り畳んでシャツの胸ポケットにしまった。電話してくれる？　と言うと、彼女は二、三歩後ろに下がった。私は、必ずするよ、今度こそ、信じてくれと言って軽く微笑むと、タマラがヘブライ語で、たぶん「またね」か、あるいは「きっとよ」かもしれないが何か言い、ルフトハンザの同僚と去っていった。

電話するのか？　と弟が尋ねた。弟はもう一時間以上うとうととしては目を覚まし、私や、タクシーの運転手や、高速道路沿いに飾りみたいに残された戦争の残骸や、前の席にいるフランス人観光客や、エルサレムのホテルへと向かう果てしない迷宮のような夜の旅をひたすら罵り続けていた。わからない、ワゴンの暗闇のなかで私はむなしく頭を振って答えた。私たち以外の客はみな降りてしまっていた。五人のうち一人はペルー帰りの若いイスラエル人で、私たち兄弟にスペイン語で、これは一種の乗り合いタクシーでシェルートと呼ばれていると教えてくれた。私はタマラの真っ赤に染まった顔を思い出し、タマラのラベンダーの香りを心地よく思い出し、そしてふいに、彼女の左手の薬指にあった白金の指輪を思い出して黙り込んだ。

白金の指輪なんてはめていたっけ？　本当にこの目で見たのか、それとも今、この私たち以外のみなが降りたワゴンの静けさのなかで私が空想しているだけなのか？　彼女は結婚してしまったのか？

ようやく私たちがホテルの正面に着いたのは朝の三時だった。

＊

ホテルでは決まって安眠できない。いつものように、フロントで最上階の部屋を頼んだ。騒がしい通りに面していない、エレベーターからできるだけ離れた、隣室に通じるドアのない部屋を。ところがフロント係の老人は勘違いしたのか話を聞き違えたのか、今はキングサイズのベッドの部屋がひとつしか空いていない、とひどい英語でしぶしぶ言った。異議を唱えるには二人ともあまりに疲れていた。黙って部屋のキーを受け取ると、かろうじて動く小さな旧式のエレベーターに乗り込んだ。

部屋はどこもかしこも古びて汚らしく見えた。バスルーム、シーツ、得体の知れない染みがいたるところにこびりついた、靴音を吸い込む分厚い絨毯、オリーブグリーンのモスリンのカーテン。寝る前にテレビのコンセントを抜き、ナイトテーブルの時計のアラームを切り、光が入り込んできそうなあらゆる隙間と縁をふさいだ(旅行にはいつも粘着テープを携帯する)。それでも、弟の隣に横になりながら一向に眠れなかった。明け方ごろ、赤ん坊の泣き声のような、オーガズムの真っ最中の女のような叫び声か呻き声で目が覚めた。外の音だったのか、隣室の音だったのか、単に夢を見ていただけかもしれないが、自分でもわからなかった。正午にようやくシャワーを浴び、服を着替えて――弟はまだ眠りこけていた――朝食をとろうとロビーに降りた。

レストランには誰もいなかった。朝の三時に客を出迎え、朝の三時に静かな部屋を求める私のノイローゼとわがままに耐えるはめになったあのフロント係の老人がやってきた。ひどい顔をしていた。私より眠れなかったようだった。しわくちゃの汚れたシャツがズボンからはみ出していた。顔は緑がかっていて、髭も剃っていなかった。わずかに残った黒い(染めたように嘘臭く黒すぎる)髪の束が禿げ頭に唾で塗り固められたようにくっついていた。彼は英語で、朝食は十一時までだと言った。意味がわからないという表情で見つめていると、ため息をつき、座りなさい、厨房で何か探してくるからと言った。意外と親切なのに驚いたが、たぶんしゃがれ声と怒りっぽい顔でそんなことを言われたからだろう。私は老人に向かって微笑んだ。コーヒーは飲むかい？　ええ、ありがとう、ブラックで頼む。そして入口のそばのテーブルに席を取った。

なかがどこもイスラエル風でないことに気がついて少しがっかりした。ありきたりなホテルのありきたりなレストランで、室内装飾と調度品、かかっている音楽までありきたりの安ホテルと同じだった。たぶんまだ寝ぼけていたせいか、それとも単に愚かだったのか、私はなぜか砂の地面に聖書時代に粘土でつくられた巨大な壁がそびえる場所を期待していた。フロント係の老人が戻ってきた。何も言わずに、ピタパンと緑色のオリーブの実、角切りのフェタチーズと、輪切りにしたトマトときゅうりが載った大きなトレイを置き、そのあと不思議な形のコーヒーカップを置いた。このカップはどうなっているのか、どんな芸当をすればなかのコーヒーを飲めるのか尋ねようとしたが、すでに老人はぶつぶつ文句を言いながら去ってしまっていた。赤いプラスチック製の装置を観察するうち、どうやらカップの上にいわば使い切りのフィルターが置いてあり、そこにお湯とコーヒーの粉が入っている、で、その使い切りフィルターで徐々に漉されていく、要するに、フィルターの下に淹れたてのコーヒーが滴り落ちてくるということが少しずつわかってきた。カップにコーヒーがいっぱいになるまで、私は辛抱強く、たぶん笑みを浮かべて待っていた。プラスチックのフィルターを外して、カップの横のテーブルクロスの上に置いた。おそらく物珍しさからか、私のなかに今もあるエンジニアの性格がこの種の仕掛けに目がくらむのか、そのイスラエルで最初に飲んだコーヒーは実に味わい深かった。ある種の満足か楽観に浸り、タマラのことを考えながら、私はゆっくりそれを飲んだ。

*

ホテルを出てあたりを少し散歩し、煙草でも吸いたい気分になった。ロビーを通りかかると例のフロント係の老人が手招きした。黄色い紙切れを渡された。メモ用紙のようなふつうの紙に母の手書きの文字（すべて大文字）が記されていた。今日はお父さんと一日中買い物と結婚式の準備で出かけています、夕食で合流しましょう。部屋に電話をかけて弟を起こし、このことを伝えようかと思った。でもやめてメモを老人に返し、ありがとうと言ってホテルを出た。

昼の明るさが目に痛かった。どちらに行くべきか決めかねて、少しのあいだ、行き交う車や、何軒かの店のショーウィンドウや、気ぜわしく急いで歩く通行人たちを眺めていた。一人のタクシー運転手が車のなかで新聞を読んでいるのに気がついた。タクシーに近づいて、エルサレムの市場まで行けるかと英語で尋ねた。真っ先に思いついた場所だった。男は新聞を脇に置いてエンジンをかけた。

運転手は漁師がかぶるようなカーキ色の縁なし帽をかぶっていた。ヘブライ語のニュースか討論番組のラジオを大音量でかけ、運転しながらバックミラーで私の顔をうかがっていた。突然、どこから来た？　とまずまずの英語で怒鳴った。グアテマラと答えた。私の答が聞こえなかったのか、意味がわからなかったのか、答はどうでもよかったのかはわからない。運転手は横柄ともいえる口調で、でもユダヤ人なのか？　と怒鳴った。私は笑って、ときどきね、と答えた。ときどきってどういう意味か？　運転手は目をすがめ、見下すように、まるで葡萄の粒を口いっぱい頬ばっているような酸っぱそうなつかえた声で怒鳴った。私は自分の趣味の悪い冗談を説明するのが面倒になった。煙草を吸ってもいいかな、とだけ尋ねた。イエース、グッド、シガレット、となおもミラー越しにちらちらこちらの顔をうかがいながら運転手は言った。グアテマラの煙草が最後の一本になっていた。アラブ人か？　と訊くので、いやと答えた。アラブ人悪者、と下手な英語で吐き捨てるように、大音響のラジオのニュースとウィンドウ越しに入ってくる風の音にかぶせるようにして運転手は言った。後ろから見える男の首は太く、汗だくで、真っ赤だった。私は彼に、祖父はベイルート生まれのユダヤ系アラブ人だ、祖母はアレクサンドリア生まれのユダヤ系アラブ人、もうひとりの祖母はアレッポ生まれのユダヤ系アラブ人、ということはこの私も多少はアラブ人ということになる——実際には四分の三がアラブ人、四分の一がポーランド人——と言いかけたが、日光で真っ赤に焼けた男の首をただじっと見つめ、最後の煙草を火もつけずにもてあそんでいた。アラブ人悪者、と男は言った。とても悪者、と彼は言った。殺すべき、とバックミラー越しに私を睨んで言った。運転手は赤信号の手前ぎりぎりで急ブレーキを踏んだ。あれ見ろ、と彼は言った。私たちの目の前を、車道を渡る人たちに混じって、黒いブルカをかぶった女性が五、六歳の娘の手を引いて歩いていた。汚い連中、と運転手は言った。アラブ人皆殺し、とまたバックミラーに向かって怒鳴った。そう思わないか？　と私を睨みつけ、おそらく挑むように尋ねた。ミラーのなかの両目が突然、真っ黒で虚ろな生気のない人形の偽の目のように見えた。そうだな、と私は彼の黒い目を見て言った。たしかに皆殺しにすべきだ、と言うと、運転手の黒い目がようやく少しだけ微笑んだ。でもどうすればいいだろう？　と私は尋ねた。はあ？　と運転手は呟くと、ミラーのなかで目を震わせた。どんな手段で皆殺しにするっていうんだい？　と言うと、運転手は当惑し、あるいは気分を害してか黙り込み、私は苦い唾を飲み込んだ。

自分がそこまで辛辣に反応したのに我ながら驚いた。運転手や彼の無知やアラブ人に対する憎悪に満ちた妄言以上に、私は自分自身に嫌気がさしていた。どれくらいのイスラエル人がこの男のような考え方をしているのだろうと思った。どれくらいのユダヤ人がこの男のような考え方をしているのだろうと思った。知らないほうがいいと思うことにした。

運転手はアクセルを踏み込み、車はエルサレムの細い路地を猛スピードで走り抜けていった。突然、エルサレムという言葉が平和の街を意味することを苦々しく思い出した。

自分が煙草を拳のなかで握りつぶしているのに気づくまでかなり時間がかかった。

ここで降ろしてくれ、と、どこにいるかもわからずに言った。運転手はヘブライ語で何かを吐き捨てるように言ったが、私はもう一度断固とした口調で、ここで降ろしてくれ、と言った。運転手は急ブレーキをかけて路肩に車を停めた。私は握り潰した煙草をタクシーの床に捨て、何ドルか渡すと、何か独り言を言っている、ひょっとして私を罵倒しているか、それともおつりを渡そうとしている男を残して車を降りた。

＊

湿った風が優しく吹いていた。暑かった。同じくのろのろと巡礼の旅をしているらしい人たちに混じり、なかば迷いながら、かなりの距離を歩いた。口のなかには金属の味が残っていた。タクシー運転手、彼の黒い目、汗ばんだ猪首、呪詛の言葉について考え続けた。アラブ人の祖父母、私のなかの四分の三のアラブ人について考え続けた。

＊

母方の祖母のことを考えた。祖母はアレッポを逃れてアメリカ大陸にたどり着いたシリア人夫婦の娘で、流浪とカード賭博の暮らしのせいで——私の曽祖父は根っからの博徒だったらしく、一家の全財産をポーカーや賭け事で食い潰したという——子どもたちはメキシコ、パナマ、キューバ、グアテマラとそれぞれ違う場所で生まれた。祖母はよく、シリア人の父は子どもたちに、自分の手にキスすることしか許してくれなかったと話していた。そこだけ。手にキスするだけ。まるで宝石で飾り立てた有力な族長みたいに、金の水煙管を吸いながら。

＊

父方の祖父のことを考えた。レバノンの生まれだ。祖父と七人の兄弟姉妹は二十世紀初頭にベイルートを脱出した（曽祖母はこの脱出のさなかに亡くなり、コルシカ島のユダヤ人墓地に埋葬された）。面白いことに、おそらく生き延びるための商業的戦略なのだろう、兄弟姉妹はそれぞれ別々の都市に暮らすことに決めた。パリ、グアテマラシティ、メキシコシティ、カリ、リマ、ハバナ、マンハッタン、マイアミ（私がいちばんよく覚えている大叔父は、ハンサムで、オペラ歌手で、マイアミのイタリア系マフィアの一員か友人で、女をたぶらかした罪で一時期フロリダの刑務所にいたこともある）。私のレバノン人の祖父はパリで何年か過ごしたあと、グアテマラにいた弟を破産から救うことになる。その地で私の祖母と知り合った。その地で中央広場のアーケード街、ポルタル・デル・コメルシオに店を開いた。その地に自分の豪邸を建てた。

＊

父方の祖母のことを考えた。エジプト、アレクサンドリアの生まれだ。七歳のとき、両親と姉妹とともにエジプトから船に乗った。船は何か月も外洋を漂い、ついに中米の港に錨を下ろしたが、家族に伝わる話によると、曽祖父は遠い従兄弟の住むパナマに着いたと思っていたらしい。その地で彼らは船を降りた。そしてそこに住みついた。グアテマラに。偶然に。

＊

人々のひしめくどこことも知れない通りや路地をもう二時間もうろついていた。長い時間歩いたこと、汗、郷愁、あるいは単に時間が経過したことで、少しだけ心が落ち着いた。一軒のキオスクでドルをシェケルに換えた。煙草が欲しかった。喉が渇いていた。角にあった薄暗くて汚い雑貨屋のような食料品店に入った。十七、八歳のイスラエル人の女の子から煙草を一箱とよく冷えたビールを買い、その場で、カウンターに立ったまま、女の子の前でごくごく飲んだ。彼女はくっきりとした美しい顔立ちだった。目は黒くぱっちりとして、眉は太く、髪は黒々としていて、鼻はつんと高く、肌は張りがありなめらかで若々しく、わずかにオリーブ色がかっていた。肩に何か丸い緑色のタトゥーを入れていた。ふいに女の子はカウンターに置いてあった粗末なランプの真上に右手を伸ばし、天井に動物の影絵をつくり始めた。新しい動物の影をつくるたびに、ヘブライ語の言葉を呟いた。それぞれの動物の名前だったのだと思う。たぶん犬、白鳥、馬、そしてワニだった。私は琥珀色の電球の明かりに浮かび上がる小さな手の動きをじっと見つめながら無言でビールを飲み干した。そのあとヘブライ語で礼を言い、ヘブライ語で別れを告げると、女の子は私の発音を面白がるように可愛らしく微笑みながら、その頭上、天井では指の影がさよならを告げていた。若さと美しさは、時として実にたやすく混同してしまうものなのだ。

*

さらに歩き続けた。埃だらけの狭い通りを歩き、あまりに多くの観光客を相手にがらくたを売るあまりに多くの店がどこまでも並び、イチジクやナツメヤシの売り子、シャワルマの売り子、ファラフェルの売り子らが居並ぶ大通りを歩いた。少しすると石段が現れ、そこを降りると喧噪に満ちた巨大な広場があり、その片側に大勢の人が集まっていた。嘆きの壁が見えた。ヘブライ語でコテル。かすかなめまいを覚えて、石段に腰を下ろし、広場の群衆を上から観察した。

煙草に火をつけた。一服しながら、聖書そのものである厳粛な壁の一画の歴史、ユダヤ教の神殿の最後の名残りの歴史、私の先祖たちの歴史を思い起こそうとした。だが思い出せたのはザ・キュアーの曲だけだった。

立ち上がると、ロバート・スミスのフルート部分を口ずさみながら、石段の上で煙草の火を踏み消して、広場へ降りた。

たちまち黒いロングシャツと黒い上着に黒い縁なし帽をかぶった正統派ユダヤ教徒たちが押し寄せてきた。ラビかもしれない。私の腕をつかんで引っ張り、ヘブライ語か英語で何かを訴えかけてきた。次から次に。私を待ち伏せして。歌を餌にするハゲワシのように私を取り囲んで。私は跪いて物乞いする男のそばを通った。怒りをこめ、たぶん涙まで流しつつ、バプテスト教会キリスト教徒の英語、要するにきつい南部訛りの英語で街中に叫んでいるらしい別の男のそばを通った。寡婦よ、と男は叫んだ。女奴隷よ、と男は叫んだ。納税者よ、と男は叫んだ。かくも大勢の人のなかでお前は孤独に横たわるのだ、と男がさらに怒気を強めて、ただし今度は私の顔を、まるで彼の苦しみの理由がこちらにあるかのごとく睨みながら叫ぶので、私は歩を速め、ラビや説教師や観光客や兵士たちのあいだをすり抜け、ようやく壁にたどり着いた。声に出して祈る人たち、無言で祈る人たち、体を左右に揺らしながら祈る人たち、大きな白い布（ヘブライ語でタッリート）を被って祈る人たち、おでこに小さな黒い小箱を載せ、腕に革ひも（ヘブライ語でテフィリン）を巻いて祈る人たちが見えた。壁の写真を撮る人たち、壁に口づけする人たち、壁の隙間や溝に折り畳んだ紙を挟む人たちが見えた。壁の上に沿って茂みが見えていた。乾いて枝もまばらな生気のない茂み。そうしたすべてを見ているうち、ふと、こんなにふさわしい名前をもつ壁はいまだかつて存在しなかったという気がした。

近づいてみた。片手をそっと、まるで触れてはいけないものに触れるかのようにおそるおそる伸ばし、触れてみた。どんなことでもいいから、何かを感じてみたかった。石の手触りしかしなかった。

＊

別の都市への別の旅で、ピンクの婦人用コートで変装し、ワルシャワ・ゲットーの壁だったものの最後の名残りにやはり触れてみたことがある。ワルシャワ市内、シェンナ通りとズウォタ通りに挟まれた二つの建物のあいだに、その最後の赤煉瓦の壁が残されていた。高さおよそ二メートル半、長さ十メートル。壁の端から端まで、さまざまな角度から両手で何度も触ってみた。そしてやはり何も感じなかった。というか、おそらく感じるのを拒んだのだ。ところがふと、もっと近くに寄ってみたとき、それら赤い煉瓦の多くに、浮き彫りのような記号が残っていることに気がついた。どれも同じ浅浮き彫り。小さな円のなかに二つの数字——10と1——が彫ってあって、斜めの線で区切られていた。指で触れているうち、ひょっとするとこれは煉瓦会社の社章ではないか、ワルシャワ・ゲットーを囲むすべての煉瓦の製造を請け負った会社、一民族をこの都市からまるごと消し去るまで、餓死させるまで何年にも渡って包囲する壁の煉瓦を何千とつくった会社のロゴマークなのではないかという気がした。ロゴマークを指で撫で続けた。その会社の工員たちが次から次に、浅浮き彫りの同じロゴマークをまるでタトゥーのように無邪気に煉瓦に刻む様、彼らの幅広い背中、たくましい腕、汚れた汗だくの顔、そして永遠に赤く染まったその両手を思い描いた。

＊

嘆きの壁から立ち去ろうとしたとき、足元の地面に、汚れた二つ折りの白い紙切れが落ちているのに気がついた。屈んで拾い上げ、少し土を払って、広げてみた。ヘブライ語だった。ヘブライ語で書かれた黒い文字の短い文だった。二つか三つの文字がわかった。子どものころ、十三歳になるまでヘブライ語教室（子音と母音の発音を暗記しただけ）に通ったことがいかに無駄だったかを改めて思い出した。たぶん誰かの祈りの言葉で、たぶん壁の隙間から落ちたものだろうとも思った。私は紙を畳み直した。そして、なぜかはわからないが、何かから、あるいは誰かから、ほとんど走るように、逃げるようにしてその場を後にしたとき、私はその紙をズボンのポケットにしまい込んだ。

＊

鳥のうちで次のものを忌むべきものとしなければならない。これらは忌むべきもので、食べてはならない。

白いシャツに黒の上着を羽織った妹の婚約者は、ここで間を置いた。

私はばかでかいメニューを置いた。彼は額を上げ、あたかもポーズをとるか精神を集中させているか、それとも英語で暗誦しているトーラーの言葉を思い出そうとしているかのように額を上げた。黒い小さな縁なし帽が今にも床に落ちそうだった。

ブルックリンの出身です。座るやいなや彼はそう言った。生まれも育ちもブルックリンです。父は今もブルックリンで運転手をしています、と彼は言った。リムジンの、と言った。母親はブルックリンの美容室で働いている。二人は離婚している。口もきかない。正統派ユダヤ教徒ではない。シナゴーグに行ったこともない。ただひとりの姉とはもう何年も音信不通だ。自分は匿名アルコール依存症者の会のメンバーだと彼は言った。そうやって最初から正直に打ち明けたいのだと。隠す理由もない。それが自分なのだと。家族の誰も、式には参列しないでしょう、と彼は言った。

はげわし、はげたか、黒はげたか、と彼はゆっくりと列挙し始めた。

ここでふたたび間を置いた。視線は天井に向けられたままだった。黒い小さな縁なし帽はしっかりと固定されていた。まっすぐな茶色い髪に金属製のヘアピンで留められていたのだ。

とび、と彼は続けた。はやぶさの類、烏の類全部、だちょう、よたか、かもめ、たかの類、ふくろう、う、みみずく、ペリカン、野がん、こうのとり、さぎの類、やつがしら、こうもり。

彼はようやく視線を落とした。私に向かって微笑んだ。自分自身とトーラーを一語一句違えず覚えていることを得意がるかのように彼が水を飲んでいるあいだ、私は、こうもりは鳥じゃないよと言ってやった。彼が水をごくりと飲む込む音が聞こえた。そう書いてあるんです、と手の甲で口を拭きながら彼は私を一喝した。こうもりは哺乳類だよ、と私は言った。レビ記にはそう書いてあります、と彼は私の言葉を無視してくり返し、信心深い者らしく原典遵守の砦に立てこもった。こうもりは飛ぶからね、と私は言った。たしかに鳥には見えるが、と私は言った。実は鳥じゃないんだよ。レビ記によると、と彼は言った。それらは忌むべき鳥なので食べてはならないのです。沈黙。いいですか、と彼が続けた。ミシュナーでは、猛禽類はカシェルではないとされています、というのも鳥がカシェルであるには三つの特性を備えていなければならないからです。コウモリのなかにはね、と私は彼がその三つの特性を列挙する前に解釈に割って入り、交尾の最中に六か月の冬眠に入る種がいるんだ、と言った。なんの最中ですって？　と母。交尾だよ、六か月の、とはっきり発音すると、私はばかでかいメニューをもう一度見た（これが私の砦だった）。少し違うな、と弟が訂正した。その種のコウモリは、と弟は説明した。冬眠中だけ繁殖するんだ、この状態は六か月続いて、その間雄は半分眠った状態でいろんな相手と交尾するんだけど、そのことに自分でも気づいてないんだって。弟はにやりとした。で、交尾の相手にはさ、と弟はいっそうにやけて言った。雄もいるんだ。相手の三五パーセントが雄なのさ、と私は口を挟んだ。そうだった、と弟は嬉しそうに言った。三五パーセントの雄は雄とやってるんだよ。そして沈黙。

その日の夕方、ホテルの部屋に戻った私は、弟といっしょにコウモリに関するドキュメンタリー番組を見ていた。狭いバルコニーで、弟が器用に巻いた一本の煙草を回しながら吸っていたが、部屋まで私たちを迎えに、そして新しい野球帽（金色の文字で「花嫁の父」と刺繍してある）を披露しに来た父は、それを見てマリファナと勘違いした。

そうだな、と私は、ただ弟と話を続けたいがために言った。でも私としては、たった一回の交尾が六か月も続くと考えるほうが好きだな。何の話だ？　形の崩れていない新しい帽子をかぶったままの父が、まるで寝起きのように言った。トビイロホオヒゲコウモリの話、と私は言った。時間のかかる交尾の話さ、と私は言った。バイセクシャルのコウモリの話だよ、と弟が言った。私たちは二人でにやにやした。いったい何の話をしているのよ、あなたたち、と母がいらいらと、ほとんど激怒しながら尋ねた。やっぱりマリファナをやってたんだな、と父が半分冗談、半分本気で言った。妹がかつらと帽子（彼女の砦）の下から、無言で私たちをじっと非難がましく見つめるだけだったのに驚いた。妹の婚約者は片手を挙げて、再度発言の許可を求めた。いずれにしても、ユダヤの法に従えばアヒルは食べいただいてかまいません、と聖職者風に手を動かし、憐れみ深い口調で、私にお許しを与えてくれた。その情け深い承認の言葉に、私は感謝の言葉を伝えようとした。幸いにもウェイターがやってきた。

母は、たぶん泣き出さないよう、砂糖を入れた緑茶をすすってばかりいた。妹と婚約者は、ここはたしかにカシェル・レストランかもしれないが、自分たちはこういう場所でものを食べたりしないと——「こういう」のところを特に強調して——宣言した。そして蔑むような表情で、互いの体には触れずに——式を挙げるまで男女は接触禁止——何事かを囁き合い、水しか飲まなかった。父と弟は無言で巨大な皿の野菜焼きそばを分け合っていた。私の北京ダックはぱさぱさで焼きすぎだった。

＊

弟に足を蹴飛ばされたので、私はもっと体を離し、キングサイズのベッドで仰向けになったまま、あの六つの言葉をなんとか思い出そうとした。

子どものころ、弟と私は同じ部屋で、頭の側が直角に接するように置かれた二台のベッドに寝ていた。毎晩、歯を磨いてシーツのあいだに潜り込むと、最後に母がやってきて私たちの脱いだ服を拾い、床に散らばったおもちゃを少し片付けてから、お祈りはすませたの？　と尋ねたものだ。すると私たちはそろってシーツを顔までかぶり、あのヘブライ語の六つの言葉、いつもと同じヘブライ語の祈りの言葉を繰り返すのだった。そそくさと、機械的に、丸暗記したままを。最初の言葉――シェマー。二つ目の言葉――イスラエル。三つ目の言葉――アドナイ。四つ目の言葉――エロヘイヌ。五つ目の言葉――アドナイ。六つ目の言葉――エハッド。六つの言葉。いつもと同じヘブライ語のその六つの言葉は私たち兄弟にとって何の意味もなく、おやすみを言いに来る母、おやすみのキスをしに来てくれる母の存在を思い起こさせる以上の意味をもたなかった。私たちはそれぞれ六つの言葉を唱え、そのあと母からおでこにキスしてもらい、そうしてようやく眠ることができた。あのころの生活は単純だった。夢は甘かった。お祈りも、機械的であろうとなかろうと、内容を理解していようといまいと、それ自体に意味があった。祈りの言葉、どんな祈りの言葉であっても、母親からのおやすみのキスよりも深い意味をもつものがあるとは、私には想像できない。弟と私があの祈りの言葉を言うのをいつの時点でやめてしまったかは覚えていない。おそらく反抗期の最中だろう。あるいはそれぞれ自分の部屋を持つようになってからだろうか。ひょっとすると母があの六つの言葉と引き換えにおやすみのキスをするのをやめたとき、あの六つの言葉はついにそのすべての意味を、すべての論理を失ってしまったのかもしれない。

隣で安らかな深い寝息を立てて眠っている弟の冷たい足の感触が私の足に伝わってきた。弟の体を押しのけようとしたのか、それとも本当にあの言葉を覚えているか確かめようとして、それとも、それが自分のなかで今も母親らしい魔法のような甘美な効果をもっているのか知りたくなったのかもしれない、夜の暗闇のなか、仰向けのまま、私はあの六つの言葉をそっと呟き、上に向かって息の続くかぎり吐き出してみた。一度、そしてもう一度、さらにもう一度。やがて六つの言葉は平板で形をもたない物質と化し、私は飽きたか、たぶんそのまま眠りこんでしまったのだろう。

＊

あと十分だけあの馬鹿を待ってやる。

弟はむしゃくしゃした様子でイトスギのつくるわずかな木陰の歩道に腰を下ろし、新しい煙草を巻き始めていた。私は黙っていた。弟の怒りはわかっていたし、黙っているのが一番だった。私たちはキリヤト・マテルスドルフというエルサレムの地区の入口で一時間近く待たされていた。

前日の夜、中華レストランからの帰り際、妹が私たちに、パニム・メイロット通りにあるその地区の入口で婚約者と待ち合わせてほしいと言った。彼が今学んでいるイェシヴァのある地区を案内したがっていると。弟と私は即座に笑みを交わして同じことを考えた。それだけは勘弁してくれ。いやけっこうだ、と私たちが返事をすると、妹は不快そうに頭を振り、だったら何しにこんなところまで来たのよ、と言い、それからたぶんヘブライ語で何かを呟くとくるりと背を向け、怒りもあらわに去っていった。しかし翌日（やはり夜明けに叫び声か呻き声が聞こえたか夢に出てきた）、母が私たちの部屋にやってきて、起きなさいと言った。母は絶望した目をして、すがるような口調で、お願いだから行ってあげてちょうだい、どうってことないでしょ、ほんの少しのあいだだから、妹と義弟のためにも行ってあげて、と言った。母はこの言葉を使った。義弟。私はあの男を義弟と見なしてはいなかった。急に意味を失う言葉もある。

＊

私たちのそばを、機関銃を持ち、緑の軍服を着て緑のベレー帽をかぶったとても若い二人の兵士が通り過ぎていった。私はそれを見て、たぶん待ちくたびれていたせいだろう、ふと、あるヘヴィメタルのライブで、人前で一度だけ演奏したときのことを思い出した。十五か十六歳のころだった。週末のライブに大至急ピアニストが要る、君がピアノを弾けるのは知っている、と電話がかかってきた。パンクバンドかヘヴィメタルバンドか、あるいはその二つが合体した奇妙な代物だった。そのバンドはクルシフィクス（磔刑）という、両親が聞いたら震え上がりそうな名前だった。どうしてピアノが大至急必要なのかはわからなかった。ピアノとヘヴィメタルのどこに接点があるのかもわからなかった。それに、その種の音楽はどうも好きになれなかったのに、おだてられるうちにその気になって、無邪気にもやると言ってしまった。ヴォーカリストの家で一、二回練習し、彼らの単調で単純で繰り返しの多い曲をすぐに覚えた。ライブの当日、私はジーンズにボタンダウンのシャツ姿で出かけたが、彼らは私のそんなおぼっちゃん風の格好を鼻で笑い、レザーの服やチェーンや黒のメイク道具や黒のブーツや緑の軍隊用ベレー帽などを持ち寄って、私をどうにかパンクに見せかけた。私たちは未成年の男女であふれ返るホールで演奏し、私はそこかしこで機会さえあれば鍵盤を叩いた。家に帰っても気分は高揚していた。ひょっとするとヘヴィメタルのメロディーの一節を口ずさんですらいたかもしれない。バスルームに入って明かりをつけ、鏡で自分のパンク姿を見つめた。自分でも決まっていたと思う。タオルを濡らして、目の周りの黒い化粧を拭おうと鏡に近づいたとき、緑のベレー帽のちょうど額のど真ん中に、巨大な黒の鉤十字があるのに気がついた。ナチの鉤十字。慌てて帽子を脱ぐと、間近で、今度は鏡に映っていない形を見ようとした。鉤十字は黒い糸で刺繡されていた。工場で職人が刺繡したものだった。パンクの格好をさせられている最中、誰かがその緑のベレー帽を頭にさっと載せたのを思い出した。自分ではそれを見ていないし、自分がそれをかぶったところも見ていないし、自分が人前でナチ・パンクに扮して二時間演奏していたなんて気づきもしなかった。ということは、少なくともあの二時間、少なくともあの若者たちの目に、自分はナチに映っていたわけか？　胃に何かを感じた。おそらく吐き気だろう。真夜中を過ぎていたが、かまわずまた外に出た。何ブロックも歩いて、家からできるだけ離れた場所まで行った。ある空き地に着くと、遠くの藪に向かって、ベレー帽を思い切り投げ捨てた。まるで自分の名誉か罪を夜に向かって投げ捨てるかのように。

＊

来たぞ、妹の婚約者が私たちのいる場所に向かって、蔑むようにゆっくりと通りを渡ってくるのを見て私は弟に言った。前の夜と同じ黒の上着と同じ白いシャツをまだ着ていた。このなかは禁煙ですからね、私たちのところに来ると彼は挨拶もせず、遅刻したことを詫びもせずに言った。弟は何かぶつぶつ文句を言って立ち上がり、私もよく知っている引きつった笑いを浮かべてのんびり煙草を吸い続け、私たちは彼が吸い終わるのを待った。

入口に向かって歩いていくあいだ、妹の婚約者は、キリヤト・マテルスドルフはハレーディーの地区なのだと説明した。たしか正統派ユダヤ教徒のなかでももっとも保守的な一派で、超正統派として知られる人々だ。一九五九年にハレーディーを創設したラビについて妹の婚約者が何か言っていたとき、私たちは開いたままの黄色い大きなバリケードを通り抜けた。これは？　私は彼の話を遮って尋ねた。もうじき車の交通を封鎖するためですよ、と彼は言った、シャベス（イディッシュ語で「安息日」）のあいだ。なぜかと私は尋ねた。シャベスのあいだはそこは通行禁止だからです、と彼は言った。シャベスのあいだは車の運転が禁じられているのです、と彼は言った。この法はユダヤの口伝律法を初めて書物にしたミシュナーが定める三十九の禁忌のひとつに基づいています、と彼は言った。ユダヤ教徒なら聖なる書物に書かれていることを疑ったりはしません、それは全能の神が定めた法なのですから、と彼は言った。金曜なので慌ただしいですね、と彼は言った。もうじきシャベスになりますから、と彼は言った。みんなシャベスの準備をしているんですよ、と彼は天を仰いで言った。あと一時間で始まります。

妹の婚約者は自らが通うイェシヴァの校舎の周囲を、ガイドみたいな調子で、少し駆け足で案内した。これがシナゴーグの建物、これが学校の校舎、これが老人ホームの建物、と順に見せて回った。私たちは通りを歩き続け、そして彼は私たちに、ここは有名なラビがお住まいの家だとか、こちらは別の有名なあのラビがお住まいだとか、こちらもまた別の有名なラビがお住まいだとか、まるで私たちもそうしたラビのことをよく知っているか、私たちにとっても大切な存在であるかのごとく、いちいちラビの名前を挙げて説明した。彼は私たちを、みな彼と同じ格好でみな彼と同じ話し方をする、ほとんどがアメリカ出身の何人かの友人たちに紹介した。妹と同じ服とスカーフを身につけた女たちは私たちを無視した。私たちの周りでは正統派の子どもたちが、世界のあらゆる子どもたちと同じように遊んだり笑ったりしていた。

弟は何も言わなかった。私たちはときどき顔を見合わせたり、時計を見たり、頭を振ったりした。突然異国に放り込まれたような気がした。ついさっきまでいたはずの、あの黄色いバリケードのすぐ向こうにある国とは、何もかもが違う別の国に。黄色いバリケードと見えない巨大な壁の内側に自ら決然と閉じ込もる、物理的に隔絶された国に。

男たちの多くが、クリーム色の古い建物の入口を目指していることに気がついた。まもなく私たち三人もそのクリーム色の古い建物の入口を目指していた。暗い階段を最上階の四階まで上り、私はその日の午後、初めて緊張を覚えた。

＊

　建物の内部には汗とタフタの匂いと密集した男たちの体臭が充満していた。正面のドアは開け放たれていて、黒衣の男たちが出入りしていた。黒いふわっとしたギャバジン織りのコートを着ている者もいた。黒いフェルト帽をかぶった者もいた。髭をぼうぼうに生やした者もいれば、短くきちんと刈り込んでいる者もいた。何人かがもったいぶった調子でヘブライ語かイディッシュ語で話しかけてきたり、何かを囁く者もいた。入口のホールと食堂と長い廊下を抜けると、立ったりソファや折り畳み椅子に座ったりしている男たちであふれ返る広間があった。二、三十人はいただろうか、みな黒ずくめで、みな祈っていた。女性はひとりもいなかった。奥のほう、玉座と言ったほうがふさわしい肘掛椅子の上に、大きな白い塊が見えた。白い布の塊。白い絹か、白いサテン。そこに集まった男たちはみなその白い塊に向かって祈っているような気がした。しばらくして、その白い塊の真ん中に、まるで白い塊の中心から突き出た毛だらけの丸い種みたいに頭がひとつあることに気がついた。

　ラビ・シェインベルグです、と妹の婚約者が私たちの耳元で囁いた。誰だって？　彼はゆっくりと尊大な口調でくり返した。ラビ・ハイム・ピンハス・シェインベルグ。で、何者なんだ？　私がその白髪で覆われた小さな丸い髭もじゃの顔を見ながら尋ねると、妹の婚約者は厳かな雰囲気になり、私に己の無知を悟らしめるべく軽くため息をついた。偉大なるラビですよ、と彼は言った。ロシュ・イエシヴァ、と彼は言った。モレイ・ダスラ、と彼は言った。ポセク、と彼は言った。ガドル・ハドール、と彼は言った。そして私が理解したのは、その老人が共同体で大変に尊敬されている重要人物であるということだけだった。なるほどね、と答えてすぐ、老人の体を覆っているのが何十、いやおそらく何百枚もの白い布、白いタッリートであることに初めて気づいた。どうしてあんな姿を？　私は妹の婚約者に囁いた。なんですって？　あの格好のことさ、と私は言った。体が隠れちゃって、ほとんどタッリートに埋もれているじゃないか。タレスです、彼はヘブライ語ではなくイディッシュ語を使って訂正した。タッリートかタレスかはともかくとして、私はその白い布がユダヤ教徒にとってどんな意味をもつのか、男性が祈るときに肩やときには頭にマフラーやショールのようにかぶって使うという以外、ほとんど何も知らなかった。自分が子どものときに持っていた水色と金色の細い縞の入ったタッリートを思い出した。えび茶色の革の入れ物を思い出した。一度、セファルディ系のシナゴーグで（グアテマラにはシナゴーグが二つある――首都の中心街にある古いセファルディ系のシナゴーグと、マクドナルドのすぐ隣にダビデの星の形に建てられた近代的なアシュケナージ系のシナゴーグ）、祈りの最中に自分のタッリートを床に落としてしまったときのことを思い出した。父は私を、何かとてつもなく大切なものを壊したかのごとく叱りつけ、すぐに床から拾い、口づけさせた。妹の婚約者は小さな声で、ラビ・シェインベルグは一度にあれだけの数のタレスを使う世界でただひとりのラビなのです、と説明した。なぜあんなことをするんだろう、と私は囁き声で尋ねた。彼は尊大な笑みを浮かべた。私の質問が気に入ったのだろう。タレスをどうかけるべきかに関してはラビたちのあいだでもさまざまな意見があるんです、と彼は言った。ツィツィートをどう結ぶべきかに関しても。何だそれは？　ツィツィートとは、と彼は言った。タレスの裾についている紐のことですよ。ほらこれです、と彼は自分のを見せて言った。なるほど、と私は呟いた。ラビ・シェインベルグは、と彼は言った。タレスのかけ方やツィツィートの結び方に関するあらゆる意見を尊重したいのです、だからこそ、祈りのときにはあれだけのタレスを身につけるわけです、と彼は言った。たくさんのタレスをね、と彼は言った。それぞれの意見のタレスを。彼は口をつぐみ、私は老人の小さな青白い顔を見つめた。空気が足りないように見えた。息が詰まっているかのようだった。布にぐるぐる巻きにされて、窒息しかけているようだった。本来彼を救うはずのものに葬られてしまったようだった。私は憐れみと、怖れと、おそらくある種の畏敬の念を覚えた。要するにだ、と、それまで無言だった弟がふいに呟いた。あの人は自分の立場を決めるよりも、全員に同時に好かれたいんだな。でも妹の婚約者にはそれが聞こえなかったか、無視することにしたようだった。お二人とも、またとない特権に恵まれましたね、と婚約者は言った。お二人にはぜひともラビを知ってほしかったのです、と彼は言った。これは僕からのプレゼントです、と彼は言った。僕はここに残って祈りを続けますので、どうぞお帰りいただいてかまいません、と彼は言い、黒衣の男たちの集団に飲み込まれていった。

*

外は暗くなり始めていた。黄色いバリケードがすでに道をふさいでいた。キリヤト・マテルスドルフの建物を、家々とアパートを、通りを、地区全体を祝祭の空気が覆っていた。でも私たち二人だけは別だった。

私たちはメインストリートのパニム・メイロット通りまで無言で歩き、そこでタクシーを待ち始めた。いきなり私は弟に向かって、よく考えもせず、また本気だったかどうかはわからないが、式には行かないと言った。タクシーが一台、急ぐようにして通り過ぎた。もう一台。式に行かないってどういう意味？　だから言ったとおりだよ、と私は言った。結婚式には出ないってことだ。でもなぜ？　私はどう答えていいか、自分がこれだけの絶対的権力、これだけの茶番を前に感じた失望をどう説明したらいいかわからなかった。それとも恐怖か。それとも別のものか。本当は何から逃げようとしているのか。何から逃げているのか。わからなかった。その瞬間わかったのは、とにかくあらゆることから、あらゆる人々から、そんなことが可能なら自分自身からもできるかぎり離れる必要があるということだけだった。わからない、と小声で言うと、弟は眉を寄せて首を振り、語気を強めて、あんたの妹なんだぞ、これはあんたの妹の結婚式だ、そのために俺たちはわざわざイスラエルまで来た、妹のためにだ、なのにあんたは頭がおかしくなったのか、と言った。ああ、そうかもしれない、とにかく私は行かないよ。行けないんだ。もう一台のタクシーが通り過ぎていった。行けないのか行きたくないのかどっちだ？　弟はもはや攻撃的な口調になって言った。私はため息をつき、同じく攻撃的な口調で、そんなのどっちだって同じだろうと答えた。それはひょっとしてこいつのせいか？　弟は怒りに燃える目を後ろにやり、おそらくキリヤト・マテルスドルフの建物すべて、おそらくユダヤ教のすべてを睨みつけながら、ほとんど吐き捨てるように言った。そうだな、そうかもしれないと私は答えた。そうかい、だったら兄さん、と弟は言った。あんたは奴らよりもっと不寛容な人間になってるってことだ。私は黙り込んだ。好もうが好むまいが、受け入れようが拒もうが、兄さんは奴らと同じくらいユダヤ的だよ。弟は言った。そういうことさ。弟は言った。それが遺伝ってやつなんだよ。弟は言った。血は争えないもんだな。

キリヤト・マテルスドルフの灰色の建物すべてを背景に立つ弟の姿を見ているうちに、ふと、血に流れるユダヤ教といった話、宗教ではなく遺伝としてのユダヤ教という話には、どこかヒトラーの話と同じものがあるのではないかと思った。

カエルみたいに暗いぬるぬるした場所で跳びはねる思考もある。

二人とももはや口を利かなかった。ようやく一台のタクシーが停まった。乗り込もうとしてドアを開けた瞬間、背後から叫び声や怒号が聞こえ始めた。キリヤト・マテルスドルフの超正統派ユダヤ人の一団だった。彼らは激怒していた。安息日に車に乗るとは何事だと私たちを怒鳴りつけ、罵っていた。石がいくつか飛んできて近くに落ちた。

＊

その夜、時差ぼけのせいか、そのあまりに古くて汚いホテルのせいか、またもや眠れなくなり、エルサレムの真っ暗な、おそらく見捨てられた地区を見下ろす狭いバルコニーで煙草を吸いながら、私は妹のことが恋しくなった。あの身なりとあのかつらで説教を垂れる正統派の女性は、私の妹ではなかった。誰なのかはわからない。でも私の妹ではなかった。

子どものころの妹の姿を思い浮かべた。大きく見開いた少女の目、つんと上を向いた小さな鼻、綺麗な黒い巻き毛。こんなのも思い出した。妹が人前で恥ずかしがるあまり、父の脚の陰に隠れて、その脚を片時も離そうとしなかった姿。それからこんなのも思い出した。十歳か十一歳まで親指を吸っていた妹の姿。妹は右の親指だけを吸う癖があり、それも卵の黄身の色をした古くてぼろい毛布――妹がそれを「おっぱい《テタ》」と呼ぶのを私たちは面白がって笑っていた――を両手に抱えているときだけで、そのレースの縫い目を右手の人差し指の爪でひっかきながら同時に親指を吸うのだった（最近知って驚いたのだが、妹はあのころあまりに縫い目をひっかいたために、黄色い毛布を十枚以上だめにした）。そしてこんなのも思い出した。歯の妖精に次の引っ越し先を伝えようと手紙を書いた妹の姿。わたしたちはおひっこしをします、と妹は手紙に書いていた。ちゃんとわたしのはにもどってきてください。そしてこんなのも思い出した。何年もあこがれた末、オーランドへの初めての家族旅行でついにミッキーマウスと対面したときの妹の反応。ほら、そこにミッキーが来たぞ、と父が妹に声をかけた。妹は目をさっと下にやり、子ネズミを見つけようと地面をきょろきょろ見回していたが、やがてその巨大版が目の前にいると知って、悲しみのあまり泣き出したのだ。そしてこんなのも思い出した。T・S・エリオットの詩集『ポッサムおじさんの猫とつきあう方法』が原作のミュージカル『キャッツ』を観に行ったある夜、ブロードウェイのウィンター・ガーデン・シアターのバルコニー席に家族で座り、母の膝に乗っていた妹の姿。舞台が始まると場内は真っ暗になり、猫の姿をして猫の化粧をした俳優たちが目を緑や赤や黄色に光らせながら、観客席のあいだをそろりそろりと歌いながら登場してきた。一匹の黒猫が私たちのいるバルコニー席に這い上がってきたとき、妹が仰天して悲鳴を上げるのを聞いて手すりから落ちそうになり、慌てて猫から人間に戻ると、お願いだから騒がないで、僕は本物の猫じゃなくてふつうの人間なんだ、どこにでもいるふつうのおじさんなんだよ、猫の格好をしているだけなんだ、と妹に小声で囁きかけねばならなかった。

私はくすくす笑いながら回想を切り上げると、床で煙草の火を揉み消した。

部屋のガラス戸に手をかけようとしたとき、またあの叫び声か呻き声が聞こえた。今度は夢ではなかった。ホテルの外、眼下に広がる、エルサレムのその真っ暗な見捨てられた地区のどこかで、またあの音が響いていた。今度は赤ん坊一人の泣き声ではなく、大勢の赤ん坊の泣き声のように聞こえた。病院か保育園みたいだ、と私は思った。そこの赤ん坊が一斉に、ほとんど同時に泣き出すか叫び出したみたいだ。甲高く、力強く、おぞましく、苦痛に満ちた叫び声。だがときには、動物の鳴き声というか、動物の群れ、怯えているか、死につつあるのか、今にも死にかけている動物たちの鳴き声にも聞こえたりする。私は子羊の鳴き声を思い浮かべた。子羊を屠るところを思い浮かべた。生贄の子羊を思った。しかたがない、ここはエルサレムなのだ。少しのあいだその音を聞いていた。どうしていいかわからなかった。正体をつかめなかった。何も見えなかった。街灯も月もなく、通りには人っ子ひとりいなかった。突然、もしかするとあきらめてというかあまりにも怖くなったのかもしれないが、私は体の向きを変えて部屋に戻った。弟は子どものように身動きもせず、気持ちよさそうに眠っていた。

＊

下にいるわ。

朝の八時だった。電話の音に起こされ、ベッドから出てよろめきながら書き物机のところまで行き、受話器を取った。タマラだった。下まで来ているという。あなたの性格は知ってますからね、タマラは笑いながら、からかうように、昔のことをほのめかして言った。で、こっちから迎えに行ったほうがいいと思ったわけ。いっしょに一日過ごさない？　いろいろ案内してあげるから。弟はまだベッドでぐっすり眠っていた。私はすぐに、妹とその婚約者と彼らの友人全員とイェシヴァの超正統派のラビたちと昼食とお祈りをともにする予定が入っていたことを思い出した。寒気がした。すぐに行くよ、と言うと電話を切った。

エレベーターを降りると、ロビーの肘掛椅子に座るタマラと、長いむき出しの組んだ脚が目に飛び込んできた。少し待ってほしいと手で合図し、フロントに向かった。タマラは私のほうにゆっくりと歩み寄ると、私が例の老人に挨拶して（私は彼がフロント係ではなくホテルのオーナーであると思い始めていた。誰のことも信用せず、従業員に給料を払うのを惜しむほどの吝嗇家で、一人十役くらい平気でこなす気難し屋のオーナーなのだろうと）、両親に弁解する内容を書いた黄色のメモ用紙を渡してくれるよう頼んでいるあいだ、そばで黙って待っていた。老人はいつにも増して疲れていた。顔はさらに緑がかってしなびていた。目は真っ赤。服はしわくちゃだった。両手は震えているように見えた。私の隣にいるタマラを、真面目な気難しい顔でじっと見つめ、ヘブライ語で何か私には不快に響く言葉を口にした。タマラはそれを無視したが、もしかすると聞こえなかったか、あるいは老人の言葉は特に不快なものではなかったのかもしれない。彼女はカーキ色のぼろぼろのごく短いショートパンツに革のサンダルを履き、ゆったりとした白い麻のブラウスを着ていて、そばかすの多い両肩や赤っぽいブラジャーまでもが透けて見えていた。それ以外は何も身につけていなかった。化粧もしていなかった。銅色をしたぼさぼさのほつれ髪は、まるで寝起きのように見えた。彼女の目は私の記憶していたよりも青かった。用を済ませてフロントの老人にメモを渡すやいなや、タマラは私をぎゅっと抱きしめた。今度はルフトハンザの制服も着ていないし、ぎこちなさも微塵もない。ひょっとするとその抱擁の一部は、気難し屋の老人が言った不快な言葉に対する当てつけだったのかもしれないが、そうやって彼女にきつく全身で抱きしめられるのは嬉しかった。彼女の髪にいくらか白髪が混じるのを見るのも嬉しかった。君の白髪が好きだよ、と言うと、彼女は大きな地中海色の目で微笑んだ。そして体を引いて私の手を取り、両手の指を絡めてきたが、そのとき彼女が指輪をひとつもはめていないのに気づいて嬉しくなった。だがうっすらと、ほんのかすかにではあるが、左手の薬指に青白い輪の跡がついているのが見えたような気がした。ひょっとすると、あの空港の混乱と熱気のなかで結婚指輪のことを想像したのだろうか？　それともその日の朝、彼女が自分で外したのだろうか？　家の引き出しか宝石箱にでもきちんとしまってきたのだろうか？　私は顔を上げた。知らないほうがいい。

行くわよ、彼女が私の腕を引っ張りながら宣言した。

白い煙

スコティッシュバーで知り合って、何本か数え切れないほどのビールを飲み、フィルターなしのキャメルをほぼ一箱吸ったあと、タマラは、乳首を噛まれるのが好き、それもきつく、と私に言った。そこはスコティッシュバーなどではなく、アンティグア・グアテマラにあるビール専門のありきたりのバーで、スコティッシュバーというのはただの店名（あるいは通称）だった。私はカウンターでモサを飲んでいるところだった。もともと黒ビールが好きなほうだ。昔風の居酒屋とかサーベルの決闘を思い起こさせる。煙草に火をつけると、右隣のスツールに座っていた彼女が一本もらってもいいかと英語で話しかけてきた。その訛りからイスラエル人だろうと見当をつけた。ベヴァカシャ、ヘブライ語で「どういたしまして」と言ってマッチ箱を差し出した。彼女の顔がぱっと明るくなった。何かへブライ語で返してきたが意味がわからなかったので、自分が覚えているのは三つか四つの単語と、いくつかの断片的な祈りの言葉と、たぶん数字の十までだと思うと打ち明けた。頑張ってもせいぜい十五までだと。今はグアテマラシティに住んでいる、と自分がアメリカ人でないことを示すため今度はスペイン語で言うと、彼女は面食らった様子で、グアテマラにユダヤ人がいるなんて思ってもみなかったと打ち明けた。もうユダヤ人じゃないよ、と言って私は微笑んだ。引退したんだ。それってどういう意味？　そんなこと不可能だわ、と彼女はイスラエル人がよくするように怒鳴った。私のほうに向き直った。インド風の薄手の白いコットンのブラウス、着古したジーンズ、黄色のユスパドリーユという格好だった。髪は栗色で、目はエメラルドブルー、エメラルドブルーなんて色が本当にあるならの話だが。彼女は兵役を終えたばかりで、今は友人と中米を旅行中、アンティグアに数週間滞在してスペイン語を習い、少しお金を稼ぐことにしたのだと説明した。あの子よ、と彼女は指差した。ヤエル。真面目そうで色白で、見事な肩のラインをもつその友人は、私にビールを出してくれた店員だった。私は彼女に挨拶し、二人が笑いながら何かヘブライ語でやりとりするあいだ、二人の会話のなかに数字の7が聞こえたように思ったが、なぜかはわからない。ドイツ人のカップルが入ってきて、友人は接客しに行ってしまった。彼女は私の手をきつく握り、よろしくね、わたしの名前はタマラ、と言うと、断りもなく私の煙草をもう一本抜き取った。

ビールをお代わりすると、ヤエルがモサを二本とポテトチップスの皿を運んできた。ヤエルはそのまま私たちの前に立った。私はタマラに姓を尋ねた。たしかロシア系だったと思う。ハルフォンはレバノンの名字でね、と私は言った。でも母方の姓はテネンバウムで、ポーランドのウッチ出身なんだ、と言うと二人は揃って悲鳴を上げた。ヤエルの姓もテネンバウムであることが判明し、二人が私の運転免許証を見てそれを確かめ合うあいだ、私は自分たちが同じ一族の出であるというありそうもない可能性について考え始め、そして、一族が死に絶えたと思い込んでいたポーランド人の兄弟が、六十年の音信不通を経て、二人の孫たちのおかげで、つまりグアテマラ人の作家とイスラエル人のヒッピー女性がアンティグア・グアテマラにあるスコットランドとは縁もゆかりもないスコティッシュバーで偶然出会ったことがきっかけとなって、突然再会を果たす、という小説の構想まで思い描いた。

ヤエルが安い一リットル瓶のビールを取り出して三つのグラスに注いだ。二人から免許証を返してもらい、三人で、まず私たちに、次に彼女たちに、最後はポーランド人に乾杯した。私たちは黙り込み、ボブ・マーリーの昔の曲を聴きながら、地球の果てしない狭さに思いを馳せた。

タマラは灰皿にあった私の吸いかけの煙草をとり、深々と吸いこむと、仕事は何をしているのと尋ねた。私は真顔で、小児科医でプロの嘘つきだと答えた。彼女は手を挙げて、やめてよという仕草をした。私はその手がとても気に入り、なぜかはわからないが、ウディ・アレンが不倫をテーマに撮った何かの映画で引用したe・e・カミングスの詩の一節を思い出した。いかなる者も、と私は青くか弱い蝶でも捕まえるように彼女の手をとって言った。雨ですら、これほど小さな手は持たぬ。タマラは微笑み、両親は医者で、自分もときどき詩を書いていると言い、どうやらカミングスの引用を私の自作の詩と思い込んでいるようだったが、あえて訂正はしなかった。そして彼女は私の手をほどかなかった。

ヤエルが私たちのグラスを満たし、私は左手でぎこちなく煙草を吸い、彼女たちはヘブライ語で何か話していた。どうかしたのかと尋ねると、タマラはふくれっ面で、前の日、誰かに持ち物を盗まれたのだと言った。彼女はため息をついた。午前中ずっと外を歩いていたのよね、民芸品の市場とか遺跡とかいろんな場所を回って、それで中央公園（実際には広場だがアンティグアの人々はこう呼ぶ）のベンチに座ったとき、誰かにハンドバッグをナイフで切られたことに気づいたの。お金を少しと書類もいくつか盗られたと彼女は説明した。ヤエルが何かヘブライ語で言い、二人は笑った。何の話だい、と気になって尋ねてみたが、二人は笑いながらヘブライ語で話し続けた。タマラの手を握り直すと、私がそこにいたことを思い出したのか、お金のほうは書類ほど大事ではなかったのだと言った。いったい何の書類だったのかと尋ねた。タマラはオランダのチューリップ売りの娘みたいな謎めいた笑みを浮かべた。ＬＳＤの包みが四つよ、と彼女は下手くそなスペイン語で囁いた。私はビールを少しすすった。ＬＳＤは好き？　と訊かれて、私は、わからない、一度も試したことがなくてねと言った。タマラはその後十分から二十分にわたり、我々が精神的に開かれ、より寛容で平和的な人間になるのにＬＳＤがいかに必要であるかを嬉々として語り、そして彼女が長広舌をふるうあいだ私が唯一考えていたのは、その場で、ヤエルやドイツ人カップルやどこかでこちらを見ているかもしれないスコットランド人の覗き魔の目の前で、タマラの服をむしり取ることだけだった。彼女を黙らせたくて、そして自分の心を落ち着かせようとしたのかもしれないが、私は煙草に火をつけて差し出した。初めてＬＳＤを試したのはね、と二人で煙草を回し合いながらタマラが言った。テルアビブで友だちといっしょのとき、なんだか眠くなっちゃって、ものすごく体が楽になって、それから神様が見えたと思う。このとき彼女がスペイン語で神《ディオス》と言った記憶があるのだが、もしかするとハシェムとかゴッドとかアドナイとかＹＨＶＨとか、四つの子音で表された口にしてはならない神の名だったかもしれない。私は笑うべきかわからずに、神はどんな顔をしていたかとだけ尋ねた。顔なんてなかったわ。じゃあ、いったい何を見たの？　それを説明するのは難しいと彼女は言うと、目を閉じて神秘的な雰囲気をまとい、何かの神の啓示を待った。私は神を信じないんでね、と言って彼女をトランス状態から現実に引き戻した。それでも毎日、というかほとんど毎日、神と対話している。タマラは真顔になった。あなた、自分をユダヤ人だと思っていないうえに、神様も信じないっていうの？　彼女が非難がましい調子で尋ねるので、私はただ肩をすくめ、いったい何のために？　と答えてから、かくも無益な議論をそれ以上続ける機会を彼女に与えず、トイレに立った。

＊

　用を足しているあいだ、ほろ酔い加減であるにもかかわらず、自分が軽く勃起していることに気がついた。足元にどす黒い水たまりがあった。古い電球が天井からぶら下がっていた。目の前の壁、ひとつしかない便器の向こう側は、色とりどりの落書きで埋め尽くされていた。文章、格言、名前、絵、詩まであった。私の目はすぐに、上から線を引いて消された落書き、見るのを禁じられた落書きを探し求め、そしてジャン＝ミシェル・バスキアの絵を思い出した。バスキアは絵のなかでいったん書いた文字のいくつかをあとで上から線を引いて消しているが、それは本人いわく、もっと見えるようにするためだった。そうやって消されているという事実そのものが、それを読みたい気持ちにさせるのだと。そのあと手を洗いながら、祖父のこと、アウシュヴィッツのこと、祖父の前腕に刺青されていた緑色の五桁の数字のことを考えた。子どものころはずっと、祖父が語ってくれたとおりに、電話番号を忘れないように彫ってもらったものだと思っていた。祖父なりにそれらを消し、私たちが知るのを禁じる方法だったのだろう。そして私はウッチのこと、青果市場に近く、ポニャトフスキ公園からも近い、ジェロムスキ通りと五月一日大通りの角の十六番地の一階にあった祖父のアパートのことを考えた。一九三九年十一月のある日の午後、そのアパートで、祖父とガールフレンドのミナと友人たちがドミノに興じていたとき、ドイツかポーランドの兵士たちがやってきて全員を逮捕した。そして私は、自分もいつかポーランドを、ウッチを、青果市場を、ジェロムスキ通りと五月一日大通りの角の十六番地にある建物、あの日の午後、祖父が両親と兄弟の顔を最後に見た家を、あの三九年十一月にドミノが中断されて以来、祖父が二度と戻ることのなかった家を訪ねてみたいと言うたび、祖父の顔に浮かんだ皮肉でかつ失望した表情のことを考えた。なぜポーランドなんかに行きたがる？　と祖父は私によく言った。ポーランドなんかに行ってはいかん、と祖父は言った。ポーランド人はな、と祖父は言った。わしらを裏切ったのだ。

＊

バル・ムレチュヌィ・ファミリヌィ。それを見たのは別の都市、別のバーの店先でのことだ。正面のガラス窓に金色の文字で描かれていた。ミルクバー、ワルシャワに旅立つ前に何かの本で読んだ記憶があった。ミルクバー。ポーランドの昔ながらのカフェテリア。誰でも入れる。とても安価。今と違う時代、もっと質素で、今ほどグローバル化が進んでいなかった時代の遺物。ノヴィ・シフィヤト通り――ポーランド語で「新世界」を意味するとあとで知った――に立ちつくしたまま、早すぎる夜のなか、ピンクのコートを着て凍えながら、巨大なガラス窓の向こうの常連客や食事を囲む人々――その大半は店と同じく別の時代の遺物――を見つめた。ここが彼らの最後の砦なんだ、と私は思った。かくも奇妙でかくも新しい世界の中心にある、と私は思った。旧世界最後のオアシスというわけだ。店内のすべてが、夜の暗闇のなかで真っ白に輝いていた。すべてが温かく、居心地よく、美味しそうに見えた。壁のメニューがポーランド語でしか書かれていないことに気づいた。そのとき若いカップルがなかに入っていった。私も勢いにまかせて彼らのあとをついていった。

列は素早く進んでいた。まず赤毛の婦人が仏頂面で注文を取り代金を受け取る小窓に並び、次に厨房に続いている二つ目の小窓に並び、そこでめいめいが料理を受け取る。壁のばかでかいメニューを読もうとしたがちんぷんかんぷんで、知っている名前すらなかった。列は前に進み続けた。私の前では先ほどのカップルが手袋とマフラーと帽子を脱いで、注文に備えていた。テーブル席のほうを振り返ると、みなが急いで、無言で、ほとんど機械的な動作と表情で食べていることに気づいた。おそらく夕食を楽しんでいたのだろうが、その気持ちをどうしても見せたくないようだった。そのとき、視界の端、ガラス窓に映ったピンクの亡霊が見え、その亡霊がピンクのコートを着たままの自分の姿であることに気づくまでに少し時間がかかった。前のカップルがついに一つ目の小窓にたどり着いた。彼らはめいめい料理を注文し、代金を払った。次は私。私の番が回ってくる。どうしていいかも、何を注文すべきかも、何を言えばいいかもわからなかった。私は前のカップルに近寄って、英語がわかるかと尋ねた。少しなら、と男のほうが言い、私は少しだけ緊張がほぐれた。自分の代わりに注文してくれないかと頼んでみた。彼は私のやけに大きなピンクのコートをじっと見つめ、そのやけに大きなピンクのコートに困惑してしまったらしく、私は背後で順番待ちをしている老人たちがしだいに苛立ってきたのを感じて思わず、頼むよ、腹が減ってるんだ、あのいまいましいスーツケースが行方不明なんだと叫びそうになった。だが幸いにも私は、ポーランド語がわからないのだとだけ言った。男は連れの女に相談した。二人ともスキンヘッドに黒ずくめで、両腕と首にタトゥーがあり、下唇に輪っかのピアスをつけていた。で、何がいいですか？　何でもいい、君が決めてくれ、ここの名物でいい、と私は答えた。スープは？　ああ、それいいね、スープ。じゃあキェウバサはどう？　いいね、それもいいこう、キェウバサ。紅茶は？　ああ、ありがとう、紅茶も頼む、すると彼が一つ目の小窓の赤毛の婦人にそれらすべてを注文するのが聞こえた。デザートも頼んでおきました、と男が言った。気に入ると思うよ、と彼は言った。ナレシニキ・ス・セレムっていうんです、男はにっこりした。私は改めて礼を言い、カップルは二つ目の小窓へと進んでいった。赤毛の婦人は、何と言っているかはわからなかったが、私の夕食代の合計金額と思しき言葉を口にした。何枚かの紙幣、何枚かのズウォティを渡すと、婦人は押し黙ったまま表情も変えず、その旧式のレジと同じくらい無愛想かつ機械的におつりを渡した。

　私はピンクのコートを着たまま、二人のポーランド人の年寄りのあいだに座った。二人とも祖父に少し似ていると思った。私は二人を裏切り者と思わないようにした。裏切り者だと断罪しないように、ポーランドのあらゆる老人はみな永久に裏切り者だなどと決めつけたりしないように。祖父の言葉を忘れようとしたが、無駄だった。そして、一皿食べ終えるごとに（いちばん美味しかったのがデザート、ポーランド風のクレープかプリンツといったところだ）次第に体が温まってくるのを感じつつ、その夕食が合計二ドルもしなかったことにようやく気がついた。社会主義の偉大なる数字。

＊

金切り声のボブ・ディランが遠くで響いていた。タマラが歌っていたのだ。ヤエルは私のグラスにビールを注いでから、きっとバーの店主だろう、スコットランド人と思しき男に媚を売っていた。私はヤエルを眺めた。臍に銀のピアスをしていた。彼女が軍服を着ていかつい機関銃を担ぐ姿を想像した。視線を戻すと、タマラが歌いながら私を見て微笑んでいた。タマラについては裸の姿しか想像できなかった。

グラスが空になるまでビールを一気に飲み干した。先住民の老人がひとり、バーに入ってきて、マチェーテとウイピルを売ろうとしていた。私はタマラに、約束に遅れそうなのでもう行くが、明日なら付き合えると言った。首都からここまで来てくれるの？　ああ喜んで、車で三十分だ（友人によく貸してもらう青の旧型サーブを店の外に停めていた）。いいわよ、と彼女は言った。私は六時に授業が終わるの、ここで待ち合わせる？　ケン、私はヘブライ語で「はい」を意味する言葉で答え、少し微笑んだ。あなたの口って素敵ね、ハートの形をしてる、と言うと彼女は私の唇を撫でた。私は、ありがとう、実はそうやって唇を撫でられるのが好きなんだと言った。わたしもよ、とタマラが下手くそなスペイン語で囁き、そのあとやはりスペイン語で、飢えたライオンみたいに歯をむいてこう言った。でも乳首を噛まれるのはもっと好き、それもきつく。自分で言っていることの意味がちゃんとわかっているのか、それとも冗談で言ったのかはわからなかった。彼女は私にもたれかかると首筋にキスし、私は鳥肌が立った。私は身を震わせながら、彼女の乳首はどんなだろう、丸いのか尖っているのか、ピンクか深紅か透きとおる紫なのかなどと考えていたが、帰ろうとして立ち上がると、スペイン語で、残念だけど、そこを噛むときはそっと噛むことにしている、と言った。

ビール代はすべて私が払い、同じ場所で翌日の午後六時に会うことになった。私は名づけがたい何か、だが冬の暗い夜にバチカンの教皇庁から流れる白い煙のように確かではっきりとした何かを感じつつ、翌日そこへは戻らないことを十分に知りながら、彼女をきつく抱きしめた。

ポーランドのボクサー

69752。これはわしの電話番号だ。そこに、つまり左の手首と肘のあいだに、忘れないよう刺青してもらったんだ。祖父は私にそう言った。そして私もそう信じて大きくなった。一九七〇年代、グアテマラの電話番号は五桁だった。

祖父のことはオイッツェと呼んでいた。祖父が私をそう呼んでいたからだ。イディッシュ語で何か趣味の悪いことを表すらしい。私は祖父のポーランド語訛りが好きだった。祖父のウィスキーのグラスに自分の小指（祖父から受け継いだ唯一の身体的特徴。日に日に曲がっていったあの小指）を浸すのが好きだった。祖父に絵を描いてとせがむのが好きだったが、実際に祖父が描き方を知っていた絵、さらさらとスケッチしていたのはいつも同じ、ひしゃげた形の帽子の絵だけだった。祖父が魚肉でつくった白い団子（イディッシュ語でゲフィルテフィッシュ）にかけるソース（イディッシュ語でフレイン）のビーツの色が好きだった。近所を散歩する祖父のお伴をするのが好きだった。ある夜、だだっ広い空き地に、牛を満載した飛行機が墜落したあの地区を。でも何よりも好きだったのがあの数字だ。祖父の数字。

ところがまもなく、祖父の電話の話が冗談だったこと、その冗談が精神的重要性をもっていたこと、そして思いがけず、誰一人認めないだろうが、あの数字の歴史的な由来を知ることになった。当時の私は、祖父といっしょに散歩したり、祖父が例の帽子の絵を描き始めたりするたびに腕の五桁の数字をじっと見つめ、すると妙に楽しい気分になり、その数字が刻まれた秘密の場面を空想して遊んでいた。病院の担架で仰向けになった祖父の上に、巨漢のドイツ人将校（黒いレザーの制服姿）がまたがり、貧血のドイツ人看護婦（こちらも黒のレザーを着込んでいる）に数字を一桁ずつ怒鳴っては、看護婦が焼けた鉄をひとつずつ将校に手渡していくところ。あるいはちっちゃな木のベンチに座らされた祖父の前に、白衣を着て白の手袋をはめ、鉱夫のように白いヘッドライトをつけた十人ほどのドイツ人が半円状に並び、突然ドイツ人のひとりが数字をひとつ呟くと、一輪車に乗ったピエロが入ってきて、全員の白いライトに祖父の姿が白々と照らし出されるなか、祖父の腕にその数字を――決して消えない緑のインクの太いマジックペンで――書いていき、ドイツ人科学者一同が揃って拍手を送るところ。あるいは映画館のチケット売り場の前に立つ祖父が、チケットの受け渡しをするガラス窓の丸い小さな開口部に左腕を入れると、ガラス窓の向こう側で、毛深い太ったドイツ人の女が、銀行で使うような日付を変えられるスタンプ（父の事務室の机に置いてあったのと同じスタンプ、私はそれで遊ぶのが大好きだった）のひとつの五桁の数字を合わせ、それから、それがとてつもなく重要な日付であるかのようにぐっと、永久に消えないように、思い切り祖父の前腕に押しつけるところ。

そんなふうにして私は祖父の数字で遊んでいた。こっそりと。祖父の腕というよりもむしろ、魂のどこかに刺青されたかに見えるあの緑色の謎めいた五桁の数字にすっかり魅了されて。

その緑色も謎めいていたのも、ついこの間までの話だ。

夕方、祖父のバター色の古い革のソファに二人で座り、いっしょにウィスキーを飲んでいたときのこと。

私はその緑色がもはや緑色ではなく、何か腐りかけのものを思わせる薄い褪せた灰色に変わっていることに気がついた。7は5とほとんど一体化していた。6と9は判読すらできず、いまや形をなさないピンぼけした二つの腫れになっていた。2は逃走中、他の数字から数ミリ離れてしまったような印象を与えた。祖父の顔を見つめているうち、私はふと、あの子どものころの遊び、子どものころの空想の場面のどれにおいても、祖父の姿をすでに老人として、すでに祖父として思い描いていたことに気がついた。まるで祖父が祖父として生まれてきたかのように、あるいは私が今じろじろ観察している数字が刻まれたまさにその瞬間、永遠に年老いてしまったかのように。

アウシュヴィッツだ。

最初は自分が耳にしたことに確信がもてなかった。私は顔を上げた。祖父は右手で数字を覆っていた。雨が屋根に滴る音がしていた。

これはな、と祖父は腕をそっとこすりながら言った。アウシュヴィッツでつけられた、と祖父は言った。ボクサーと一緒だった、と祖父は私を見ずに、感情のまるでこもらない、いつもと別人のような口調で言った。

およそ六十年の沈黙のあと、その数字の由来についてようやく真実を口にしてどんな気分だったか、祖父に尋ねてみたかった。どうしてこの私に言ったのか。そんなにも長いことしまってあった言葉を吐き出したことでいくらか解放感は得られたか。そんなにも長いことしまってあった言葉は舌の上をざらざら転がるときに前と同じ味がしたか。しかし私は黙ったまま、そわそわと落ち着かず、雨の音に耳をすませ、何かを恐れていた。それはもしかすると、その瞬間の暴力的な重み、もしかすると祖父がそれ以上私に何も教えてくれないのではないか、もしかするとその五桁の数字に隠された真実の物語は、私の子ども時代の空想ほど奇想天外なものではないのではないかという恐れだったかもしれない。

もう指一本分注いでくれ、な、オイッツェ、と祖父はグラスを差し出して言った。

祖母がじきに買い物から戻ったら怒られることを知りつつ、私はそうした。祖父は心臓に疾患を抱えるようになって以来、ウィスキーを昼間にダブルで一杯、夕食前に同じくダブルでもう一杯たしなむだけにしていた。それ以上はなし。もちろん、何かのパーティーや結婚式やサッカーの試合、あるいはテレビに女優のイサベル・パントハが出てきたときなど、特別な場合を除いて。でもこのときは、祖父がこれから私に話そうとしていることに備えて力を蓄えているのだと思った。そのあと、今の健康状態を考えると、普段より飲みすぎてしまったら、私に話そうとしていることに過剰に動揺してしまうのではないかとも思った。祖父は古いソファにもたれ、ウィスキーの最初の甘い一口を味わったが、それを見て私はあるとき、子どものころに、祖父が祖母に赤ラベルをもっと買っておかねばと言ったのを思い出した。祖父はそのウィスキーしか飲まなかったのだが、私は食料貯蔵室に同じボトルが三十本以上しまってあるのを見つけたばかりだった。どれも手つかずだった。そこで祖父にそのことを尋ねてみた。すると祖父は謎に満ちた笑みを浮かべ、私には決して理解することのできないある種の痛みに満ちた智恵で応えた。戦争に備えておくのさ、オイッツェ。

祖父は放心していた。目は霞み、コロニア・エルヒンの広大な緑の峡谷のほぼ一帯に降り注ぐ雨足の見える大きな窓をじっと見つめていた。何かの種か屑か、ひっきりなしにものを噛んでいた。そのとき、祖父のギャバジン織りのズボンのボタンが外れ、チャックが半開きになっているのに気がついた。

わしはザクセンハウゼンの強制収容所にいた。ベルリンの近く。三九年十一月から。

そして、今しがた口にしたことがまるで食べられるかのように、唇をたっぷりと舐めた。左手にウィスキーのグラスを持ち、右手はあの数字をまだ覆っていた。私はボトルをとって、もう少し注ごうかと尋ねたが、祖父は答えなかった。というかおそらく聞いていなかったのだろう。

ザクセンハウゼン、ベルリンの近くだ、と祖父は話し続けた。あそこにはユダヤ人棟が二つとたくさんのドイツ人棟があって、ドイツ人棟だけで五十はあったろう、そこに大勢のドイツ人が収容されていた。ドイツ人の泥棒、ドイツ人の人殺しに、ユダヤ人の女と結婚したドイツ人の男。ラッセンシャンデ、とドイツ語で呼ばれていた。民族の恥と。

祖父はまた黙り込み、私にはその話し方が穏やかな波のように思えた。記憶もまた振り子のようなものだからかもしれない。痛みとは少しずつしか耐えられないものだからかもしれない。私はウッチのこと、両親と兄弟のこと（祖父は家族の写真を一枚だけ持っていた。戦争が始まる前に移民していた叔父から何年もあとになってもらったその唯一の写真を、祖父はベッド脇の壁に貼っていた。写真を見ても私は何も感じず、彼らの青白い顔は現実の人間ではなく、歴史の教科書から抜き出してきた名もない灰色の人物であるかのように見えた）を話してほしい、三九年以前、ザクセンハウゼンより前のことを何もかも話してほしいと言いたかった。

雨足がやや弱まり、峡谷の奥から白く膨れ上がった雲が立ち昇りはじめた。

わしはわしらの収容棟のシュトゥーベンディーンストだった。わしらの棟の雑用係。三〇〇人。二八〇人。三一〇人。毎日のように何人か増え、何人か減った。わかるな、オイッツェ、と祖父は質問ではなく確認するように言い、私は祖父がそれらの言葉と独りきりで取り残されてしまわないよう、私がそこにいること、いっしょにいることを確かめているのだと思った。祖父は見えない食べ物を口元に運んで言った。わしは彼らに朝コーヒーを出し、夕方はジャガイモのスープとパンを出す係だった。祖父は手で扇ぐ仕草をして言った。わしは掃除係でな、床を掃いたり、みんなの寝床を整えたりしていた。祖父は手で扇ぐ仕草を続けて言った。わしは夜が明けると死んでいた連中の死体を片付ける係だった。そしてほとんど乾杯しながらこう言った。だがわしは新入りのユダヤ人を迎える係もしていて、ドイツ語でジューデン・アイントレフェン、ジューデン・アイントレフェン、ユダヤ人到着と怒鳴る声が聞こえると、彼らを迎えに出ていくんだが、わしの棟に来るユダヤ人はほとんど全員、何かしら高価な品を隠し持っていることにすぐに気づいた。ネックレスや時計や指輪やダイヤモンド。何かを必ず。後生大事に。どこかにしっかり隠して。ときどき飲み込んでしまう奴もいたが、そういうときは何日かすると糞といっしょに出てきた。

祖父はグラスを差し出し、私はウィスキーをさらに注いだ。

祖父が糞《ミエルダ》と言うのを聞いたのはそれが初めてだったが、その瞬間、その文脈では、その言葉はむしろ美しく聞こえた。

でもオイッツェ、どうしてあなたが？　私は短い沈黙をとらえて尋ねてみた。祖父は眉間に皺を寄せ、目をわずかに閉じ、まるで突然、私たちが別の言語で話しているかのように私のことをまじまじと見つめた。どうしてあなたが雑用係に命じられたのですか？

そして祖父の年老いた顔に、今ではあれこれ動かすのをやめてまたあの数字を覆っていた年老いた手に、私は自分の質問が暗に意味していたすべてを読みとった。質問に隠されたもうひとつの質問――雑用係に任命されるために何をしなくてはならなかったのですか？――を読みとった。決して口にされることのない質問――生き延びるために何をしなくてはならなかったのですか？――を読みとった。

祖父は肩をすくめてふんと笑った。

ある日ラーガーライター、つまりわしらの所長に、お前がやれと言われた。それだけのことだ。言語に絶することとさえも口にすることができるというかのように。

でもそのずっと前にな、と祖父はウィスキーを一口飲んでから話を続けた。三九年、ベルリンの近くのザクセンハウゼンに着いたばかりのとき、ある朝、簡易ベッドの下に隠れているところをラーガーライターに見つかった。わしは仕事に行きたくなかったんだ、わかるな、簡易ベッドの下なら一日中隠れていられると思ったわけだ。どうやってかは知らんが、ラーガーライターは簡易ベッドの下に隠れていたわしを見つけ出すと、外に引きずり出して、ここの尾骶骨のところを木か鉄の棒で殴り始めた。何回殴られたかわからない。そのうち気を失った。十日か十二日は歩くこともできずにベッドで横になっていた。そのときからラーガーライターのわしへの接し方が変わった。おはようとか、おやすみとか、声をかけてくるようになった。わしが自分の寝床をきちんとしているのが気に入ったとか言ってたな。そしてある日、お前はシュトゥーベンディーンスト、この棟の掃除係だと言われた。ただそれだけのことだ。

祖父は頭を振って考え込んだ。

奴の名前も顔も覚えていない、と祖父は言うと、何かを二回ほど噛んで脇にぺっと吐き出し、まるでそれで赦される、それで十分であるかのようにこう付け加えた。奴の手は実に綺麗だったな。

そんなことを言うのも無理はない。祖父は両手を入念に手入れする人だった。週に一度、だんだんうるさくなるテレビの前に座って、祖母に小さな毛抜きで余分な甘皮をとってもらい、爪を切ってやすりをかけてもらったあと、同じことをもう片方の手にやってもらうあいだ、祖父はその手入れしたほうの爪を、ワニスの匂いのするどろりとした透明な液体を満たした小さな皿に浸した。両手の爪の手入れが終わると、祖母はニベアクリームの青い缶をとってそれを祖父の両手に塗り、白いクリームが指一本一本になじむまで、ゆっくりと優しく揉みほぐし、両手にそのクリームがすっかりなじむと、祖父はようやく、六十年近く前から喪の印として右の小指にはめている黒い石の指輪をつけ直すのだった。

入所してくるユダヤ人はみな、ベルリンの近くのザクセンハウゼンにこっそり持ち込んだ品をわしに差し出した。わかるな。わしが雑用係だったからだ。わしはその品を受け取ると、自分もこっそりポーランド人のコックと取り引きして、それよりもっと価値のあるものを入所してくるユダヤ人たちに調達してやった。腕時計をパンのお代わりに換えた。金のネックレスをコーヒーの多少のお代わりに換えた。ダイヤモンドを鍋のスープの最後のひとすくいに換えた。誰もが欲しがった一杯だ、いつも最後にジャガイモが二つか三つは沈んでいたからな。

屋根瓦に落ちる雨音がまた聞こえて、私はその二つか三つの味のしない煮崩れたジャガイモのこと、有刺鉄線で区切られた世界ではどんな光り輝くダイヤモンドよりもはるかに貴重なそのジャガイモのことを考え始めた。

ある日、わしはラーガーライターに二十ドル金貨をやることにした。

私は煙草を取り出し、うちの一本をいじくり出した。悲しみから、祖父を敬う気持ちから、またその——黒ずんで錆びた様子をすぐに想像した——二十ドル金貨に対する畏敬の念から、火をつけなかったと言えるかもしれない。だが、そうは言わないほうがいい。

わしは二十ドル金貨をラーガーライターにやることにした。ラーガーライターの信頼を勝ち得たと思ったか、あるいはラーガーライターによく思われたかったのかもしれないな。ある日、入所してきたユダヤ人の集団に混じってひとりのウクライナ人がいて、わしに二十ドル金貨をくれた。ウクライナ人はそいつを舌の裏に隠していた。何日も何日も舌の裏に隠してきたその二十ドル金貨をウクライナ人はわしに差し出し、そしてわしはみんなが棟を出て、屋外へ働きに行ってしまうのを待ってから、ラーガーライターのところへ行ってそれを渡した。ラーガーライターは何も言わなかった。そのまま上着の胸ポケットにしまうと、背を向けて立ち去った。何日かして、真夜中に腹を蹴られて叩き起こされた。わしは外に押し出され、そこには黒いレインコートを着て両手を後ろに組んだラーガーライターが立っていて、そのときようやくぴんときて、どうして自分が殴られ、蹴られ続けているかがわかった。あたりは雪が積もっていた。誰も口を利かなかった。トラックの荷台に放り込まれて、ドアがばたんと閉まり、わしは道中居眠りしそうになりながらもずっと震えていた。トラックがようやく停まったときはもう朝になっていた。荷台の板の隙間から、金属製のゲートに掲げられた大きな標語が見えた。アルバイト・マハト・フライ、とあった。働けば自由になれる。笑い声が聞こえた。だが冷めた笑い声だ、わかるな、汚い笑い声、その馬鹿げた標語を通じてわしを嘲っていた笑い声だ。荷台のドアが開いた。降りろと命令された。いたるところに雪が積もっていた。黒い壁が見えた。それからアウシュヴィッツの十一号棟が見えた。もう四二年だったので、わしらはみなアウシュヴィッツ十一号棟の噂は聞いていた。アウシュヴィッツ十一号棟に入った者は二度と戻らないことを知っていた。わしはそのアウシュヴィッツ十一号棟の牢獄の床に置き去りにされた。

無駄だがどうしても必要な動作だったのだろう、祖父はウィスキーがほとんど空になったグラスを持ち上げ、口元に運んだ。

暗い牢獄だった。とてもじめじめしていた。天井は低かった。光はほとんど入らなかった。空気も。湿気しかなかった。そして人々が折り重なっていた。大勢の人が折り重なっていた。泣いている人もいた。小声でカディッシュを唱えている人もいた。

私は煙草に火をつけた。

祖父はよく、お前は信号と同じ年だと言っていた。なぜなら、お前が生まれたのとまさに同じ日、グアテマラシティの中心街のどこかの交差点に国内初の信号機が設置されたからだ。母に赤ん坊はどうやって女の人のお腹に宿るのかと尋ねたときも、私は信号の前で震えていた。どういうわけか信号で止まるたびにぶるぶる震える翡翠色の大型ボルボ、その後部座席に膝をついて座っていたのだ。男から口にキスされると女は妊娠すると友だち（ハスブン）から学校の休み時間にこっそり聞いていたこと、また別の友だち（アストゥリアス）は、子どもができるには男と女がいっしょに裸になって、それからいっしょにシャワーを浴びて、そのあと同じベッドでいっしょに寝なければいけないが、互いの体に触れる必要はないともっと大胆な主張をしていたことは内緒にしておいた。その後部座席と前の二つの座席のあいだのわくわくするような空間に立って、私は母の答を待った。ボルボはビスタ・エルモサ大通りの赤信号の前でぶるぶる震え、空は見渡すかぎり青く、煙草とアニス味のガムの匂い、物乞いしに来たぼろぼろのサンダル履きの農民の愛想のいい黒い目、そして何か言葉を探そうとしてきまり悪そうに沈黙していた母がようやく口にしたのはこんな言葉だった。女の人は赤ちゃんが欲しくなったらお医者さんに行くの、男の子が欲しければ水色の薬を、女の子が欲しければピンク色の薬をもらうのよ、その薬を飲めば妊娠するの。信号が青になった。ボルボの震えが止まり、そして私は立ったまま、車内で放り出されないように手当たり次第に何かにつかまりながら、自分が小さなガラス瓶のなかで水色の男の子やピンク色の女の子と一緒くたにされ、自分の名前を（ときどき飲まなくてはならず石膏みたいな味だと思っていたバイエル社のアスピリンみたいに）浮き彫りにされて、じっと動かず無言のまま、どこかの奥さんがその医者の（サーカスのあの歪んだ鏡のなかにいるみたいに、ガラスを通して幅広くなりデフォルメされた彼女の姿を私は見た）診療所にやってきて、ほんの少しの水で飲み込んでくれるのを待つ姿を想像し（そしてもちろん、子どもの無邪気な心で、そうやってどこかの女性の掌に乗せられて、その誰ともわからぬ女性の大きな汗ばんだ偶然の手によって、同じく大きな汗ばんだ偶然の口のなかに放り込まれるという偶然の残酷さ、偶然の暴力性といったものを嗅ぎ取り）、そうしてついに見知らぬ女の人のお腹のなかに入り込んで、ようやく生まれることになる自分を想像したのだった。あのガラス瓶に入っていたときに覚えた孤独感と寄る辺なさを振り払うことは今もできずにいる。ときどき忘れることもある、というか忘れようと決意しているのかもしれないし、あるいは馬鹿げたことだが、自分ではもうすっかり忘れてしまったと言い聞かせているのかもしれない。ついには何かちょっとしたこと、どうでもいいこと、実に些細なことがきっかけになって、あのガラス瓶のなかに引き戻されるようになってしまった。たとえば十五歳のとき〈エル・プエンテ〉という五ペソの売春宿で娼婦を相手にした初体験。たとえばバルカン半島への旅の終わりで部屋を間違えたこと。たとえばテクパンの中央広場で秘密のピンクの予言を選んだ黄色のカナリア。たとえば吃音症の友人と最後に握手したときの彼の冷たい手。たとえば六十年前にアウシュヴィッツの十一号棟で祖父が閉じ込められていた、暗くじめじめした、人々の折り重なる、呟き声の充満した牢獄の閉所恐怖症的なイメージ。

泣いている人もいたし、カディッシュを唱えている人もいた。

私は灰皿を引き寄せた。少し酔いを感じたが、それでも残りのウィスキーを二人のグラスに注ぎ足した。

明日銃殺されるとわかっていれば、ほかにどうすればいいというのか。どうしようもあるまい。泣くかカディッシュを唱えるか。わしはカディッシュは知らなかった。でもあの夜、わしも生まれて初めてカディッシュを唱えた。両親を思ってはカディッシュを唱え、明日アウシュヴィッツの黒い壁の前に跪かされて銃殺されると思ってはカディッシュを唱えた。もう四二年だったので、わしらはみなアウシュヴィッツの黒い壁の噂は聞いていたし、わしはトラックから降りるときにこの目でアウシュヴィッツの黒い壁を見ていたから、それが銃殺の場所だってことはよくわかった。グナーデンシュス、後頭部にとどめの一発。でもアウシュヴィッツの黒い壁は思っていたほど大きくは見えなかった。そんなに黒くも見えなかった。黒い壁に白い小さな跡があばたのように散らばっていた。壁のいたるところに白いくぼみがあった、と祖父は人差し指で宙の見えない鍵盤を押しながら言い、私は煙草を吸いながら、満天の星空を思い浮かべた。祖父は言った。ぽつぽつと散らばった白い点。祖父は言った。きっと弾丸が無数の後頭部を貫通したあとにめり込んだ跡。

牢獄のなかは真っ暗だった、と祖父はその同じ暗闇のなかに迷い込みたくないかのように急いで続けた。すると隣に座っていた男がポーランド語で話しかけてきた。どうしてポーランド語で話しかけられたのかはわからん。たぶんわしのカディッシュを聞いて、訛りに気づいたんだろう。そいつはウッチ出身のユダヤ人だった。わしらはどちらもウッチのユダヤ人だったが、わしは青果市場の近くのジェロムスキ通り、そいつは反対側のポニャトフスキ公園の近くに住んでいた。彼はウッチのボクサーだった。ポーランドのボクサーだ。そしてわしらは夜通しポーランド語で語り合った。というより、そいつが夜通しポーランド語でわしに話しかけてきたのさ。そいつはポーランド語で、そこに、つまり十一号棟にはずいぶん前からいる、ドイツ人は自分がボクシングをするのを見たくて生かしたままにしているのだと言った。そいつはわしにポーランド語で、明日お前は裁判にかけられるだろう、と言い、裁判のあいだに言っていいことと裁判のあいだに言ってはならないことをポーランド語でわしに教えてくれた。で、実際そうなった。翌日、二人のドイツ兵がわしを牢獄から引きずり出して、一人のユダヤ人の青年のところに連れていき、その青年がわしの腕にこの数字を刺青した。それから事務室に連れていかれて、そこで一人の若い女を前にわしの裁判が始まったんだが、わしはその若い女にポーランドのボクサーから言えと言われたことをすべて言い、ポーランドのボクサーから言うなと言われたことを一言も言わずに一命をとりとめた。わかるな。わしはそいつから教わった言葉を使い、その言葉がわしの命を救ったわけだが、あのポーランドのボクサーの名前も知らなければ顔を見ることもなかった。彼はたぶん銃殺されたんだろう。

私は灰皿の上で煙草の火を消し、ウィスキーの最後の一杯をあおった。数字のこと、数字を刺青したユダヤ人の青年のことを祖父に尋ねたかった。でも、ポーランドのボクサーが何と言ったかを尋ねるにとどめた。祖父は質問の意味がわからなかったらしく、もう一度、いくらか切迫した口調で、少しだけ大きな声で繰り返した。ねえオイッツェ、ポーランドのボクサーには、裁判のあいだに何を言い、何を言うなと言われたのですか？

祖父は戸惑った顔のまま笑い、後ろにもたれた。そして私は、祖父がポーランド語を話すのを拒んでいたこと、もう六十年ものあいだ、祖父の母語、祖父いわく、三九年十一月に自分を裏切った連中の母語をたった一言でも口にするのを拒んでいたことを思い出した。

祖父がポーランドのボクサーの言葉を思い出せなかったのか、私にはあえて教えないことにしたのか、それとも、それは言葉としての目的を果たし、あの暗い夜にそれを口にしたポーランドのボクサーもろとも永久に消え失せてしまった以上、祖父にとってはもうどうでもいいことだったのか、私はついに知ることがなかった。

私は祖父の数字、四二年のある冬の朝にアウシュヴィッツでユダヤ人の青年が刺青した数字69752をもう一度見つめた。ポーランドのボクサーの顔を思い描こうとし、彼の拳を思い描こうとし、彼の頭を貫通した銃弾がきっと残したであろう白いくぼみを思い描こうとし、祖父の命を救った彼のポーランド語の言葉を思い描こうとしたが、想像できたのはただひとつ、どこまでも続く人の列、みな裸で蒼ざめ、痩せ細り、涙にむせびながら、究極の静けさのなかでカディッシュを唱える人々の列、数字に信仰の礎を置く宗教の熱心な信者たちが、自らも数字となるべく列をなしている姿だった。

絵葉書

裸の島。最初にもらった絵葉書の見出しにミランはそう書いていた。表では二頭の曲芸イルカが躍り上がり、フロリダのどこかの水族館にいる僕たちに会いに来てと謳っていた。ミランはそのジャンボサイズの絵葉書（おそらくレターサイズの半分程度）の裏面の余白をちっちゃな活字体で埋め尽くしていたが、文字があまりに小さくて互いにくっつき合っているので、全体的に子どもが書いた手紙のように見えた。書き慣れてはいるが子どものような筆跡。

ジプシーの歌手シャバン・バイラモヴィッチは、一九三六年ユーゴスラヴィアの町ニシュに生まれた。十八歳のとき、チトーの軍隊から脱走した罪で、共産党当局により「裸の島」を意味するゴリ・オトクに送られた。ダルマチア海岸沖に浮かぶ巨大で不毛な岩だらけの島で、囚人たちは陽の光にさらされ忘却のうちに干からびて死んでいった。シャバン・バイラモヴィッチはある女のためにユーゴスラヴィア軍から脱走した。彼はゴリ・オトクでの一年をなんとか耐えた（「手紙を書いては泣いている／俺は牢獄で死んでいく／時は瞬く間に過ぎ／そして俺はまだ解放されない」）。その地で、その岩の島で、彼は書くことを学んだ。他の囚人たちは彼を黒豹と呼んだ。他の囚人たちは彼の顔に切りつけ、彼の腹を裂きかけた。彼の胸から恥骨にかけては大きな傷跡がある。一九六四年にようやく釈放されたとき、彼は最初のレコードを録音し、稼いだ金で白のスーツと白のベンツを買ったが、その日の夜にどちらもさいころ賭博で失った（「金が入って、それをみんなにやった／それで今は文無しだ／友もいない／だから小さなカタツムリにあんたのおうちを売ってとすがるんだ」）。シャバン・バイラモヴィッチの曲はシャバン・バイラモヴィッチのものじゃない。彼は曲の権利を主張したこともなければ登録したこともない。彼がどこで暮らしているか、どこを旅しているかは誰も知らない。サラエヴォのジプシー音楽祭、もしかするとブダペストのジプシーカフェにひょっこり姿を見せることもあるかもしれない。次の瞬間にはまた消えている。それが彼の生き方なんだ、エドゥアルディート、史上最高のジプシー歌手のひとりの。今なお一頭の黒豹であるかのように。今なおあの過酷な裸の島の孤独な住人であるかのように。誰にも居場所を知られることなく独りきりでさまよいながら。人との絆、責任、いかなる境界も気にかけずに。彼にとって境界は存在しない。

私はその絵葉書を、イルカの写真を表にして、書斎の壁の、ニューヨークの通りを息子と一緒に歩く今では年老いたトマス・ピンチョンの怪しげな写真と、リアのアーモンド色のノートには含まれていない唯一のオーガズム画、ある雨の日の午後、浴槽に浸かって（もちろん心地よい不自由を感じつつ）セックスしたあとに彼女が描いた、おそらく南米のどこかの川の、細かい支流までをも含めた詳細なスケッチのあいだにピンで留めた。

*

俺が一番こだわっている趣味は絵葉書だ、とあるときミランは私に言った。彼は絵葉書を人に送るのが好きだった。もらうのではなく。実際、自分の住所を決して教えてくれなかった。俺に住所はないんだ、彼は冗談で、あるいはよく考えた末にそう言った。あるいは本気だったのかもしれない。彼は言った――俺はルンゴ・ドロム、つまりジプシーの言葉で、目的地を定めず後戻りすることもない長い道のりを生きている。彼は言った――俺は自分だけのキャラバンの旅をしている。彼は言った――その道の途中で仲間のためにパトリンを残していく。パトリンとはジプシーの言葉で「葉っぱ」の意味だが、「道に残された印」という意味もある、何かの形に折られた木の枝とか、空色のスカーフでくくった木の枝とか、地面に刺さった山羊の骨とか。彼は言った――絵葉書は俺のパトリンなんだ。

リアが、ずいぶん前に見た映画で、ジプシーのいくつかのキャラバンがその種の目印を道中に残すことで情報交換をしていたと教えてくれた。時代に取り残されたスペインの田舎の小さな村の住民は、そうした目印を呪術や黒魔術と見なしていた。ある夜、その日の午後にジプシーの目印の近くで遊んでいたスペイン人の少女が急死し、村人たちは暴徒と化す。彼らは松明と斧を手にとり、木々のあいだですやすや眠っていたジプシーたちを手当たり次第に切り刻んだ。男も女も子どもも。リアはそこが映画のラストかどうかは覚えていないと言ったが、そうだろうと考えていた。

*

次の絵葉書には何のメッセージもなかった。というか少なくとも書かれたメッセージはなかった。私の名前と住所を書いたちっちゃな活字体からミランだということはわかったし、そもそも正気でそんな絵葉書を人に送る人間が彼以外にいるはずもない。消印からするとミランはその絵葉書をワシントンDCで投函したらしい。表はシャガールの絵の複製、あるいはその絵の一部だった。最初のうち、シャガールの絵はミランとは関係ないと思ったが、そのうちひょっとして関係があるのかもしれないと思い、何日かそれを読み解こうと、そのイメージのなかにセルビア人ピアニストの人生と結びつくような何らかの意味を見いだそうと試みた。でも、ミランが言葉にせず伝えてきたそのことを私が理解するのはずっとあとになってからで、そして、おそらくそのときにはもう遅すぎたのだ。

*

コロラド州デンバーから、スキーヤーか巨大な針葉樹と思しき小さな黒い点々がたくさん見える、乳白色の山並みを写した絵葉書が届いた。ミランはこう書いていた。昔々、ジプシーの文字表をもつ王がいた。当時は文字表を保管しておく棚がなかったので、王はジプシーの文字表をレタスの葉で包み、さらさら流れる小川のほとりで眠りについた。少しするとロバがやってきて、小川の水を少し飲んでから、そのレタスの葉を食べてしまった。だから俺たちジプシーには今も文字がない。

＊

ボストンから輝く湾の夜景の絵葉書が届いた。ミランはこう書いていた。俺たちジプシーにはな、エドゥアルディート、三つの偉大な才能がある。音楽をつくること。物語を語ること。そして三つ目は秘密だ。

＊

次にメキシコ連邦行政区から届いた、またもジャンボサイズの絵葉書には、小人の書くような例の活字体で「人形」と題がつけられていた。表はマリアッチの楽団とメキシコの三色旗と白い砂浜をコラージュしたもので、その真ん中に、それらすべてを支えるように、あるいはそれらすべてがその金色に輝く美しいオーラから発するかのごとく、けばけばしいグアダルーペの聖母が立っていた。ミランはこう書いていた。彼女の本名はブロニスワヴァ・ヴァイスというが、「人形」を意味するパプーシャというジプシー名で知られた。二十世紀初頭のポーランドのジプシーの大半がそうだったように、パプーシャもノマドの一家に生まれた。ノマドのハープ奏者の一家だ。十五歳のとき、パプーシャは結婚した。もちろん相手はノマドのハープ奏者だ。そしてその後の旅で、何らかの方法で、おそらくキャラバンが行く先々の町に二日ずつ滞在するあいだか、冬を越すため全員がある村にこもっていたときのことだろう、パプーシャは読み書きを覚えた。実は今日でも、ジプシー女性の四人に三人は文盲なんだ。彼女は長い物語詩を書き、それを「パプーシャの頭のなかの歌」とだけ呼んでいた。一九四九年の夏、ポーランドの詩人イェジー・フィツォフスキがまったくの偶然からパプーシャの歌を聞き、ただちにそれを書き写して清書し、歌のいくつかをポーランド語に翻訳して、それを「プロブレミー」という雑誌に発表した。パプーシャはポーランドのジプシーの長老会議に召喚された。長老たちは短い議論を経て彼女をガジェ、つまり非ジプシーと協力したマーリン、つまり汚染された者と見なした。その罰はキャラバンからの永久追放。数か月後にパプーシャは精神病院を追い出され（「誰もわたしをわかってくれない／わかってくれるのは森と川だけ／わたしが話したあのことは／すべてとっくに過去のもの／あれといっしょにすべてが終わった／わたしの青春の日々とともに」）、その後の人生を究極の孤独と究極の沈黙のうちに送った。忘れ去られ、ぼろぼろになり、やがて屋根裏部屋の箱のなかで朽ち果てていく可愛らしいぼろ人形のように。信じがたい話だがね、エドゥアルディート、ジプシーというのはあだ名のとおりの死を迎えるものなんだ、まるで自分のあだ名が神の命令かお告げであるかのように。じゃあ俺のあだ名はなんだろう？　俺のお告げとは何だろう？　パプーシャは一九八七年に死んだ。

私は書斎の壁にその絵葉書を、針師のように慎重に、そっと留めた。

何度かミランの居場所を突き止めようとしたこともある。何度か電話をかけた。メールも送った。といっても、それはいつも明らかに中途半端なやり方で、本気で突き止める気などなかったのだ。話したいことや尋ねたいことはあったが、居場所を特定されず、誰の手にも届かず、なかば行方不明の状態で、根無し草のままさまよっていたいという彼の気持ちも尊重したかった。彼は可能なかぎりノマドな生き方をする道を選んだのだ。しかしそれは現代のノマド、隠喩としてのノマド、絵葉書ノマド、もはや真のノマドになることが禁じられた世界に遠吠えするノマドだった。

＊

赤紫の夕日に映えるどこかの砂漠の絵葉書がアリゾナから届いた。ミランはこう書いていた。何世紀も前のこと、ひとりのジプシーが家族全員を一台の幌馬車に乗せて旅していた。痩せ衰えた老馬がたった一頭で引く古い幌馬車だ。ジプシーと彼の妻に子どもができればできるほど哀れな馬はよたつくようになり、幌馬車は右に左に大きく揺れ、そのたびにカップやフライパンがガチャガチャと音を立て、ときおりジプシーの子どもが裸足のまま外に転がり落ちた。そうしてジプシーは全世界に散らばっていった。ヨーロッパ全土、インド、中東、アフリカ、北米、南米、オーストラリア、ニュージーランド。世界に何百万といるジプシーはね、エドゥアルディート、みなたった一台のおんぼろ馬車から落っこちた子どもたちなんだ。

＊

ニューヨークから「ユセフ」と題する絵葉書が届いた。一九五〇年代の有名なジャズクラブ〈ミントンズ・プレイハウス〉の正面に立つ四人のジャズプレイヤーを撮った白黒の（リアによると完璧な）写真だった。テディ・ヒル、ロイ・エルドリッジ、ハワード・マギー、そしてもちろん、彼の妻いわくのメロディアス・サンク、だがそれは仮に象徴というものが存在するとしての象徴的なメロディアス・サンクであり、また、仮に隠喩というものが足の指のあいだに続々と入り込んでくる小さな蟻の群れ以上のものだとしての隠喩的なメロディアス・サンクでもあった。ミランはこう書いていた。彼はユセフと呼ばれていた。それが彼の本名なのかも、どこの国の出身かも知る者はいなかった。年寄りたちの話によると、ユセフのアコーディオンを聴くのはセイレーンの甘い歌を聴くようなものだった。年寄りたちの話によると、ユセフのアコーディオンを聴くのは磔にされたキリストの叫びを聞くようなものだった。年寄りたちの話によると、ユセフはネル川沿いにあったナチのヘウムノ強制収容所での四年間を、ドイツ人将校のパーティーで毎晩演奏することで生き延びたという。年寄りたちの話によると、ユセフは毎晩、その日ガス室でジプシーがひとり死ぬたび一曲演奏したという。年寄りたちの話によると、ユセフはその四年間で三万五千曲を弾いたという。毎晩ほぼ二十五曲を。年寄りたちの話によると、戦後に解放されたとき、ユセフはアコーディオンを肩から外してヘウムノの草地に捨て、二度とそれに触れなかったという。

*

ハーレー・ダビッドソンにしっかりまたがった、巨大な胸と巨大な唇をもつビキニ姿の金髪の女の絵葉書が届いた。消印はニューオーリンズ。ミランはこう書いていた。親父が言うには、アコーディオン弾きのユセフなど存在しないそうだ。

*

ハワイから巨大な絵葉書が届いたが、写真はどういうわけか、国際色豊かなフィラデルフィアの街の航空写真だった。「兄弟愛の街へようこそ」と、本当にチカチカ光っているように見えるネオンの黄色い文字が大きく躍っていた。ミランはこう書いていた。ジプシーの古い起源は、エドゥアルディート、すぐれて音楽的だ。こんなことがあった。ジプシーは四二八年頃にペルシャに渡ってきた。時の王《シャー》、バハラーム五世が臣下の者を喜ばせようとインドから一万二千人の楽師を呼び寄せたからだと。だが違う。実はそうじゃないんだ、エドゥアルディート。こんなことがあった。ある日、神は聖ペテロの肩の上にバイオリンを置いた。人々から何か曲を弾いてくれと頼まれた聖ペテロは、恐れをなして神を探しに走った。神は、お前にバイオリンを与えたのはお前の音楽で人々を楽しませるため、人々の魂を清く保たせるためだと言って彼を落ち着かせた。すると聖ペテロは神に、もしそうだとしたら、世界には自分以外にももっとたくさん音楽家がいるはずだと訴えた。それは誰かと神が尋ねると、聖ペテロは優しいメロディーを奏でながら、ジプシーですと答えた。でもこれも違うんだ、エドゥアルディート。こんなことがあった。昔、ひとりのとても美しい娘がいた。娘は、背が高くて屈強で働き者の農民に恋をしたが、見向きもされなかった。ある日の午後、娘がひとりさびしく森を歩いていると、紫色の目に赤い服の、頭に二本の角を生やし、片足の先が蹄になっている大男が目の前に現れた。悪魔は長くとがった爪で娘の唇を撫で、自分、つまり悪魔に家族全員を差し出せば、若者の愛を勝ち取ってやると約束した。娘は喜んで同意した。彼女が父を差し出すと、悪魔はこれをバイオリンに変えてしまった。彼女が母を差し出すと、悪魔はこれを弓に変え、灰色の髪の毛を弓毛にした。四人の兄弟を差し出すと、悪魔はこれを四本の弦に変えた。それから悪魔は娘にバイオリンの弾き方を教え、やがて彼女は実に甘く優しく美しい旋律を弾けるようになり、それを聴いた若い農民はたちまち彼女に恋をした。こうして二人は結婚し、長年にわたって幸せに暮らした。ところがある日、森のなかでバイオリンを演奏したり踊ったりしたあと、二人はバイオリンをまぐさの上に放り出したまま木イチゴを摘みに行ってしまった。戻ってくると、バイオリンはどこにも見つからない。そのとき悪魔が曇り空から黒い馬に引かせた四頭立ての馬車に乗って降りてきて、不幸な夫婦を永久に連れ去った。バイオリンは長いあいだ、森の奥の枯れ葉や苔、そこにさらに積もった枯れ葉に埋もれていた。ある夜、森で野営していたジプシーたちが、ひとりの男の子に焚き火用の薪を拾いに行かせ、子どもは枯れ葉の山を蹴飛ばしているうちに、思いがけずあのバイオリンを見つける。子どもが枝でつついてみると、バイオリンはそれまで聴いたこともない完璧な音色を立てた。子どもはバイオリンと弓を拾い、キャラバンに持ち帰った。こうしてジプシーは音楽を見つけたというわけだ。

＊

ワシントン州シアトルの市場のど真ん中を飛ぶマグロの絵葉書が届いた。「ブラック・エレン」と題されていた。ミランはこう書いていた。ウェールズにブラック・エレンと呼ばれたジプシーの女がいた。彼女は物語の名手だった。一晩中、ひとつの物語を延々と語り続けることができたという。ブラック・エレンは聴衆を試すために、物語の途中で急に話すのをやめて、突然「チョーチャ」と叫んだそうだ。ジプシーの言葉で「ブーツ」を意味する。聴衆が返事の代わりに「チョローヴァ」――「靴下」を意味するジプシーの言葉――と叫び返さないと、ブラック・エレンは地面から立ち上がり、スカートの裾を払って、物語を最後まで語ることなく立ち去ったと言う。

シェヘラザードみたいね、と、パンティとブラジャー姿でチェリーレッドのペディキュアを塗っていたリアが言った。

＊

クリーヴランドから絵葉書が届いた。煙草をくわえて座る、ハンフリー・ボガード風と言いたいところだがむしろフレッド・アステア風の細い口髭を生やしたギタリストの白黒写真だった。ミランはこう書いていた。ジャンゴ・ラインハルトはベルギーに生まれたが、家族であるマヌーシュのキャラバンが通過したどの国で生まれたとしてもおかしくはなかった。父は楽師で母は歌手だった。子どものころ、ジャンゴは以下のことが得意だった。雌鶏を盗んでくること。第一次世界大戦で残された薬莢を拾ってきて磨くこと。母親はそれを装飾品や真鍮のがらがらに加工して売っていた。素手で鱒を捕まえること。川に手を突っ込んで鱒をくすぐると、そのうち鱒たちは呆けたようにうっとりするので、簡単に捕まえられた。そして最後はもちろんギター。十二歳になったジャンゴは家族とともにパリ郊外のジプシー居住区に暮らしながら、街中のバル・ミュゼットですでにバンジョーを弾くようになっていた。十八歳のとき、妻ベラの不注意で起きた火事でジャンゴは左手を火傷し、ほとんど鉤爪のようになってしまったが、彼は奏法をなんとか変えて（指を二本しか使わずに）弾き続け、ついに世界最高のジャズギタリストになった。それでも本当のジャンゴは、いつだってジプシーのギタリストだった。あるときアンドレス・セゴビアがジャンゴの演奏を聞いて、あまりに感銘を受けたので譜面を見せてくれと言うと、ジャンゴは笑いながら、そんなものはない、今のは単なる即興だとだけ言った。ジャンゴについてジャン・コクトーはこう言っている。「彼はキャラバンで、生きる夢を見ているかのように生きた。そしてもはやそれがキャラバンでなくなっても、ある意味でキャラバンであり続けた」。彼の本名はジャン・ラインハルトだが、子どものころからジャンゴというあだ名で呼ばれた。ジャンゴとはジプシーの言葉で「目覚め」を意味する。いやむしろ「俺は目覚める」と言ったほうがいい。一人称の動詞なんだ。俺は目覚める。

＊

ゴールデン・ゲート・ブリッジの絵葉書がサンフランシスコから届いた。ミランはこう書いていた。昨日の夜、美しいホールで演奏していたら、すべてが震え出した。立ち上がる客もいた。ホールから出ていく客もいた。そして俺は、大したことなど何も起きていないかのようにストラヴィンスキーを弾き続けた。大したことは起きていなかったんだ。ジプシーの言葉ではね、エドゥアルディート、地震は「イ・プヴ・ケルデャス」というんだ、「大地が踊った」って意味さ。

＊

その同じ日、二枚のジャンボサイズの絵葉書がオーランドから届いた。一枚目は「リストⅠ」と題され、表は消防士に扮したドナルドダックの絵だった。ミランはこう書いていた。あのアンティグアのへんてこな食堂で、君はどうして俺がリストの音楽にそれほど惹かれるのかと尋ねたね。覚えているかな？　俺はあのとき、即興がどうとか馬鹿げた返事をしたけれど、あれは正しかったと思う。だが何事も真実は常にひとつではない。そう、フランツ・リストの人生と音楽に関する複雑きわまるもうひとつの真実、これを基にした映画があるんだ。タイトルも覚えていないし、あまりいい映画でもなかったが、俺が言いたいことをわかりやすく説明してくれる。わかってもらえるといいんだが。時は一八四〇年ごろ。フランツ・リストとテレキー伯爵はハンガリーのペストで開催されるジプシーのカーニバルにやってくる。中央広場を歩きながら、リストは友人に、単なる演奏家としての自分と真の作曲家としての自分のあいだのジレンマについて語る。そのときリストはふと、バイオリンを弾いていたひとりのジプシーの少年に目を留める。見た瞬間パガニーニを連想するほど巧みな演奏だった。ヨシーという名のその少年は二人に、いくらかお金をくれたらマジックをやってあげると言う。テレキー伯爵が金を渡すと、ヨシーは一目散に走り去る。二人は街の路地に入り込んで少年を探すが、見つけたのは少年の兄と祖母だけ。この祖母はとても賢くとても優しい人で、少し言い争ったあと、リストの将来を占ってやることにする。祖母が何と言ったかは忘れたが、恐れおののいたリストは群衆のなかに姿を消してしまう。その夜、リストはピアノの前で、ヨシーが弾いたメロディーを思い出そうとする。だめだ。どうしても思い出せない。彼は少年を探しに出かけ、ついにジプシーの野営地で、またバイオリンを弾いていたヨシーを見つける。リストは少年の家族に、こんな逸材には教育と個人指導と洗練と文化が必要だと説得しようとするが、ヨシーは今の自由な暮らしを愛しているので申し出に応じない。リストはなおも主張する。彼は少年を野蛮な暮らしから救い出したい。ヨーロッパ化させたい。祖母は、リストが孫をただで教育してくれるばかりか、生活費もすべて賄ってくれると聞いて同意するが、ただし自分も孫についていくことを条件にすると言う。それからしばらくして、三人を乗せた馬車がリスト邸に到着する。召使たちはヨシーの体を洗って服を着せるが、ヨシーは食事を手づかみで食らい、そこらを走り回り、ベートーヴェンの胸像に落書きする。いっぽうテレキー伯爵は、君はあのジプシーの少年を毎年開催されるコンクールまでに躾けることはできないだろうと、リストに賭けを挑む。リストは挑戦を受けて立ち、指導を開始する。ヨシーは楽譜を疑っている。即興を信じている。ソルフェージュを学ぼうとせず、聞き覚えで弾き続ける。リストは絶望し始める。祖母の口添えもあって、ヨシーは少なくともこの新しい音楽作法を試してみることに同意し、彼とリストはいっしょに曲を弾き始める。それが二人とも気に入る。二人は楽しい時間を過ごす。ある夜、ヨシーは師匠のリサイタルを聞いて、すっかり魅了されてしまう。リサイタルの後の一種の夕食会、いや晩餐会というのかな、よく覚えていないが、そこでヨシーが招待客のために一曲弾くことになる。ところが突然、ひとりの女性が金のブレスレットを盗まれたと叫び出し、そこにいた全員がジプシーの少年に疑いの目を向ける。屈辱を味わったヨシーは走り去る。もちろんブレスレットはクッションのあいだか絨毯の上で見つかる。その夜、屋敷に戻ったリストは、浴槽のなかで、石鹼を使って必死で体を擦っているヨシーの姿を発見する。少年は泣きじゃくりながら、ジプシーの色を洗い落としたいと言う。この場面だけは見るたびに吐き気を催すな。

リアは絵葉書をちらりと見て、私のお気に入りはいつもグーフィーだったのよねと言い、それから何事もなかったかのように、リストは反ユダヤ主義者じゃなかったの？　と甘い声で尋ねた。

オーランドからの二枚目の絵葉書は「リストⅡ」と題されていた。表はまたもドナルドダックの絵だったが、今度は画家か、もしかすると左官屋か、何やらはっきりしない格好をしていた。ミランはこう書いていた。場面はコンクール当日。ヨシーは準備万端だ。ついに順番が回ってきて、彼は世にも素晴らしい演奏を始める。まさに名手、まさに神童だ。ところが突然、さしたる理由もなく即興で弾き始める。もちろん審査員は彼に失格を言い渡す。ヨシーは怒り、悲しみ、そして走り去る。屋敷に戻るとリストはピアノの前に座り、ジプシーの少年の音楽による感動も冷めやらぬまま、ある曲、たしか『ハンガリー狂詩曲』の一曲を編む。リストは自分がヨシーの音楽に影響を受けていることに気づかない。テレキー伯爵がそのことを指摘するが、リストは自分がついに真の作曲家となるのにジプシーの影響を必要としたという考えそのものに嫌悪感を抱く。リストは、当然ながら自分が賭けに負けたことを認める。ヨシーが部屋に飛び込んでくる。庭から窓越しに二人をこっそり覗いていたんだ。ヨシーは賭けに勝ちたいがために自分を利用したと言ってリストを責め、リストが君には音楽の真の魂をつかまえる魔法の力があるのだとどんなに言い聞かせても、ヨシーはあなたと僕は本来なら出会うはずもない二つの別の世界に生まれたのだと言う。俺の考えでは、映画はここで終わるべきだった。違うかもしれないが。わからない。結局どうなったかというと、リストはジプシーの野営地に飛んでいき、ヨシーの家族と友人をみな屋敷に連れ帰る。リストは自ら招いた客たちの前で、少年に彼自身の音楽を、彼自身の仲間といっしょに弾かせようとする。ヨシーは二階にいる。降りてこようとしない。ゆっくりとジプシーの音楽が始まる。みんなが叫び、歌い、踊る。ヨシーはどうにも本能を抑えきれず、階段を下りてきて、自分の古いバイオリンを床から拾い上げると、ジプシーのお祭り騒ぎに加わる。みんなが拍手する。ブラヴォー。リストはジプシーを受け入れ、ジプシー音楽の精神を受け入れ、そしてみんなが幸せになり、世界は間抜けな桃みたいに完璧になって、映画は終わる。

わかったかい？

＊

本来ならだいぶ前に届いているはずの絵葉書が届いた。ミランの無意識下にある隠れた場所か、もしかすると郵便局という非効率の迷宮の難所で道に迷っていたか。あるいはその両方かもしれない。消印にはジョージア州サバンナとあった。二人の年老いた黒人を撮ったセピア色の写真だった。二人は真面目な顔で、熱気のこもった巨大なガラス瓶のなかで陽に焼かれているように見えた。南部の掘立小屋のポーチの前で、籐と木製のロッキングチェアでくつろぎ、レモネードか冷たい紅茶を飲んでいる。地面には褐色の猫がいて、おそらく嚙み煙草の唾を吐くための陶器の壺があった。老人のひとりは片足に木製の義足をつけていた。ミランはこう書いていた。俺は学校でツィガニンと呼ばれていた。セルビア語で「ジプシー」の意味だ。俺はそう呼ばれていたんだ。ツィガニン。ときにはツィゴとも。ツィゴと呼ばれては罵られたり、石を投げられたり、尻を蹴飛ばされたりした。セルビア人にとって俺はいつだってジプシー野郎、クソの役にも立たない汚いジプシーだった。そしてジプシーにとって俺はいつだってガジェ野郎、いまいましい非ジプシーだった。おふくろの家族はいつも俺たちを拒絶した。親父の家族はいつも俺たちを拒絶した。俺はジプシーになれないジプシーで、セルビア人になれないセルビア人でもある。どうする、エドゥアルディート？　一方から除け者にされ、もう一方からも除け者にされ、その両方から憎まれた子どもは。引きこもる、そうするだろう。自分のなかに逃げ込む。そしてそれこそが間違いなく俺の才能なんだ。音楽じゃない、自分のなかに閉じこもるという才能、みんなを無視すること、さらに言えばみんなに俺を無視させること。なにも透明人間になるってわけじゃない、透明になるっていうのは今なお存在すること、そこにいて、彼方にいる無関心な証人かもしれないが、そこでの出来事を見届けることを意味するからだ。俺は完全にいなくなることができる。自分を完全に消すことが。死んだ奴みたいにではなく、一度も存在しなかった人間みたいに。俺抜きの世界。

たぶん二人の年老いた黒人の写真のせいだろう、あるいはミランの告白調の文体そのもののせいかもしれないが、これはリアお気に入りの絵葉書だった。彼女は私の書斎にやってくると、お決まりの煙草に火をつけてから、何か聖なる神秘的なもの、実際は別のものである何か、あるいは別のものに見える何かであるかのように、長いことこの絵葉書に見入っていた。

＊

ジュルジュ。ロンドン地下鉄《アンダーグラウンド》のロゴの入ったジャンボサイズの絵葉書はこう題されていた。ちっちゃな字でミランはこう書いていた。去年、ジュルジュ・クロンパキーという名のジプシーのトランペット奏者の遺体がルーマニアのコプシャ・ミカ川に浮かんでいるのが見つかった。理由は誰にもわからない。俺はルツエルンで七日間にわたって開かれたジプシー音楽祭でジュルジュと知り合った。同い歳なのに、ずいぶん年上に見えた。煙草とハシッシュを混ぜて吸い、錆びた水筒からウォッカを飲んでいた。彼は、ウォッカは七オクターブのリズムに合う、ウィスキーは六オクターブのリズムに合う、アブサンは九オクターブのリズムに合うと言った。そのとおりだと思う。彼はブルガリア生まれだが、自分をブルガリア人とは思っていなかった。彼はセルビアの楽団からマケドニアの楽団へ、ルーマニアの楽団へ、トルコの楽団へと、方々の楽団をためらうことなく渡り歩いた。まるでそれらの楽団が、先祖のクンパニアやキャラバンの現代版だとでもいうように。でも一番好きなのはセルビアのコロスだ、と彼は俺に言った。輪になって踊るダンスの一種、ものすごい速さでものすごく強烈で、熱にうなされているような感覚になる、と彼は言った。ユダヤの踊りに似ていると。ジュルジュはあまりにも自信たっぷりに、エミール・クストリッツァの映画『アンダーグラウンド』の地下壕の場面に少しだけ出ていると言った（数週間前にこの絵葉書を買ったときにクストリッツァのことを思い出したんだ、エドゥアルディート）。もちろん信じなかったさ、でもずっとあとになってそれが事実であることを確認した。得意げな笑顔のあのジュルジュ・クロンパキーがたしかにそこにいて、花嫁がみんなの頭上を飛び回るあいだ、回転するケーキの上でトランペットを吹いてるじゃないか。音楽祭の最後の夜、マケドニアのコチャニ・オルケスタルといっしょにチョチェクを二、三曲演奏したあと、ジュルジュは俺に、町外れで用があるのでついてきてほしいと言った。彼は黒いスーツに光沢のある緑色のベストを着て、白いぴかぴかの靴を履いていた。俺たちはまずあるバーへ行き、そこでジュルジュはウォッカを一杯飲み、そのあともう一杯飲み、それから何枚かの札を受け取ってトランペットを質に入れた。彼がトランペットを渡す前に、黒いケースの内側が全部、東洋人の裸の女で埋め尽くされた布張りになっているのを見せてくれたのを覚えている。そのあと俺たちは粘土とトタンでできた小屋に行った。何もない場所にぽつんと一軒建っていた。たぶん四十代か五十代のジプシーの女が扉を開けて俺たちを出迎えた。歯は金歯だった。ひどい臭いがした。ジュルジュが金を渡すと、ジプシーの女は意地悪く微笑み、扉を閉めた。それで終わり。俺たちは音楽祭のテントに歩いて戻り、その間ジュルジュは煙草とハシッシュを吸いながらひたすらタイの女のヴァギナの巨大さについて話し続けた。翌日、目を覚ますと彼はもういなかった。

*

ニューヨークの街並みの絵葉書が届いた。セントラルパークで、日焼けした完璧な体型のほぼ全裸のモデル二人の完璧なカップルが、完璧な夕日に向かってスケートをしていた。ミランはこう書いていた。ずいぶん前、ノヴィ・サド一有名なジプシーのバイオリン奏者ライコー・フェーリクスがここを訪れたことがある。彼はマディソン・スクエア・ガーデンで演奏した。コンサートのあと、マンハッタンに住む我々セルビア人アーティストが何人か集まって、彼を夕食に招くことにした。作家が数人、画家が数人、映画監督の女性が一人。その夜ずっと、俺は一言も口を利かなかった。二時間、崇拝する音楽家のひとりの隣で黙りこくったまま、石みたいに固まっていた。最後にコーヒーが出てきたとき、ライコーが俺のほうに顔を向けて、ラキッチという姓のやはりベオグラード出身のアコーディオン奏者を一人知っているが、ひょっとして君の家族じゃないかと尋ねた。俺は自分のエスプレッソから目を上げずに、ベオグラード出身のアコーディオン奏者の親戚など一人もいないと囁いた。そして俺たちはそれ以上何も話さなかった。

テキサス州サンアントニオから馬にまたがったカウボーイの絵葉書が届いた。ミランはこう書いていた。その昔、ジプシーは石で教会を建て、セルビア人はチーズで教会を建てた。双方の教会が完成したとき、彼らは物々交換をすることにした。ジプシーは石の教会をセルビア人に与え、セルビア人はジプシーにチーズの教会と五セント硬貨を与える。でもセルビア人には金がなかったので、ジプシーにその五セントを借りることになった。ジプシーたちはすぐさまチーズの教会を食べ始め、やがて教会は少しずつ小さくなっていった。そしてジプシーたちに教会はなくなった。セルビア人は未だにジプシーに五セントの借りがあるので、ジプシーたちは毎日それを返せと要求している。どうやらその時が来たらしい、エドゥアルディート、俺自身の五セントの借りを清算する時がね。ウェールズのあの黒い美女みたいに俺は叫ぶ。チョーチャ。

＊

このあと長い沈黙が続いた。まるでミランが恥ずかしさのあまり、元気でなと言い残して、地球の奥底に向かって飛び込んでしまったかのようだった。ひょっとしてグアテマラの郵便局で技術的トラブルとか配送関係の混乱といった異変が起きたのではないかと思ったが、請求書やダイレクトメール

＊

の類はいつもどおり届いていたので、すぐにその可能性は却下した。ミランの身に何かあったのではないかと思った。何かの病気に罹ったとか、ひょっとするともっと悪いことが。彼の絵葉書は週に一度、ときには週に二度か三度、実に几帳面に届いていたので、自分でも気づかぬうちに、たとえば睡眠薬とかひどい出来のテレビドラマとか、午後六時のチンザノのオン・ザ・ロックとか、そういうのに慣れるのと同じで、届いて当たり前と思うようになっていたのだ。リアは私をからかって、書斎の壁に貼っていた絵葉書を私がみな剝がしては並べ替え、また並べ替えたりするのを見て、心配ないわよ、ドゥドゥ、と言った。私は絵葉書を最初は届いた順、次に投函場所に従って、次は手紙の内容に沿って、次は写真に応じて並べ替えてみた。心配になったのも無理はない。でも私は、あくまで理屈の上ではあるが、ミランのやっていたゲームのひとつが道から外れること、いなくなること、彼自身のもその他いかなる痕跡も残さず、しばしのあいだ消え去ることだとわかっていた。それもまた限界や境界を破るための、日常あるいは制度に則ってあらかじめ定められた道の限界や境界を越えるための彼なりの方法だったのだ。常に予想だにしない曲を弾くための、彼なりの方法だったのだ。

　私は大学の二週間の休暇を利用して——リアは解剖学の最終学年、私は映画化された短篇小説について一年間のゼミをやっていた——買ったばかりのジプシー音楽のCDを残らず鞄に詰めて、一週間、ミナス山のアルボーレス村にある人里離れた涼しいロッジにリアと二人でこもることにした。海抜約三千メートルの霧に閉ざされた森にある自然保護区だ。

　私たちは毒蛇（主としてマムシとガラガラヘビ）ややかましいクロホエザル、フクロウ、ツノシャクケイ、アカガオアメリカムシクイを探して歩き回り、幸運にも、輝く緑と赤のケツァールの群れに出くわした。群れは巨大なアボカドの木の枝にとまっていて、次の瞬間には一斉に飛び立ち、凧のように左右に揺れながら舞った。泥道にはペッカリーの足跡がいくつもあり、ときどき大型のネコ科動物の足跡も見つけた。ジャガーですよ、と案内人がなんとなく襟を正すように言った。毎朝一杯目のコーヒーを飲もうとすると、青いカササギの群れが私たちと朝食を共にしようとロッジのバルコニーにやってきて、床やテーブルから、ときには私たちの手から食べかすをついばんだ。

夜はセックスをして（自然保護区に来たらセックスに限る）、ライコー・フェーリクスのバイオリンやうっとりするようなシター、ケーク・ラーングとカリ・ヤグのオラーと呼ばれるハンガリーのカフェ音楽、インド・ラージャスターン州の喉から絞り出すような声で歌われる賛歌、ダルコ・マクーラのドゥドゥク、トルコのクラリネット、エジプトの太鼓、バログ・カールマーンのツィンバロム、ボバン・マルコヴィッチとヨヴァ・ストイリコヴィッチのテンポの速い激しいトランペット、フランスのマヌーシュのとめどないギター、マケドニアのエスマ・レジェポヴァの歌、そしてスペインのフラメンコを山ほど聴いて過ごした。音楽が鳴ると私たちはほとんど原始的なやり方、ほとんど先史時代のやり方で愛し合い、まるで私たちの叫び、太鼓の音、痛み、月、雲、大勢のコウモリの甲高い鳴き声までもが私たちのベッドのシーツに入り込み、セックスに加わってくるかのようだった。

リアはまるで医者のように、というより科学者のように、いや熱心な量子力学信者のように、ジプシー音楽のさまざまな種類にそれぞれ異なる体位を結びつけるようになった。自動的に。もちろん自分では気づかずに。三日目か四日目の夜になると、私はそこに何かパターンがあるような気がしたが、五日目になってそれがようやくわかった。コロス――彼女が上。サンバ――私が上。オラー――向かい合わせの座位で足を絡ませ合う。フラメンコ——彼女が上で二人とも仰向け。ルンバ——寝転んで向かい合う。チョチェク——私が上で彼女はうつ伏せ。ツィフテテリ——彼女が「無重力」と呼んだ体位で、おそらく本当に無重力になったと感じたからだろうが、この体位を言葉で表現するのは不可能に近い。音楽が変わるやいなやリアは私の体をひっくり返し、あるいは突き飛ばし、あるいは若いガゼルのように素早く私の体に跳び乗った。そして太鼓の音が鳴れば鳴るほど、もちろん彼女の叫び声も大きくなった。最後の夜、そのことを本人に何もかも説明すると、リアは笑って、あなたおかしくなったの、ドゥドゥ、と言って、私が服を脱がせるより先に音楽を消させた。

こうした音楽によるものか、山の高度と寒さのせいか、それとも私たちが二人きりで、そうやって人が二人きりになるとその精神がいっそう甘美な形で表に出ようとするせいか、リアのオーガズムまでもがその形を変えていた。七枚の絵は誰か別の人物、別の手で描かれたものだった。アーモンド色のノートのその七ページは、それ以前に描かれたどの絵ともまるで関係がなく、それ以降に描かれることになる絵ともまるで関係のないものだった。括弧にくくられた七つのオーガズムと言ってもいいだろうが、そんな文学的表現ですらまだしっくりこない。それらの絵では直線より曲線が目立ち、前よりずっと細く不確かで、まるで怯えながら、あるいはうとうとしながら描いたみたいだった。余白が突然その重みを増し、欠如がさらなる欠如をもってしか埋められないような、ただ静寂だけが聞こえてくるような、静寂だけが実際聴くに値するような、そんな一種不毛というか軽薄な空気を絵に与えていた。さまざまな象徴や記号も深い変貌を遂げていた。小川や雲やクレーターや痙攣はまだあったが、ほとんどそれとはわからなくなっていた。その最後の夜、七日目の夜、屋根の隙間でうごめく大勢のコウモリの音楽だけを背景に、リアはベッドに座って小さな懐中電灯をつけ、寒さかもしかするとそれよりはるかに秘密めいた何かに鳥肌を立てながら、紡がれつつある蜘蛛の巣をさっとスケッチして、その短い括弧を締めくくった。

私たちは疲れ果てて首都に戻った。薔薇色がかった太陽が、甘すぎる芝居の結末に降ろされる偽の幕のように、ゆっくりと沈んでいくところだった。私たちはいっしょにシャワーを浴び、そのあとリアがコーヒーを二杯淹れてくれた。私たちはだらだらとベッドに寝そべり、煙草を二本吸い、互いの足を愛撫し、そのままうとうとしたようだ。どうして郵便受けを見るのがそこまで遅くなったのかはわからない。たぶん日曜だったからだろう。たぶん、心の奥底では私を待ち受けているものをすでに知っていたから、そして心のさらに奥底では、その結果自分が何をせざるをえなくなるかもわかっていたのだろう。

一枚の絵葉書。

空から見たドナウ川は、死んだミミズか、灰色の瓦礫の山のなかで死にかけているミミズに見えた。幅の広い白い橋が、まるで釣り針のように川をまたいでいた。片方の岸には小さな家々が点在し、対岸には、くっきりとした緑の土地に囲まれて、ある種の要塞か砦か中世の城のようなものがあった。カレメグダン、と写真の右下に文字があった。消印にははっきりと、ベオグラード、セルビアとあった。

親愛なるエドゥアルディート、昔、半分はセルビア人の血、もう半分はジプシーの血を引く子どもがいた。その子どもはいつかジプシーの楽師になって、ジプシー音楽のキャラバンと旅をしたかったが、恐怖か何か別の理由からそれができずにいた。ある朝、子どもがベオグラードのじめじめした森を歩いていると、紫色の目に赤い服の、頭に二本の小さな角を生やし、片足の先が蹄になっている大男が目の前に現れた。悪魔は長くとがった爪で子どもの顔を撫で、お前はジプシーの楽師に、偉大なジプシーの楽師になれる、ただし条件がひとつあると言った。ひとつだけ。何にだって条件があるものだろう、エドゥアルディート？　何にだって犠牲はある。それが宇宙の法則だ。すると子どもは、嬉しそうに、悲しそうに、父親に永久に別れを告げ、母親に永久に別れを告げ、そしてこれから我が家となるベオグラードの森のなかで泣きながら、つま先で跳んでくるりと一回転した。

幽霊

どうして彼を見つけたいの、ドゥドゥ？

私は荷造りを終えようとするところで、空色の術衣姿のリアは床に仰向けに寝転んだまま、絵葉書を全部一枚ずつめくっていた。

私は黙り込んだ。答はなかった。今もない。自分がなぜミラン・ラキッチを見つけようと思ったのか今もわからない。いつ、どのようにベオグラード行きを決めたのかもよくわからない。

その考えはきっと、あれほどたくさんの絵葉書をもらい、あれほどたくさんの物語を聞かされ、どういうわけか私自身の話のようにも思えてくるうちに芽生えたのだろう。そしてきっと、ミランからの便りが途絶えて丸一年が経過するあいだもずっと、その考えを抱き続けていたのだ。そしてきっと、グアテマラに住んで十年以上になるダニッツァ・コヴァセヴィッチという名のとてもセルビア人らしくとても美しい女性、私のバルカン旅行というパッケージにうってつけのリボン飾りと出会って、その考えはついに強迫観念となるに至ったのだ。

彼女とは流行りのディスコで知り合った。自己紹介する前、一人の友人が私にひそひそ声で、彼女は広告業界で働いていると言っているが本当は超高級娼婦なのだと言った。上の奴ら専用ってわけだ、と彼は人工的なテキーラの匂いを吐き出しながら、どこか彼方にある摩天楼の王国を見上げて言った。その夜、何かの電子音楽の大音響と喧噪のなか、私はダニッツァ（ダニッツァよ、ダーニツァじゃないから、と本人に直された）にベオグラードに旅行したいと言ったが、ウィスキーを二杯か三杯飲んだあとでは、ベオグラードに是が非でも行かねばならないと言っていた可能性もかなり高い。誰もが知るように、とりわけ私のポーランド人の祖父がよく知るように、ウィスキーは人の心の切迫の度合いを何フラットか上げてしまうからだ。彼女は微笑みながらも、見るからに疑り深そうに、それはいいわねと言った。だがその翌日、私はダニッツァに電話をかけ、もう一度、ポルトガルのポヴォア・デ・ヴァルジンへの招待旅行のついでにベオグラードに寄りたい、あちらでの足がかりに君の助けを借りたい、ひょっとして泊まる場所も見つけてもらえないだろうか、と言った。もう航空券は持っていると嘘をついた。ダニッツァは、二、三日ほしい、折り返し電話すると言った。彼女が電話してきたのは二週間後だった。準備万端よ、とダニッツァは言った。スラフコ・ニコリッチという友人が空港まで迎えに来る、彼がネデリカ・チャブリノヴィッツァ通りの小さなアパートまで連れていってくれるわ、と言い、私は反射的に、児童売春と人身売買の巣窟になっている真っ暗で汚い小部屋を想像した。自分の馬鹿さ加減を推し量りつつ黙り込んだ。すごく安いのよ、心配しないで、と彼女は言った。

スラフコはいい人よ、と彼女は言った。奥のほうで男のしゃがれ声が何か言うか要求する声が聞こえて、ダニッツァは別れも告げずに電話を切った。そこで私は、二週間の休暇をとると十分に前もって大学に伝え、単なる口実代わりにポルトガルからの招待を受け（「ポヴォア講演」は出発の数日前、ベルイマンの映画を観て眠れなくなったあとに書いた）、深く考えもせず、ベオグラードでの一週間の滞在を含む複雑な経路の航空券を買った。いとも簡単に。いとも無分別に。

それが行けなくなりかけた。出発の十日前、観光ビザを取得するためメキシコのセルビア大使館に連絡した（グアテマラにはないので）。さっそく取得に必要な条件が箇条書きで送られてきたが、かなり馬鹿げたかなり長いリストで、銀行の残高証明書とクレジットカードの使用記録のコピーに加え、ベオグラードでの受け入れ先の人物からの手紙に公証人の署名と同意書を添えて提出するようにとのことだった。手紙の原本が必要です、と大使館の女性職員が電話の向こうで言った。ノー・ファックス、と彼女はきつい訛りのある偏執狂的な声で言い、私はそれが行くな《ノ・バス》と聞こえたように思った。急いでダニッツァに電話をかけると、彼女はスラフコ・ニコリッチにEメールを送って事情を説明してはどうかと答えた。数日後、パカネズミが書いたみたいなスペイン語で返信があり、申し訳ないが手紙の処理はできない、と伝えてきた。彼はこの「処理」という言葉を使っていたが、私は思わず、ひとかけらの固いパンとイワシの缶詰と運がよければトイレットペーパーをひとつもらうべく長蛇の列をなすセルビア人たちの姿を想像した。本当にすまないのだが、前の週、凍った水たまりで足を滑らせてしまい、脚の骨を折ってベッドから動けないのだ、とスラフコは言っていた。航空券をゴミ箱に捨てる直前（というのは大げさだが）、メキシコのセルビア大使館にもう一通メールを送って事情を説明すると、翌日に返事が届き、もう手紙のことは気にしなくていい、問題はなくなった、あなたの場合は例外とするという。なぜ？　例外だって？　少しして知ったのだが、当時メキシコに駐在していたセルビア大使はヴェスナ・ペシッチで、ミロシェヴィッチ政権崩壊時に活躍した政治活動家でありアメリカ人エコノミストの夫をもつ彼女は、不思議なことに、偶然にも、かつてグアテマラの大学で教鞭をとったことがあり、私の同僚だったのだ。そのことが私に対する速やかで慈悲深いビザ認可と関係があったかどうか、確かなことは結局わからなかったが、出発の三日前にパスポートが戻ってきて、そこには古風な字体でTurističkiと書かれたセルビア政府の正式ビザが転写印刷されていた。

どうして彼を見つけたいの、ドゥドゥ？　今では空色の術衣を脱いだリアが、グアテマラの新聞から切り抜いたミラン・ラキッチの真面目くさった写真といっしょに絵葉書をすべて黄色の古い封筒にしまいながら、もう一度訊いてきた。

私は最後まで答えなかった。答がひとつだけだったかはわからない。そうではないと思う。何事も真実は常にひとつではない、とミランは絵葉書のどれかに書いていた。そのとき思いついたこと、あるいは今になって思いついたことか、いずれにせよ、ある行為の動機は知力を試すクロスワードパズルみたいなものなのだ。そこでは互いに絡み合い、混じり合い、支え合う白い小さなマスをひとつずつ埋めていかねばならず、ひとつの答は他のどの答以上でも以下でもなく、ましてやそれぞれの答を取り出せばきっと非合理的に見えるだけだろうし、場合によっては狂気の沙汰にも見えてしまう。でもひとつにまとめれば、そのときは互いが互いを補強する。そういうことなのだろう。私はきっと魅了されていたのだと思う。彼の音楽に魅了され、彼の絵葉書に魅了され、彼の物語に魅了され、彼の精神で起こる革命的な震動に魅了され、ベオグラード滞在の最後の瞬間まではっきりとは見えずにいた煙にかすむエロティックなイメージに魅了されていたのだ。そして、いったん何かに魅了された人間は、時間も重力も、ましてや距離など、もはやありきたりの方法では測らなくなる。私が真に理解していたのは、彼を探すという考えに自分が取り憑かれていたこと、子どもが少し怖がりつつも、若干の好奇心と若干の病的関心からベッドの下を覗いて幽霊を探すのとおそらく同じように、私もまたどうしても彼を探す必要があったということだけだった。

ピルエット

　バラハス空港のど真ん中でラリッたみたいに、まるで誰かの見ている夢のなかを漂っていて、その誰かがこっちを見て驚くのだが、哀れに思われたのか、そのままそこを漂わせてもらっている、という気分で、私はマドリード発ベオグラード行きのスイス航空機に乗り込んだ。

　窓側の席がいいのに、私にあてがわれたのは通路側だった。隣にはたぶん九歳か十歳の子どもが二人座った。二人はフランス語しか話せなかった。内戦中に祖国を追われた兄弟だろう、これからおじやおばやいとこや祖父母に会いに行くんだ、と私は思った。二人はとても怯えていた。私はフランス語で何か話しかけようとしたが、結局一言も通じず、余計に怯えさせてしまっただけだと思う。反対側の隣、つまり通路を挟んだ向かい側の席には、十七歳くらいのとても綺麗な女の子が座った。すらりとしていて金髪で、爪は濃い赤に塗り、七〇年代から抜け出してきたように白いプラスチックのフレームの巨大なサングラスをかけていた。彼女は靴とストッキングを脱いだ。足は汚かった。突然、隣の子どものひとりがか細い声でしくしく泣き出し、上の子が座席のあいだをすり抜けて客室乗務員を呼びに行った。ミントのガムをあげようとしたが、その子は紫色の象さんをぎゅっと抱きしめるばかりだった。客室乗務員がやってくるとお腹が痛いとフランス語で言い、客室乗務員はすぐにコカコーラを持ってきた。上の子のほうは床に膝をつき、椅子をテーブル代わりにお絵描きを始め、ばかでかいスケッチブックにサッカー選手の絵を描いた。金髪の娘がセルビア語、あるいはもしかするとロシア語で私に何か言い、それはマグノリアのブーケがさらさらと擦れる音のように聞こえたが、そんなのはありそうもないというのも当然の話だ。マグノリアのブーケがさらさらと擦れる音など私は聞いたこともないのだから。私は愚か者らしくやけに元気な作り笑いを彼女に返した。

ベオグラード空港の入管職員はまさにタルコフスキーの映画のどれかに出てくる人物そのものだった。アンドレイ・ルブリョフその人だったかもしれない。座って煙草を怒りっぽく吸いながら、私のことを前日に大事な娘の処女を奪った男であるかのような目つきで見た。念のため、すみません、と断ってから、分厚い防弾加工のガラス窓の開口部からパスポートを差し出すと、彼は顔も上げずにそれを折ったり伸ばしたりし始め、ラミネート加工したページを引っ掻いたり脂ぎった親指でこすったりした。すぐ背後には別の職員が立ち、その一部始終を見下ろしていた。座っているほうの職員が私のパスポートをその同僚に見せると、同僚はそれをつかんで折ったりこすったりしてから、突然、どこかに行ってしまった。きっと、もっと高い場所からそれまでの様子をうかがっていた別の管理者にもう一回こすってもらうのだろう。永遠に続くセルビア人パスポートこすり係のいまいましいピラミッド構造、と私は思った。一人目の職員は座ったまま煙草を吸っていた。私の口元をじっと見ながら、英語で、なぜベオグラードへ旅行に来たのか、どれくらい滞在するのか、帰りの航空券を見せてもらえるか、現金はどれくらい持っているか、プラスチックのほうも持っているか（と聞いて、私はおそらく緊張のために途方に暮れたが、やがて彼がクレジットカードのことだと言った）、どこに宿泊するのか、招待状はどこにあるかと尋ねた。何ですって？　手紙、と彼は防弾ガラスの向こうから煙をもうもうと吐いてくり返した。私は膝の力が抜け、腹部に冷たい風を感じたのだが、あの旧ユーゴの首都の空港では地球の自転がはっきりと感じ取れるのだと確信した。なんですって？　手紙、と職員は二たび怒鳴った。でも駐メキシコ大使のヴェスナ・ペシッチさんが、と私は怯えた子犬みたいに口ごもりながら言った。すぐ後悔した。職員は眉間に皺を寄せ、いっそう険しい表情になり、私は今にも旧石器時代の拳銃をつきつけられ、どこかの小部屋で椅子に縛りつけられ、真実をすべて白状するよう注射を打たれるだろうと思った。もう一人の職員が私のパスポートを持って戻ってきて、座っていた男にセルビア語で何か言った。二人は揃って笑った。私は少しだけ泣きたくなった。職員は吸い殻でいっぱいの灰皿で煙草の火を消すと、何も言わずに、防弾加工のガラス窓越しに私のパスポートとお金とクレジットカードを返してよこした。

空港を出て、なぜかはわからないが——スラフコ・ニコリッチが最後のメールですでに知らせてくれていたのだから——見渡すかぎり真っ白なのに驚いた。底知れぬ安堵、幸福感、完全な調和の感覚、雪というものが熱帯に住む人間にのみもたらす感覚が一気に押し寄せてきた。リュックサックを開けて帽子とマフラーを取り出した。もう日が暮れようとしていた。

そのとき、黄色い髪に青白い肌をした女性が私の名を呼んだ。私はズデナ・レツィッチ、スラフコの婚約者です、と英語で言うと、魅力的な笑みを浮かべて私の手を握った。こっちは父のマルコ・レツィッチ、と彼女が指差した小太りで猫背のにこにこ顔の男性を見て、私はとっさに晩年のベラ・ルゴシ、というよりも晩年のベラ・ルゴシを演じた、死人みたいなマーティン・ランドーを連想した。わしは運転手だ、とマルコは喫煙者特有のだみ声とおどろおどろしい英語で付け加え、笑い声と気味の悪い咳を発しながら私の背中を力強く叩いた。

私たちは赤のユーゴに乗り込んだ。今にも壊れてしまいそうなのに、それでもまだかなり走れるという、ある意味でユーゴスラヴィアの象徴みたいな車だ。ズデナが後部座席から、まず私たちの家に寄りましょう、そこでスラフコを交えてみんなで夕食をとったあと、父があなたをアパートまで送ります、と言った。この運転手がな、とマルコが手を上げて合いの手を入れた。長旅で疲れてはいたが、仕方がなかった。ズデナは、スラフコは足を骨折してからわたしたち家族と暮らすことにした、父の家のほうがずっと広いから、と説明してくれた。みんなにとってもそのほうがいいの、と彼女は付け加えた。スラフコの仕事は何かと尋ねると、二人とも何かいわくありげな様子で黙り込んだ。マルコが何かセルビア語で言い、そのあと英語で、何をおいてもまずは警察署に寄らねばならないと言った。私はマルコが冗談を言っているのかと思った。登録をせねばならん、と彼は真顔で言った。ズデナが笑った。登録ってどういうことですか？　この国に来た観光客はみな、警察で登録をせねばならんのだよ、ミランから届いた最後の絵葉書を思い起こさせる巨大な白い橋を渡るあいだにマルコが言った。観光客はみな、この国を出るときにもう一度登録をせねばならん、と彼はさらに言った。ホテルみたいにチェックイン、チェックアウトというわけか、と思ったが口には出さなかった。爆撃された建物をひとつ、またひとつ、またひとつ通り過ぎた。なぜあのままにしておくのか、なぜ解体しないのかと尋ねてみた。あれはたぶん、とズデナが言った。まだなかに不発弾があるからなのよ。それに解体する金もないしな、マルコがユーゴをピンク色、と言ってもトゥッティフルッティのガムみたいにけばけばしいピンク色の建物の前に停めて言った。どこも灰色の街並みにあって、その建物だけがピンク色だった。ここが警察署ですか？　私は信じられない思いで尋ねた。何の表示もなかった。パスポートと航空券を提示せねばならん、マルコが車のドアを開けながら言った。わたしはここで待ってるわ、ズデナがなおも笑いながら言った。そこで私は身分証明書を手にピンク色の建物に向かって歩き出し、そのときふと、安手のドラマのように、すべてがとんでもない罠であるような気がしてきた。

警察署のなかは不潔で荒れ果てていた。悪臭がした。ラテンアメリカの警察署さながらだと思った。マルコが警官に何か尋ね、警官は長い廊下の奥にあるドアを指さした。サフスキ・ヴェナツ、とドアの上に小さな掲示があった。マルコにおそるおそる意味を尋ねてみると、ベオグラードの今いる地区の名前だという。私たちはなかに入った。苦虫を嚙みつぶしたような顔の警官が立ち上がり、とっさに腰から吊るした拳銃に右手を伸ばした。マルコがすべて説明してくれた。警官は私の書類を受け取った。外で待たないと、とマルコが小声で言い、私たちはまた廊下に出た。腰を下ろすとマルコが、怖がらなくていい、旧体制の連中はみんなああやって無愛想で怒った態度をしているから、と言った。人は脅せば動くと今も信じているんだ、と付け加えた。パールをじゃらじゃら身につけ、白い毛皮のコートをこれ見よがしに着た婦人がひとり、同じく外で待っていた。彼女は悲しげに見えた。憔悴しているようだった。まるで泣いていたか、汗でも流していたかのように化粧が崩れているのに気がついた。そして私はまたもやタルコフスキーの映画のなかにいるような気がした。あるいはより正確に言うならフェリーニの映画、ただしタンゴと三叉銛のフェリーニ、諸君、全員退避だと叫びながらタツノオトシゴの背に乗って疾走するフェリーニの映画。少しすると先ほどの警官が出てきて書類を返してよこし、私たちは警察署をあとにした。

＊

レツィッチ親子の家――前世紀の初頭に建てられた日干し煉瓦と屋根瓦の居心地のよい小さな農家――はベオグラードのトプチデルスコ・ブルドという地区のプーシキン通りにあった。車を降りるときにズデナが、あなたが泊まるアパートはこのすぐ近く、タクシーでほんの十分のバノヴィチ・ブルドという地区にあると言った。

こっちは父のアトリエなの、とズデナが家の横にある小さな建物を指差して言った。私たちは二人とも画家なの、と彼女は説明した。アトリエの大きな窓の向こうから、何匹かの犬があまり気乗りしなそうな、単なる惰性といった様子で吠え始めた。

スラフコ・ニコリッチは脚にギプスをはめ、ラッキーストライクの箱を手にソファに横たわっていた。二メートルはあろうかという巨漢で、長いぼさぼさの黒髪と、私の見たところ、尊大にして甘ったれというか、できたてなのだがシナモンパウダーの足りないライスプディングのような顔をしていた。

空港まで迎えに行けなくてすまない、エドゥアルド、と彼は私の手を（キュクロプスの手で）握りながらかなりいいかげんなスペイン語で、セルビア語とカタルーニャ語の中間のような奇妙な訛りで言った。彼にそのことを言ってみた。ああ、バルセロナに三年ほど住んでいたことがあってね。ゴシック地区だ。そこでスペイン語を覚えた。ここが空爆されているあいだに。さあ、座って、座って。マルコが彼に煙草を一本所望し、それから英語で、夕食の様子を見てくると言った。スラフコが薄いコーヒー色をしたリキュールを小さなグラスに二杯注いだ。ストマクリヤだ、と彼は言った。ようこそ、と彼は言った。乾杯《ジヴェリ》、と彼は言い、私たちはその酒を一息に飲み干した。年代物のラム酒のような味がしたが、甘さは控え目で、何かハーブが入っているようだった。たぶんローズマリーだろう。私はスラフコから煙草を一本くすねた。それで、君はダニッツァの友だちなのか？　と彼が実に奇妙な発音で（全部の音節を同時に）ダニッツァと言ったので、私はしばらくぽかんとしてから、ああ、どうだろう、友だちかはわからない、なにしろ知り合ったばかりだからと答えた。私はいつになく緊張して、何の仕事をしているのかと尋ねてみたが、スラフコはもったいぶってにやにやするばかりだった。いい子だよ、ダニッツァは、と彼は言うと、それ以上何も言わなかった。私たちは少しのあいだ黙って煙草を吸った。これはあなたに、と私は言い、宿泊代を入れた封筒を彼に渡した。スラフコはそれを受け取ると、突然、国の経済状況や国の政情について文句を言い始め、私は頑張って一分か二分はなんとか耳を傾けていたが、そのあとは、誰かが政治や政治家や政治屋の話をし始めるといつもそうなるように、裸の女のことを考え始めた。どうしてかはわからない。たぶん癖なのだろう、あるいはきっと暇つぶしのため、あるいは権力行為を性的行為に結びつけてしまうからか、よくわからないが、自分がユダヤ人であることと何か関係があるのかもしれない。

夕食ではトマトときゅうりと辛いパプリカのサラダを食べ、そのあとギバニッツァという名前のホウレンソウとチーズを使ったパイ料理を食べた。食事のあいだ、スラフコは私のグラスにコーヒー色のリキュールをひっきりなしに注ぎ、マルコは、彼の祖父かそれとも曽祖父かよくわからなかったが、国でもっとも高名だった画家について話してくれた。国ってどの国ですか？　と尋ねたくなった。あの辺の地理的状況についてまだかなり混乱していたからだが、その場にふさわしくない質問だと思ったし、そのうえ私自身がこれ以上政治談議をする気分ではなかった。ユーゴスラヴィア、とほろ酔い加減で呟いた。誰も聞いていなかったと思うが、もしかすると聞こえていたかもしれない。あとでその高名な画家の絵がいくつか載っている本を見せてやろうとマルコが言った。フヴァラ、ありがとう、と私が言うと、みな笑った。スラフコが別のボトルを出してきて、透明な酒を私のグラスに注ぎ、飲め、飲め、ヴィリヤモフカだ、と言った。洋梨の味がした。スラフコは何も訊きもせずまた一杯注いだ。ズデナがトルココーヒーの鍋と、きっかり四つカップを持ってきて、私たちはみなでコーヒーを飲み、黙って煙草を吸い始めた。味わい深い沈黙。マルコが突然、なんの遠慮もなく大きなげっぷをし、そしてそれが一種の合図になったかのように、私は彼らに、実はジプシー音楽が大好きなのだ、セルビアのジプシー音楽が、でもどこに行ったら生で聴けるのかわからないと言った。通りで聴けるよ、とマルコが咳き込みながら言った。あの下らない連中はいつも、通りで物乞いをしてトランペットやバイオリンを弾いている。そしてそれ以上は誰も何も言わなかった。

スラフコとハグをして別れ、そのあとズデナとマルコがネデリカ・チャブリノヴィツァ通りにある小さなアパートまで連れていってくれた。マルコは車に残った。私はかなり酔っていたが、なんとか四階まで階段を上り、ズデナがドアの開け方とお湯の出し方を説明するのを最後まで聞いた。ここはスラフコのアパートだが、私のために少し修繕したとズデナは言った。私は礼を言った。ズデナ、本当に、ジプシー音楽にすごく興味があるんだ、と懇願と悲哀の入り混じった調子で言い、そのせいで七歳のときの自分、動物園の入口から動こうとせず、ルチャリブレのマスク、エル・サントが被っていたのを買ってくれないといやだと母に駄々をこねていた子どものころに戻ったような気持ちになった。ズデナはただ微笑んだ。それから、紙切れにいくつかの正確な住所と電話番号を書き留め、タクシーはベオかイエロー、ピンク、ルクス、マクシス、ベルしか乗ってはだめ、それ以外は絶対だめと言った。ドヴィジェーニャ、と彼女は言った。じゃあまた、という意味よ、エドゥアルド。ドヴィジェーニャ、と私も言った。

服も脱がず、荷物を解かないまま横になり、深い眠りに落ちる前、最後に思ったのはやはりユーゴスラヴィアという言葉だったのを覚えている。

*

目が覚めると頭痛がしたが、アスピリンを二錠飲み、熱いシャワーをしばらく浴びると気分はかなりましになった。出かけようとしたとき、電話が鳴った。ズデナだった。彼女は眠そうな声で、あれからジプシー音楽についてあなたに訊かれたことを考えていた、クネズ・ミハイロヴァ通りか、スカダルリヤというボヘミアン地区に歩いて行ってはどうかと言った。メモして。スカダルリヤ。そこにとてもいい感じのカフェが数軒あって、ときどきジプシーが演奏をしに来るの。礼を言うと、電話の向こうでスラフコのしゃがれ声が何か小声で言うのが聞こえた。いいかい、とスラフコが電話に出た、俺は一日中ここで仕事をしているから、よかったらいつでもおいで。仕事って何だ？　と少し不安に思ったが、改めて礼を言うにとどめ、受話器を置こうとしたとき、ズデナがまた正式に認可されているタクシー会社の名前をひとつずつ繰り返した。

雪がちらちら降っていた。腹が減ってコーヒーを飲みたかったが、現地通貨をまったく持っていなかった。ディナールという。ポジェシュカ大通りを少し歩いてからある銀行に入り、なぜかはわからないが――たぶん口元が似ていたのだろう――ペネロペ・クルスをもっとバルカンらしく小太りにしたような女性職員からパスポートの提示を求められ、いくつかの書類に記入し、半時間近く待たされてようやく古い札束をもらったが、その札には面白いことにまだ「ユーゴスラヴィア銀行」と書いてあった。なんてややこしい国だ、と銀行を出るときに思った。銀行の隣に小さな食堂があった。客はいなかった。壁に二枚の写真がかかっていた。一枚はチトー、それより少し大きいもう一枚には『白バイ野郎ジョン&パンチ』の黒髪と金髪の二人組がヘルメットを抱えて立っていた。私はウェイターに巨大なコーヒーポットを指差してカフェと言った。ウェイターはカファと言い直し、何か別のことも言った。私はただ肩をすくめた。カウンターに置いたままの、しかも少し硬くなっていそうなハムサンドを指差した。そそくさと食べ終えると、数ディナール、実際にはただ同然の額を払い、外に出た。雪は降りやんでいたが、陽は出ていなかった。キオスクでラッキーストライクを一箱と（もちろんスラフコの影響だ）ライターとチョコレートバーを二本買い、それからズデナに教えてもらってメモしたボヘミアン地区を目指してタクシーに乗ったあと、会社名を確かめていなかったことに気づいて少し緊張した。窓を開けて煙草を吸い、できるだけ悪者めかすことにした。

グレーか黒の服を着込んだ人々。さらに続く爆撃された建物の数々。未知の、しかしある意味ではずっとあったのと変わらない匂いや音。見知らぬ街で迷うことほど怖いことはない、とバックミラー越しに運転手の探るような目を見て思った。例のピンク色の警察署の前を通過し、なぜかさっきまでより守られている気がした。タクシーは信号で停まった。遠くのほうに、ペルシャ絨毯のようなものの上にひとりで座ってアコーディオンを弾いている汚い身なりの少年が見えた。ツィガニン？　となぜか覚えていた言葉を運転手に投げかけてみると、彼は頷いた。運転手は何か罵りの言葉を口にした。私は数枚の札を渡してタクシーを降りた。

少年はスーツ姿だったが、すべてがちぐはぐだった。オリーブグリーンの上着、格子縞のズボン、赤の靴下、緑と青のストライプのシャツ、グレーのフェルト帽。足元に置いてあったブロンズの小鍋にコインを一枚入れてやると、少年は演奏の手を止めずに、半分腐りかけた歯を見せて微笑んだ。そのジプシー音楽は私も聴いたことがあったが、同時にそれとはまったく異なるものでもあった。もっと体の奥底から響いてくるような感じというか、もしかするとより田舎くさい感じ。甘いと同時に苦いメロディー。この子の顔と同じだ、と思った。曲の背後、曲の向こうから、鍵盤やボタンにあたる小さな爪の音が聞こえた。私はしゃがんだ。少年は顔を上げずに演奏をやめた。たぶん警戒したのだろう。ブロンズの小鍋にコインをもう一枚入れると、少年はまた弾き始めた。そうやって私たちは少しのあいだ猫と鼠のようにやり合った。演奏が止まるたびに私がコインを投げ入れ、すると少年がまた弾き始め、少しするとまたやめる。そんなことを繰り返しているうちに、やがて少年は弾くのをやめて、セルビア語かひょっとするとジプシーの言葉で何か言った。私はただ肩をすくめて頭を横に振ったが、少年はまるで私に話が通じているかのように、あるいはそもそも通じる必要などないかのように、なおも話し、笑い続けた。そのうちに、なおも話し続けながら、私に向かって話していることに伴奏をつけるようにアコーディオンを弾き始めた。それは物語のように聞こえたかと思えば、歌のようにも、笑い話にも聞こえた。実際にどうだったかは知る由もない。少年は弾くのをやめた。私に何かを尋ね、今度は黙って返事を待った。そして立ち上がると、今度はいらいらと、ほとんど怒ったように尋ねた。私も立ち上がった。

そのとき、どこからともなく、少年よりやや年上でもっと肌の黒いジプシーの少女が、萎れた薔薇の花束を抱えて現れた。とても長い花柄のスカートをはき、頭にはこれまた花柄のスカーフを巻き、虫食い穴だらけの分厚い緑色のウールのセーターを着ていた。彼女はパッションフルーツのコンポートの匂いがした。私に薔薇の花を一本渡し、私は十ディナール札を差し出した。少女は札を受け取ると、ブロンズの小鍋に貯まっていた硬貨もすくって、全部いっしょに自分のブラウスの胸のあいだに突っ込んだが、見たところブラジャーをつけるにはまだ幼すぎるようだった。私が煙草を取り出すと、少年が口に指を二本あてて一本くれとねだった。箱を開けて差し出した。少年は五本とった。彼女のほうも五本とった。二人ともその五本はしまってから、さらに一本ずつとって口にくわえた。火をつけてやった。少女が私の右手をとって、人差し指を使って掌に何かの線をなぞり始めた。彼女は何かを占うか、占うふりをしていたが、私には何もわからなかった。彼女は嬉しそうな顔になり、そのあと心配そうな顔になった。彼女は私に手を返すと、自分の手を差し出した。もう十ディナール渡してやった。すると少年がアコーディオンを持ったまま小さな絨毯をくるくる巻いて肩に担ぎ、私たち三人は煙草を吸いながら歩き出した。

二人は世界の外側にいるようだった。ほかに説明のしようがない。人々はたいてい二人を無視し、二人もたいてい人々を無視した。二人は笑い、ふざけ合い、楽しそうに煙草を吸った。セルビア人の若者から唾を吐きかけられても、顔色ひとつ変えなかった。男が携帯電話で話しながら二人をほとんど突き飛ばすようにして通り過ぎていったときも。まるでそこに二人がいないかのように。とるに足らない存在。無意味な存在。実体がないという言葉でもまだ足りない。そして、優雅に舞うと形容するのがふさわしい粉雪のなかを歩く二人を眺めながら、私はミランのもっとも優れた才能を思い出した。

どのくらいかはわからないが、かなりの距離を、二人から常に三、四歩遅れて歩いた。二人は私がそこにいるのを、後をついてきているのを知っていたが、話しかけてくることはなく、振り返りもしなかったが、そのうちに煙草が欲しくなるとこっちを見た。ああどうぞ、それからまた同じように歩き続けた。

日が暮れかけていた。レストランやバーや小さなオープンカフェのある、爆撃の跡があまり残っていない小綺麗な地区に入っていった。少年がある曲を弾き始めた。少女は私に向かって何か叫ぶと、私のマフラーを奪って首に巻きつけて踊り始め、その間も歩いたり跳びはねたりしながら通行人に萎れた薔薇の花を差し出したり、ブロンズの小鍋を振り回したり、何かわからない歌を歌ったりした。二人がカフェのテラス席に分け入り、混み合ったテーブルのあいだを歩き回るその光景は、ドガの絵を奇怪にプロレタリア風にした油彩画から抜き出したように見えた。華やかなバレリーナの代わりにジプシーの踊り子、フランス人のインテリの代わりにセルビア人労働者、そして背景にはいつもアコーディオン弾き。誰も二人を気にかけず、誰もお金をやらず、誰も薔薇を欲しがらなかったが、それでも二人は明るく生き生きしていて、私はふと、彼らにとってはお金を稼ぐことより歌ったり踊ったりすることのほうが大事なんじゃないか、お金は歌ったり踊ったり他の連中をからかったりするための単なる口実なのではないか、なぜなら彼らは彼らでたしかに他の連中のことをからかっているのだから、などと思った。私は二人をやや離れた場所から恥じ入った昆虫学者のように観察していたが、彼らに恥じ入っていたのか、セルビア人全般に恥じ入っていたのか、自分自身に恥じ入っていたのかはわからない。

二人は食べ物の屋台の前で立ち止まった。髭面の老店主が何か怒鳴り出し、野良犬か蠅でも追い払うように腕を振り回した。私は老店主に、心配しないで、私が払うと英語で言った。わかってくれたようだった。まだぶつぶつ言ったり怒鳴ったりしながらも、何かの肉の串焼きを三つ売ってくれた。チェヴァプチチ、と彼は言った。少女が私の手から三本とも奪い取り、何が起きたのか気づくころには、二人は獲物を持ったまま角を曲がって姿を消していた。私はため息をつき、渋面に無愛想な笑みを、濡れた靴下みたいな笑みを浮かべた。老店主が、だから言っただろう、馬鹿め、とでも言わんばかりに頭を振った。私は串焼きをもう一本もらい、少し憂鬱な気分のまま、ぬるすぎるビールと、これまたぬるすぎるお代わりのビールとともに立ったままそれを食べた。お金を払った。最後の煙草に火をつけ、歩き出した。

アパートに戻る途中、社名をまた確認し忘れたタクシーのなかで、あの性悪な少女がマフラーも盗っていったことに気がついた。

*

翌朝、電話の音で目が覚めた。スラフコだった。急いで支度してくれと彼は言った。友だちと三十分以内に迎えに行くから、何か飲みに行こう、と言うと、彼は電話を切った。

ダヴォルはモンテネグロ人みたいにすぐ怒る、と後部座席に足を思い切り伸ばして寝そべったスラフコが英語で言った。あれは社会主義建築の偉大なる美学なんです、ダヴォルが観光ガイドに特有の大げさな英語で言った。ああなんだ、まったく向こうみずな男だよ、とスラフコがさらに言った。四角い灰色の建物、四角い鉛色の建物、ほらまた来ました、ダヴォルは外を指差し眉を上げて、四角い灰色がかったビルが、と言った。こいつを怒らせようなんて思わないことだよ、エドゥアルド。おい、社会主義ユーゴスラヴィアの建築家の才能があそこにあるんだ、そんなに興奮するんじゃない、とダヴォルが真顔で言い、そのあとセルビア語で何か呟き、ため息をついた。彼の名はダヴォル・ズドラヴィッチ。背が高く、金髪の髭面で、頭は半分禿げ上がり、公証人か弁護士か、よくわからなかったがその種の仕事をやっていた。その生気のない目には、本気で話すときだけ微笑みを見せる人間特有の優しく滑稽な、当然ながら皮肉っぽい表情が漂っていた。ガルシア＝マルケスは好きだな、と唐突にダヴォルが言った。あとカンティンフラスも。一度、エクアドルの女の子と寝たことがある、と車を停める場所を探しながら彼は言った。グアテマラ出身っていうのと似たようなものだろう？

あたりはなおも雪で覆われていた。私たちは歩いてアカデムスキ・プラト広場へと向かった。広場の真ん中には堂々たる男性の銅像があった。近寄ってみた。表示板にセルビア語の文字があった。詩人のニェゴシュだ、スラフコが松葉杖で歩くのに息を切らしながら言った。モンテネグロの君主だった、と彼は言った。エロティックな詩を書く司祭だった、と彼は言った。たぶん梅毒で死んだはずだ。

私たちはプラト書店のカフェに入った。ミルクみたいな顔色の、黒い上着に黒のネクタイ姿の男が店の奥から挨拶した。ぼさぼさの髪はボブ・ディランを思わせたが、それはまだ初期の写真のいかにも傷つきやすそうな、朝早くに起こされて子どもみたいにすねているボブ・ディランだった。スロボダン・ヴルバノヴィッチ、と握手しながら彼は名乗り、「ダナス」という新聞社に勤めていると英語で言った。父親のスーツを借りてきた十五歳の子どもだな、と私は思った。大昔のスーツが青白いひょろりとした体に浮いて見えた。

スラフコはエスプレッソ四杯とヴィニャック（安ウィスキーの一種と判明した）を四杯注文し、私はカイマクというとても美味しいチーズの入ったパイをひとつたいらげた。スラフコとダヴォルはその地を通過していったあらゆる歴史やあらゆる名前やあらゆる領主たちの話をし始め、そのあいだ私は裸の女のことを考えないように努め、少年記者は黙って煙草を吸い、爪を嚙んでいた。スラフコが言った――バルカンという語は「山地」を意味するトルコ語から来ている。ダヴォルが言った――一八七八年は重要な年だ、何世紀にもわたってドナウ川の一方の岸をトルコに、もう一方の岸をオーストリア＝ハンガリー帝国に支配されたあと、ついにセルビアとモンテネグロとルーマニアが独立を果たしたからだ。スラフコが言った――ブルガリア自治公国もできたぞ。ダヴォルが言った――でもその他すべて、つまりクロアチア、スロヴェニア、ボスニア＝ヘルツェゴヴィナは第一次世界大戦までオーストリア＝ハンガリー帝国の支配下にあった。ダヴォルも言った――一九一二年も大事な年だ、アルバニアがついに独立を果たしたから。スラフコが言った――第一次大戦後、これはもちろんボスニア系セルビア人によって引き起こされた戦争だが、その終戦後にこの地域が再定義され、セルビア人・クロアチア人・スロヴェニア人王国という名が与えられた。すでにぼんやりしかけた頭のなかで、遠いヴァレンヌからイザベル・アジャーニの乳首が二匹のピンクの蝙蝠みたいにちらつき始めていた私は、なんて名前だ、と口に出して言った。ダヴォルが言った――でも十年後の一九二九年、我らが王アレクサンダル一世がここをユーゴスラヴィア、つまり南スラブ人の土地と名づけたわけだ。私は言った――まだましな名前だ、詩的だし。スラフコが言った――一九三四年にアレクサンダル王がマケドニア人に暗殺された。ダヴォルが言った――でもその前、一九二八年にもクロアチア独立派の指導者ラディッチが暗殺されている。スラフコが言った――第二次世界大戦中の数年はカオスだった。ダヴォルがにやりとして言った――まさに。スラフコが言った――イタリア人とアルバニア人がコソボに侵攻した。ダヴォルが言った――ブルガリア人がマケドニアに侵攻した。スラフコが言った――ドイツ人がセルビアを占領した。ダヴォルが言った――イタリア人がモンテネグロを占領した。スラフコがプラスチック製のスーパーマンのフィギュアに祈るようにして言った――ヨシップ・ブロズ・チトー。そして彼は言った――終戦後の一九四五年、チトーはクロアチア、モンテネグロ、セルビア、スロヴェニア、ボスニア＝ヘルツェゴヴィナ、そしてマケドニアの六つの共和国を合わせた社会主義国ユーゴスラヴィアの独立を宣言し、これは一九九一年まで存続するが、その年に、八十三年にわたって人工的に統合されていたユーゴスラヴィアはふたたび分裂する。ダヴォルが人差し指と親指をくっつけて言った――小さなばらばらの破片にな。スラフコが手のひらを見せて言った――五つの新しい国だ。ダヴォルが言った――すぐ六つになるぞ。スラフコが言った――というか七つかもしれないな。するとそのときまで爪の甘皮を嚙むのに異様に熱中していた少年記者が煙草を持ち上げ、煙で絵を描いてみせて言った――バルカン諸国の学校ではどこでも、地図に国境線を書くときはインクの入っていないペンを使うよう教えられるのさ。

ウィスキーに酔ったのか、それともあまりの歴史談議にめまいがしたのか、あるいはもっとはかないこと、ひょっとするとエロティックな想像に酔ってしまったのか、私は何も言わずにいたが、もしかするとこう言うこともできたかもしれない――歴史を語るただひとつの方法は、雄弁にどもりながら話すことだ。というかこれは、都合のいいときだけ吃音症になるアメリカの友人がよく言っていたことなんだが。あるいはこう言うこともできたかもしれない――あるときリアがイリェウスのホテルで、部屋のドアの内側に誰かが開けた穴に一目惚れしてしまった。それは深い穴、不可解で崇高な、彼女いわく日に日に大きく深くなっていく穴だった。あるいはこう言うこともできたかもしれない――僕の祖父はアウシュヴィッツでおそらくポーランドのボクサーに鍛えられた。あるいはこう言うこともできたかもしれない――僕は今またあの小さなガラス瓶のなかで、大勢の水色の男の子とピンク色の女の子といっしょになって入れられている。あるいはこう言うこともできたかもしれない――昔、半分はセルビア人の血、もう半分はジプシーの血を引く、ジプシーの楽師になりたい子どもがいた。子どもは家族に別れを告げ、森の真ん中でくるりと一回転し、そのあとベオグラードの木々のあいだに永久に姿を消した。あるいはこう言うこともできたかもしれない――エピストロフィーという言葉には本当は何の意味もない。でも私は何も言わなかった、幸いにして。

ダヴォルがエスプレッソの残りを飲み干し、時計を見ながら、もう行かないと、ホテルに寄って別の建物見学ツアーの客と合流する時間だと言った。その顔に笑みは浮かんでいなかった。俺も帰るよ、とスラフコが言った。足が少し痛み出しちまって、ちょっと横になったほうがよさそうだ。でも君たち二人は残っていけよ、と彼は言うと、少年記者にセルビア語で何か言った。私はスロボダンにボヘミアン地区に詳しいか尋ねてみた。スカダルリヤ、私はメモを読み上げた。僕はそのすぐ近くに住んでるんだ、と彼は答えた。そうだった、スラフコが笑いながら大声で言った、エドゥアルドはジプシー音楽を少し聞きたがっていてな、俺の彼女がスカダルリヤのカフェに行くよう勧めたんだ。本当に？　ジプシーの音楽を聴きたいのか？　とスロボダンが私に言ったが、好奇心からか、非難していたのか、その両方だったのかはわからなかった。私は、一緒に来てくれたらビールをおごろうと誘ってみた。スロボダンはセルビア語でぶつぶつ言い始めたが、たぶんもう遅いとか、家族が待っているとか、親父がスーツを返せとうるさいとか、そんなことだったのだろう。スラフコがセルビア語で何か言い、背中をどんと叩いたが、それはまるでロボットのスイッチを入れたかのようだった。とたんにスロボダンがぶつぶつ言うのをやめて、ええ、もちろんです、ジプシー音楽を聴きに行きましょう、と言ったからだ。

＊

スカダルリヤはボヘミアンというより退廃した地区だったが、それは魅力的な退廃、蠱惑的な退廃で、連続殺人犯の雄弁な声明のようだった。私たちは少し歩いた。気温はさらに下がり、雪はなおも降り続け、その雪がすべてをいっそう高貴に、夢のように、偽物のように見せていた。スロボダンは私に向かって、ジプシーは大嫌いだ、セルビア人の大半はジプシーを嫌っている、優れた楽師かもしれないが、無知蒙昧で怠惰な連中でもあるんだ、と顔色ひとつ変えず言った。乞食だし、と彼は付け加えた。あそこを見て。年配の肥ったジプシーの女が片方のたるんだ乳房を出したまま地面に座り込んでいた。彼女は赤ん坊に乳を与えながらこちらに手を差し出した。私はその女にコインを一枚渡し、グアテマラの街角で先住民の女が乳を与えていたとしてもお金を渡したりしたことはないと思ったが、そんな考えは早く忘れてしまったほうがいいと思うことにした。スロボダンが不快そうにため息をついた。

小さなカフェに入ったが誰もいなかった。次に店名のない、というか少なくとも見たかぎりではどこにも店名の書いていない別の明るすぎるカフェに入った。テーブルに客はいなかった。カウンターには種類の異なる酒のボトルが三本と、伏せたグラスが十ほど置かれていた。スロボダンがウェイターと少し話をし、そのあと私に向かって、行こう、もっと先に生演奏をしている店があるらしいと言った。大通りを渡りながら、〈ネベスキ・ナロド〉という店だ、と彼は言った。セルビア語の慣用句だ、と彼は言った。「天国の民」という意味だ、と彼は言った。私は民族浄化のことを考えた。人種的考えに基づく狂信主義のことを考えた。スレブレニツァのことを考えた。自分たちは選ばれた民と信じる人々につきものの不寛容、どういうわけかヘブライ語しか話さない神への祈り方を教えられた子ども時代から、私がいやというほど知っているあの不寛容のことを考えた。じゃあ天国の民の仲間入りをするというわけだ、私はありったけの嫌味を込めてスロボダンに微笑んだ。

そこは暗くて混み合った場所で、パチョリの香油の匂いが立ち込めていた。私たちは席についた。スロボダンがビールを二杯注文した。彼はビールをごくごくと飲んだあとで、ウェイトレスが言うには楽師どもはもうじき着くそうだ、と言った。私は頷き、それから少しのあいだ二人とも黙り込み、私はドアから入ってくる客を一人一人観察した。ねえエドゥアルド、「目玉をくりぬく」、つまりジプシーの言葉で「目玉をくりぬく」っていうのはオーガズムを表す言い方だって知ってたかい？　知らなかったし、どうして君はそんなこと知っているのかと尋ねる気にもなれなかった。俺が糞を踏んだらその足を舐めろ、彼が言った。なんだって？　ジプシーの罵倒の言葉だ。ポリジェシュ・ミ・ノグ・カド・スタネム・ウ・ゴヴノ。「俺が糞を踏んだらその足を舐めろ」って意味。なるほど、と私は言った。そういうときにはイェディ・クラツと答えればいい。とそのとき、トランペットを持った二人のジプシーとバイオリンを持った二人のジプシーと巨大なコントラバスを持ったもう一人のジプシーが入ってきて、少年記者は口をつぐんだ。

隅のほうからテンポの速い激しく熱狂的な演奏が始まり、その間、彼らと一緒に到着した一人の女の子が黒い帽子を手にしてテーブルからテーブルへと回り、投げ銭を求めた。コロスだ、と思った次の瞬間、私の上に乗って喘いでいるリアのことを考えた。いやただのブルースか、と思い、いやただのマリアッチか、と思ったが、そこには悲しみはない、というより同じ悲しみを別の形で表現している。なぜなら、そこにもたしかに悲しみはあったからで、ただそれはあからさまな嘆きではなく、埋められ、覆われ、過剰な喜びで装った悲しみ、道化の微笑みみたいな悲しみだった。

彼らは一時間きっかり演奏し、私たちはそれを黙って聴きながらビールをもう三杯飲んだ。今では店はかなり混んできていて、客の大半はとても青白い顔をしたセルビア人の若者で、ゴシック風のファッションに身を包み、体の至るところから鍾乳石のようにピアスを垂らしていた。スロボダンはくつろいだ様子で黒のネクタイも外していたが、爪を嚙みながらストイックで無関心なそぶりを保ち続け、私は彼を見ながら、こいつは海が間違いなく完璧な墓場であることも、カウボーイが常に勝つのはライフル銃を持っているからだということも、実際はカウボーイはライフル銃を持っているからこそ常に負けるのだということも、蜂蜜はそのまま指ですくって何もつけずに味わうべきだということも、乳首の形のほうがおっぱいの形よりもはるかに大事だということも、まだ理解していないのではないかという気がした。

演奏が終わるやいなやジプシーたちはドアのほうへ一列になって歩き出した。私は立ち上がりながらスロボダンに、君の助けが要ると言った。私はトランペット奏者の一人、赤い上着にフェルト帽の男に近づいて、英語とスペイン語をごっちゃにしながら、ミラン・ラキッチという名のジプシーの若者を知らないか、ジプシーのピアニスト、友だちだ、ひょっとして彼と知り合いではないか、会ったことはないか、何か話を聞いていないか、などともごもご言い始めた。トランペット奏者は無言で私を見つめた。私はミランの写真を取り出して彼に見せた。ミラン、ミラン・ラキッチ、と写真を指差して言った。吐き気を催したか怯えたような顔でスロボダンがジプシーのトランペット奏者にセルビア語で話しかけ、私の言ったことを翻訳すると、ジプシーは写真を手に取ってしげしげと眺め、仲間にそれを回し、仲間はそれをしげしげと眺め、笑い出し、ジプシーの女の子も同じく笑い出し、最初の赤い上着のトランペット奏者が写真を奪い返し、そのとき少し写真が破けてしまった。彼は私に向かってセルビア語で怒鳴りながら、人差し指を写真のミランの顔につきつけ、金歯をむいてさらに激しく怒鳴った。こいつが言うには、とスロボダンが翻訳した。写真の男はジプシーじゃないってさ。彼らはなおも笑い続け、盛んに手を振り回しながら去っていった。

私は頭が混乱し、写真の顔を見つめたまま棒立ちになり、テーブルに戻るのにスロボダンに背中を押してもらわなくてはならなかった。もう帰ろう、と彼は言うと、私に煙草を一本投げてよこし、カウンターのほうへ向かった。セルビア人の母親似だからジプシーに見えないんだ、と私は、自分自身を少し落ちつけようと、呪いを解こうと、方々からこちらに向けられ始めた疑いの眼差し、いい映画でも悪い映画でも起こるような人々の刺すような好奇の目から逃れようと、声に出して言った。煙草に火をつけたが、手は震えていたかもしれないし、そうではなかったかもしれない。

プロヤだ、スロボダンが丸いドーナツそっくりの形をしたパンを持ってきて言った。それと冷たいビールも、と彼は言い足した。ビールはぬるかった。二人でそれを黙って飲み、食べた。周りがあまりにもやかましく大騒ぎしているなか、私たち二人だけが沈黙していた。スロボダンが私の空間を与えてくれたこと、何も尋ねなかったことがとてもありがたく思えて、おそらくそのせいで、あるいは心の重荷を下ろす必要があったせいで、私はミラン・ラキッチについて、サン・ホセ・エル・ビエホ大聖堂のコンサートについて、彼が自らあのろくでもない伝説のなかに姿を消すまで送ってきた絵葉書の一枚一枚について語り、その間いくつプロヤを食べ、何杯ビールを飲み、何本煙草を吸ったかはわからないが、すべてを彼に打ち明けた。スロボダンは特に意見を述べることなく、テーブルに札を何枚か置いて、もう帰ろう、疲れたよ、と穏やかな声で言った。

酔っ払ってアパートに戻ったが、眠気はなかった。テレビをつけた。全チャンネル、というかほぼ全チャンネルがポルノ映画だった。英国製のかなり控え目なものもあれば、完璧な体つきの黒人の男女が馬のようなスタミナでやり続けるものも、ホームメイドで素朴な、下手くそな演技のものもあった。私はいつも演技の下手くそなやつが気に入った。私が見終えた映画では、まだ若い、やや不細工な金髪の女の子が、ときどきカメラを見ては何かを叫び、快楽に顔を歪めてみせるのだが、ときたま自分がセックスしているということを忘れてしまい、カメラのこちら側にいる誰かに何か言われると、はっとしてカメラを見つめ、とたんにまた突拍子もない喘ぎ声を上げ始めた。そうやって時間をたっぷりかけて、私は謙虚に人生と和解することにした。

＊

かなり遅い時間に目を覚ました。電話はコンセントを抜いてあった。カーテンを開けると、こちらへ来て以来初めて太陽が出ていたが、これは言いすぎかもしれない。実際には薄曇りのままだったから。急いで支度をした。トランクから黄色の封筒を取り出すと、出発した。

カレメグダン、タクシーの運転手にミランから最後に届いた絵葉書を見せて言った。まずスペイン語で、そのあと英語で、そこは公園かと尋ねた。パルク、パルク、と運転手は明らかに怒った様子で言った。

入口には行商人が列をなして地べたに座り、それぞれ毛布を敷いた上に、人形、陶器、古いコイン、チトーの写真、レースの小さなテーブルクロス、ライター、誰かがかぶっていたスキー帽などありとあらゆるものを並べていた。ラッキーストライクを一箱買った。一本取り出して火をつけた。私は歩き出した。まだ寒かった。木々は灰色でごつごつしていて、ティム・バートンの映画から抜け出してきたみたいだった。すでに溶け出した雪が、芝生の上で、カフェオレの水たまりみたいに光っていた。ドナウ川かもしかするとサヴァ川、どちらかわからないが、その畔まで行った。二つの川は何世紀も前に東西二つの大帝国がそこで合流したのと同じように、まさにそこ、ベオグラードで合流しているという話は聞いていた。川と公園のあいだには低めの石の塀があった。そこに座るやいなや、おそらく水面からすえたような臭いが漂ってきた。彼方の対岸には水上家屋のようなものが浮かんで見えた。煙草の火を地面で踏み消して歩き続けた。かなり歩いた。要塞に着いた。キリル文字の看板をちらりと見た。要塞へ入るにはそこの見えない深い溝に架けられた吊り橋を渡らねばならなかった。かつては腹を減らしたワニやドラゴンがうようよしていたに違いない溝だった。遺跡のなかはどこもかしこもじめじめしていて、急いで反対側の出口から出ると、目の前の開けた場所には戦車や機関銃や装甲車といったありとあらゆる兵器が展示してあった。あまりに多くの戦争の残骸に捧げる悲壮な博物館という趣だった。

緑色のベンチに座り、新しい煙草に火をつけて、ミランの絵葉書をめくり始めた。念入りに調べ、一から読み直してみたが、これまでのように素朴で受動的な読み方ではなく、ほとんど顕微鏡で観察するようにして、少しでも光を投げかけてくれそうな、いや現状を考えれば――と私は思った、ひょっとすると声に出していたかもしれない――もうひと握りの闇を投げかけてくれそうな細部、断片、文章を探し求めた。八枚か十枚か十二枚読んだとき、突然、たくさんの絵葉書に埋もれて、リアがオーガズムを描いた一枚の白い葉書が出てきた。あの最後のだ、と思った。空港へ行く前、リアは空色の術衣を床に投げ捨て、私の腕と背中を引っ掻きながら、いかないで、今回はいかないで、と言ったので、私は言われたとおりにしたのだ。サウダージ、急いで書かれたその大きな字の下には、均等に上昇し下降するなめらかな黒い線が一本描かれ、その先は奇妙で予想もつかない終わり方をしていた。単純。そして優雅。絵の下には括弧書きのポルトガル語で「ポヴォアで頑張って、私のドゥドゥ」とあった。私はその絵をじっと見つめ、意味を解読しようと試みたが、その代わりにリアがそれまで描いたすべてのオーガズム画の線、彼女の体の線、私の掌に刻まれた線、星と星をつないで星座を形づくる線、ミランの自由をあれほど妨げていた五線譜の線、バルカン諸国を統合し、分断し、また統合し、そして結局また分断してしまった線、世界を分断し、ますます醜いものにするイデオロギーと宗教の線、まるでたった一本の魔法の線でつながった無数の小さな点のように、私をベオグラードのどこかの川岸まで導いた、さまざまな出来事と人々の複雑な絡み合いについて考え始めた。もう何もかもがわからなくなった。自分を除け者のように感じた。

公園を出ると居心地のよさそうな食堂があり、窓の黒板にセルビア語でその日の定食が書いてあった。通りが見えるテーブル席を選んだ。ウェイターがやってきて、身ぶり手ぶりや表情、やはりセルビア語のパントマイムで、私に何とかメニューを伝えようとした。わからなかった。私は黒板を指し、頭を大きく縦に振り、そのあとコーヒーも注文した。両手を丸く合わせて、大きいサイズを、と言った。煙草に火をつけ、少し体を温めようと、コーヒーを慌てて飲んだ。一皿目はトマトときゅうりとフェタチーズのサラダ。二皿目は二本のソーセージが載った白いんげん豆の煮込み。チョコレートケーキが出たときにコーヒーをお代わりし、新しい煙草に火をつけ、店の外をじっと眺めた。もう夜になっていた。雪がまるで嘘のように静かに降り出していた。窓のすぐ外でジプシーの一家が立ち止まった。まだ四歳にもなっていない男の子が泣いていて、母親にセルビア語かジプシーの言葉で叱られていた。年配の女が——男の子の祖母だろう——が子どもの駄々に嫌気がさしたのか、何歩か先へ進んだ。父親はコートのポケットに両手を突っ込んだまま、黙って男の子を見守っていた。歩きなさいとか行くわよとか、たぶんそういう言葉を母親が口にし、男の子をあとに残したまま何歩か歩き出した。ジプシーの男の子は頑として動こうとしない。じゃあそこにいなさい、とか何かそういうことを母親がセルビア語かジプシーの言葉で怒鳴り、怒り狂った雄牛のような唸り声を上げると、知らん顔で年配の女の後を追った。男の子は頑固なまでに動こうとしない。父親はそんな息子のことを数歩先で何も言わずにただ見守っていた。対決。どちらが勝つか。どちらが強いか。どちらの騎手がより男らしいか。担ぎ上げて無理やり連れていくこともできるだろうに、とコーヒーを飲み干しながら思った。あるいはそのまま置いていくことも、そのうち子どもの癇癪もおさまって、自分たちに追いつくだろうから。二人の女は知らん顔のまま、もうかなり遠ざかっていた。父と子は無言で三歩分の距離を置いて向き合っていた。雪が二人の上にうっすら積もり始めたころ、ふいに父が子どものほうに手を差し伸べた。そっと。子どもはためらった。それから、当然のようにしぶしぶ父親の手をとり、そうして二人は、窮地からも私のいる窓辺からも歩み去っていった。私は会計を済ませた。いくぶん疲れを覚えつつ、私も帰ることにした。

＊

朝の六時、ドアをどんどん叩く音で目が覚めた。僕だ、スロボダンだ、と怒鳴る声がした。私はため息をついた。Tシャツを着て下はパンツ姿のまま、眠い目を擦りつつドアを開けた。昨日ずっとあなたに電話をかけていたのに全然出なかったね、と彼は部屋でただひとつの椅子に腰を下ろしながら言った。私はベッドの枕の上に座った。電話のコンセントを抜いていたんだ、とあくびをしながら言った。その朝の時間帯の彼は、シャワーを浴びたばかりだったのだろう、いっそうボブ・ディランそっくりだった。このあいだと同じ父の黒いスーツを着て、同じ父の黒のネクタイを締めていた。これが記者のユニフォームなんだ、と思い、思わず口にしそうになった。彼は咳き込みながら煙草に火をつけた。私は自分がどこにいるか思い出すかのように二秒ほど目をつぶってからふたたび開けると、スロボダンがこちらを困惑した表情で見つめていた。いくつか電話してみたんだけど、と彼は言った。ベオグラードにラキッチという姓のアコーディオン奏者はいないよ。スロボダンは煙草の箱をこちらに投げてよこした。というか、少なくともその名前で法的に登録されている人はいないんだ、と、私がその最初の衝撃を受けとめる間も与えずに続けた。あなたの友だちのお父さんは偽名か芸名を使っているのかもしれない、ジプシーにはよくあることだから。彼は煙草を二度吸い込んだ。バーやカフェやレストランの店主と話してみたんだが、ミラン・ラキッチという名のピアニストのことは誰も知らない、でもこれだってある意味では想定内さ、なにしろ、あなたもあの夜見たように、ジプシーの楽師たちはああいう場所に来てはすぐに帰ってしまうからね、何も言わず、誰とも話さず。それと、昨日の午後はクラシック音楽学校の新しい校長と話す機会があって、とても親切なハンガリー人なんだけど、彼が言うには、ラキッチという名は聞いたことがない、でもこの国へ来てまだ数か月しか経っていないので、同僚に訊いてみてくれるそうだ。スロボダンは煙草の煙を一息に吐き出し、あなたのこのラキッチという男はまるで幽霊だね、と言うと、知り合ってから初めて笑顔を見せた。彼は私が何か言うか説明するのを待つように黙り込んだ。私には説明すべきことなどなかった。じゃあ服を着るんだ、とスロボダンが言った。早く着かないと。早く着くってどこに？ と私はもう眠気も吹き飛んで立ち上がりながら尋ねた。スレムチッツァ、と彼は言った。で、そこはどこ？ ジプシー居住区だ、と彼は言った。友だちの写真を忘れないで、と彼は言った。それと煙草も。あとお金をたくさん。

外は雪だった。遠くから見るスレムチッツァの家々はボール紙でできているように見えた。いくつかはたぶんそうだったに違いない。麻布に木材の破片に煉瓦に錆びたトタン板、その他手に入る使えそうなものなら何でも寄せ集めて作った家々。ラテンアメリカの村そのもの。石をいくつか拾って、スロボダンがしゃがみながら言った。どうしてかと尋ねたが、彼は聞いていなかったか、返事をしたくなかったのか、あるいはそんな暇はなかった。というのもたちまち獰猛な野犬の群れが私たちに向かって走ってきて、吠え立てながら牙をむいたからだ。石を投げるふりだけするんだ、とスロボダンが煙草をくわえたまま冷静に言った。そのとおり石を投げる真似を一度しただけで、犬たちは静かになり、離れていった。なぜわかったんだい？　とほっと息をついて私は尋ねたが、彼はまた黙り込んだ。ジプシーの女たちが何人か、箒で掃いたり中庭で洗濯したりしていて、その周りで子どもたちが二羽の雌鶏を追いかけ回していた。私たちを見ると、全員が動きを止めた。みな裸足に見えたが、実際はそうではなかった。ここで待っていて、とスロボダンが言い、女たちと話をしに行った。子どもたちが寄ってきてはひっきりなしに彼の黒いスーツに触った。洗濯紐からは動物の死骸がいくつも吊るしてあった。ウサギか若鶏だろうと思った。さらに女たちが、女ばかりが外に出てきて、そのうちに、一人が中庭に出てくるたび同じグループの他の女たちが彼女の片方の乳房を、ごく自然に、一種の挨拶代わりにぎゅっとつかんでいるのに気がついた。私は微笑もうとしたが、恥ずかしくてできなかった。スロボダンが戻ってきた。もうすぐ起きてくるから少し待てと言っている。誰を？　と私は尋ねた。ペータルだ、と彼は煙草に火をつけながら言った。知り合いかい？　ちょっとね、と彼は言った。でも向こうは僕のことを覚えてないんじゃないかな。遠くからトラックのエンジンを無理やりかけるような唸る音が聞こえた。私は不安になった。煙草に火をつけた。そのとき、掘立小屋のひとつから初めて男が姿を現し、何も言わずまっすぐ水場へと向かった。二人目も三人目も同じだった。どうなってるんだ？　とスロボダンに尋ねた。ジプシーのあいだでは、と彼は答えた。朝、顔を洗うまでは他の男に話しかけてはいけないことになっているのさ。ジプシーを憎んでいるわりにはよく知っている、いや知りすぎているような気がした。それに、ジプシーを憎んでいるわりには、私に対してあまりにも協力的ではないかという気もした。君はどうしてここまでしてくれるのか？　と尋ねてみた。彼は数分間何も言わず、私も自分がした質問のことを忘れて、男たちが次から次へと出てきては水場で顔を洗い、そのあと一台のテーブルの周りに集まって座り、トルココーヒーを飲む様子を見ていたが、そのとき突然スロボダンがこう囁いた。物語の結末が知りたいんだ。彼は微笑んだ。それに、と彼は言った。あとであなたにも助けてもらいたいことがあるし。それなら喜んで、と私は言ったが、きっと高くつくことになるのだろうと想像した。男たちの賑やかな様子を見ているうち、コーヒーが飲みたくなってきた。彼だ、とスロボダンが言った。あれだ、あそこの茶色の帽子の。それは浅黒いずんぐりした男で、ほかのみなというかほぼ全員と同じように太い口髭を生やしていた。着古した皺くちゃのスーツ姿で、眠るときもその格好なのではないかと思った。見たところ三十代だった。女の一人が私たちを指さしながら彼に向って何か叫ぶと、その男は顔がまだ濡れていたが私たちのほうにゆっくりと歩いてきた。ペータルはスロボダンの手を握り、スロボダンはすぐに煙草の箱を開け、ペータルはそこから一本抜いた。紹介されるまで彼は私を無視した。二人はセルビア語で話し始め、またあのトラックの唸るような音が聞こえたが、今度はなんだか人間らしい音に、誰かが苦しんでいるか拷問を受けている声か何かのように聞こえた。朝飯を食いに行こう、とスロボダンが言った。私たち三人は通りに出てタクシーを拾った。

スプラヴォーヴィ。前の日の午後に公園から見えた水上家屋の名前だという。その地区はゼムンと呼ばれていた。艀《はしけ》のように小さなカフェやレストランが並んでいて、眺めているうちにマーク・トウェインの小説、あるいはキム・ギドクの映画を思い浮かべた。何もかもがまるでテーマパークだった。すべてが実にキッチュだった。バンコクとかボンバルディアとかミシシッピとかいった名前。セルビアマフィアお気に入りの場所だ、とスロボダンがタクシーを降りるときに説明した。その店は〈サバンナ〉という名前で、言われてみればそのとおり、麻紐でできた橋があり、壁にはライオンや象の絵が描かれ、ウェイターたちは間抜けなサファリスーツを着ていた。

スロボダンと私は丸パンにチーズとイチゴジャムを塗って食べ、ペータルは巨大な分厚いステーキを平らげた。小さな竹製のカップに入ったコーヒーが出てくるまで誰も口を開かなかった。ペータルが煙草に火をつけ、セルビア語でスロボダンに何か尋ねると、スロボダンが私に、さあ、写真を見せてと言った。するとペータルは例の写真を受け取り、少しの間じっと見つめると首を横に振った。見たこともないと言っている。ジプシーの楽師には見えないと言っている。いつだってじっとしている牛のほうが乳を搾りやすいと言っている。意味がわからなかった。ペータルは私に断りもせず上着の内ポケットに写真をしまい、私はもう二度とそれを取り戻せない気がした。二人はセルビア語で少し話をした。二千ディナール、とスロボダンが私に向かって言った。十ドル程度だよ。それから二人は少しのあいだ言い争った。あと千ディナール、と彼が付け加え、私はそれも差し出した。ペータルはぽんぽんと手を叩いて、グーッド、グーッドと大声を出し、煙草の箱を上着の内ポケットにしまった。

馬鹿げた話だが、私は煙草と朝食も取引の一部なのだろうと推測した。私は、ジプシーにとってピルエット、つま先で跳んでくるりと一回転するということの意味を訊いてくれないかとスロボダンに言った。彼は立ち上がりながら、今はだめだと答えた。会計は私がすべて支払い、三人で店を出た。スレムチッツァに戻ってくると、ペータルが私たちに、家族といっしょにトルココーヒーを飲んでいけと言った。スロボダンはすぐさま同意した。ジプシーから家に招かれて、ノーというのは侮辱するのと同じなんだ、と彼は言った。私は石を拾ったが、獰猛な犬たちは姿を消していた。

ペータルの妻はカサンドラという名で、私たちを見ると、濡らした台布巾でテーブルとプラスチック製の椅子を拭き始め、その間、なにやら騒々しくひっきりなしに怒鳴ったり文句を言っていたか、少なくともそのように思えた。彼女は一度として私たちのほうを見ようとしなかった。ベシュ、ベシュ、とペータルが怒鳴った。ジプシーの言葉で「座れ」って意味だ、とスロボダンが言い、私たちは席についた。壁一面に小さな花模様が描かれていた。ナツメグとラベンダーと消毒用アルコールの匂いがした。息子たちやその嫁たちが出たり入ったりし、子どもたちが駆けまわり、どこかで赤ん坊が泣いていた。子どもも含めて男たちは全員煙草を吸っていた。女たちは違った。女たちは頭に花柄のスカーフを巻き、男たちの世話をしていた。長男のドラガンが私たちと同席した。彼は父親そっくりで、金の鎖とブレスレットをじゃらじゃら身につけていた。彼ら三人がセルビア語で会話し、そのあと父と息子がげらげら笑い始めた。どこから来たとペータルが君に尋ねている、とスロボダンが通訳し、私はグアテマラだと答えた。にっこり笑って。彼らがグアテマラと発音しようとするのを手助けした。カサンドラがポガーチャという小さなパンとトルココーヒーの鍋を運んできて、なおもぶつぶつ文句を言いながらも四つの小さなカップに注いでくれた。濃く甘いコーヒーで、私はすぐにお代わりした。老人がひとりやってきた。トルココーヒーを自分で注ぎ、指を動かして私に煙草を一本せがむと、席についた。みなはその老人をときにウルサリ、ときにヴォジャ、ときにヴァシェンゴ、ときにベンガロと呼んだ。老人はあまり多くを話さず、私はすぐにミスター・ボージャングルを、といってもニーナ・シモンの歌う優しくも悲劇的なミスター・ボージャングルを思い出した。私はドラガンが自分で巻いた黒煙草を受け取った。それを吸い、彼らのセルビア語の会話を聞きながら、この家庭的でおそらく定住者的な雰囲気のなかにも、奇妙なかりそめの感覚というか、はかない束の間の感覚が保たれているように思い始め、ジャン・コクトーの引用を思い出した。突然、みなが拍手した。ジプシーにとってのピルエットの意味を尋ねたところだ、とスロボダンが言い、どうやらその質問は彼らの気に入ったようだった。そうか、訳してくれ、と私は感激して彼に頼んだ。ドラガンの言うには、ジプシーの子どもの話で似たようなのがあるそうだ。ある夜、豚がうるさく鳴いて仕方がないので何事かと様子を見に行き、豚の鼻面を持ち上げてみると、その下から大量の金貨が見つかった、何千枚もの金貨だ、そして子どもはくるりと一回転したんだって。ガルビ、とドラガンはいくぶん自慢げに言って、指を動かして金貨を擦る真似をした。ペータルが何か怒鳴った。ジプシーには死ぬ前にピルエットをする奴がときどきいるとペータルは言っている。どういうこと？　と私はスロボダンに尋ねた。ペータルは一度見たことがあると言っている。昔々。森のなかで。まだキャラバンで暮らしていたころ。大人はみな焚火を囲んで物語を語り合っていた。彼が横になってうとうとしていると、一人の男が無言で立ち上がり、つま先で跳んで一回転したあと、木々のそばに倒れて死んだ。まるで夢のようだったのを覚えているとペータルは言っている。その情景を想像してか、私たちはみな黙り込んだ。老人が何かジプシーの言葉で尋ね、そのあと同じくジプシーの言葉で何かを語り始め（セルビア語を話せなかったか、あるいは話したくなかったのかもしれない）、それをペータルがセルビア語に訳し、それをスロボダンが英語に訳し、最後に私がそれを、マトリョーシカ人形のいちばん内側の形が崩れた小さな人形のように、スペイン語に直した。昔ジプシーの王がいた、と老人は言った、夜になるといつも食べ物をみな盗まれてしまうのに愕然とした王は、食料とごちそうを収めた巨大な食糧庫を管理し守ってくれる者には王国の領土の半分を与えようとお触れを出した。ごちそう《デリカシー》って言葉でわかるかな？　ああ、ごちそうね、わかる。三人の息子のうち、長男が王に、ご心配なく、私がやりますと言った。そしてその夜、長男は食糧庫の前に横になり、短剣かナイフか何か、訳しようがないな、とにかく武器を握って目を光らせていたが、夜が明ける直前、ひんやりした風が吹いて、長男は深い眠りに落ちてしまい、そして目を覚ましたときには食糧庫は空になっていた。次の日の夜、今度は王の次男が食糧庫の扉の前に大きな剣、そう剣だね、それを握って勇ましく座ったが、夜が明ける直前、またひんやりした風が吹いて、次男も眠りに落ちてしまい、目を覚ましたときには食糧庫は空になっていた。老人はここで口をつぐみ、ペータルはコーヒーを一息で飲み干し、部屋のなかでサッカーボールを蹴飛ばしていた子どもたちを怒鳴りつけた。三日目の夜、とスロボダンが言った。王の末の息子が私こそが食糧を守りましょうと父に約束し、食糧庫の前に座ったが、彼は目の前の地面に針か釘か、何か尖ったものを置いた。そして夜が明ける直前、またもやあのひんやりした風が吹いて、末の息子も眠気に襲われたが、ピンか釘の上に頭をもたせかけると痛みですぐに目が覚め、そうして末の息子は、自分の可愛い妹、幼い少女の妹がネグリジェ姿で靴も履かずに入ってくるのを見た。そしてその妹がつま先で跳んでくるりと一回転するのを見、そして、恐れおののきながら（老人は怯えた顔をした）、妹の両手が二本の斧に変わるのを見（老人は両手を振り上げた）、そして妹の歯が鋭い短剣かナイフに変わるのを見（老人はほとんど残っていない歯をむいた）、そして妹の髪が毒蛇の群れに変わるのを見た（老人は自分の髪の毛を引っ張った）。そしていまやすっかり魔女に変身した妹が（スロボダンは老人とペータルとドラガンがげらげら笑っているあいだも訳し続けた）、食糧庫の食べ物を残らず平らげるのを見届けたのだ。沈黙。よくある話だ、と私は当惑しつつ三つの物語を比べながら思い、物語はそれで終わりかと尋ねてみたが、みんなはどこか別のほうを見ていた。ひとりの少女が両手にお盆を持って部屋に入ってきたのだ。少女は金髪ですらりとして、肌は白く目は緑色をしていたが、それは深い緑、地中海の色だった。彼女は顔を赤らめて私たちを見ると、お盆をテーブルに置いて出ていった。ハリネズミだ、スロボダンが遠ざかっていく少女を見つめながら言った。何だって？　ハリネズミ、と彼は繰り返し、すでにジプシーたちは手づかみで食べ始めていた。連中はハリネズミが好物なんだ。前に来たとき、ペータルに教えてもらったんだ、とスロボダンは言った。ハリネズミは秋が美味いんだって、冬に備えて太って脂も乗っているから。さらに彼は、ジプシーはハリネズミを捕まえてくると、外の洗濯紐に一晩吊るしておく、月明かりで風味が増すと信じているからだ、それから翌朝、棘をとるために、死骸の腹に管を突っ込んで思い切りふくらます、そうすると骨から簡単に身がはずせるようになって、棘も全部抜けるんだって、と説明した。食べてみなよ、とスロボダンは言った。魚の味がした。

私たちは礼を言った。老人が席を立った。ペータルとドラガンが私を外まで見送り、スロボダンが少し遅れて出てきた。まだ雪が降っていた。私はペータルの手を握り、彼はセルビア語で何か言った。スロボダンが訳してくれた。心配するな、君のラキッチが本当にいるのなら、俺が見つけてやる、と言っている。私には信じられなかった。トラックの唸るような音か、拷問されている人間の声か、何か恐ろしい音がまた聞こえてきた。私たちは通りへ向かってゆっくりと歩き始めた。足元で雪のきしむ音がした。遠くの唸り声がますます激しくなった。あれはいったい何の音だ？　とスロボダンに尋ねたが、彼は立ち止まることなく新しい煙草に火をつけた。

　タクシーに乗ってから、ペータルの娘さんはとても綺麗だったね、と言ってみた。金髪の子だ、と私は言った。ハリネズミの子、と私は言った。スロボダンのため息が聞こえたような気がしたが、風の音か、タクシー運転手だったのかもしれない。あれはペータルの娘じゃない、とスロボダンが少ししてから呟いた。ドラガンの嫁だ。名前はナタリヤ。僕と同い年なんだ。僕たちは同じ学校に通っていたけど、彼女はドラガンと結婚させられることになって退学した。十四歳のときだ。私はスロボダンにどうしてそんなに詳しいのか尋ねてみようかと思ったが、その必要はなかった。答は明らかだった。ウィンドウを少し開けると、気持ちのいい風が吹きつけてきた。雪がいっそう激しく降っていた。道は混んでいて、私たちは一時間以上言葉を交わすこともなく、おそらく二人とも同じことを空想しつつ、あるいはまるっきり逆のことを空想しつつ、次第に暗くなっていく街を眺めていた。

＊

翌朝は大雪だった。窓がガタガタ揺れて今にも割れそうだった。テレビをつけてセルビア語のニュース番組を終わりまで見たが、無人の通りや、電線の上に倒れた木々や、横殴りの吹雪や、うずたかく積もった雪に埋もれた車などの黙示録的な映像以上のことはさっぱりわからなかった。ズデナが電話をかけてきた。心配しなくていい、出かけないほうが身のためだ、この種の吹雪はたいてい一日か、長くても二日で収まる、何か必要があれば遠慮なく電話して、と彼女は言った。私は礼を言って電話を切った。窓の外に目をやった。人っ子一人いなかった。いてもたってもいられないと思った。上着と手袋と帽子をつかむと外に出た。

驚いたことに、外はそれほど寒くはなかった。まっすぐに歩くのはほぼ不可能だった。雪の弾丸が顔や首を叩きつけ、電話ボックスや街灯の陰に何度も避難しなくてはならなかった。途中ひとりだけすれ違った人がいて、私たちは、もう戦争が終わったことを知らされず、間抜けな軍服に身を包んだまま銃を抱え、何もない場所で今なお敵を探し続ける日本兵同士のように挨拶を交わした。角のキオスクは閉まっていた。ほとんどすべての店が閉まっていた。そのままポジェシュカ大通りを歩き続けた。バーか食堂のガラス窓に赤い光が見えたが、ドアには鍵が掛かっていた。ノックしてみた。少しすると女性が一人やってきてガラス越しに何か言い、私は肩をすくめてフヴァラ、ありがとうと言ってみた。場違いな言葉だったが、頭に浮かんだ唯一のセルビア語だった。女性は嫌々ながら、そして吹雪価格で、一リットル瓶のビール、スモークソーセージ、パン、煙草一箱を売ってくれた。私はもう一度フヴァラと言うと、奇妙な幸せを感じながらアパートへ引き返した。

その日は一日中アパートに閉じこもり、煙草を吸ったり、買ってきたものを食べたり、少し本を読んだり、メロディアス・サンクを何曲か聴いたり、セルビア語に吹き替えられたベネズエラのテレビドラマや、セルビア語に吹き替えられたロシア映画や、セルビア語に吹き替えられたアメリカのアニメを見たり、夢も見ずに、というかほとんど夢も見ずに昼寝をしたり、そうやって無益な一日、失われた一日、あらゆるものからもっとも遠く、無にもっとも近い一日を過ごした。その間、時間はまったく進まないいばかりか、突然たったの一時間に、まるで皺のないシーツのような静止した一時間、クソみたいでおそろしく長い、あまりに暗くて孤独な、死んだ鳥の味がするいまいましい一時間と化したのだった。

＊

もうおさまったぞ、と電話の向こうでスラフコが、まるで私が高熱を出していたかのように言った。もしかすると本当に熱があったのかもしれない。朝の九時だった。外の吹雪の音もやんでいた。横になったままカーテンを開けるとやはり雪はやんでいたが、まだ曇っていることがわかった。ああ、もうおさまったね、と私は答えた。もうすぐ出発だろう？　とスラフコが言った。ああ、もうすぐだ、と私は言うと、芝居臭く目を閉じて、ポルトガルの暖かさに思いを馳せようとした。スラフコは、昼食に来ないか、ヴォイヴォディナからかなりイカレた友人も来ることになっている、君に紹介したいと言った。もちろんだ、どうもありがとう、と言って電話を切り、そのあと、なぜかわからないがもう二時間ほど寝た。

正午近くにアパートを出て、タクシーを——もちろんもはや会社名を問わず——探していると、誰かが名前を呼ぶのが聞こえた。スロボダンだった。ついにあの黒いスーツを脱いでいて、髪はいっそうぼさぼさに乱れていた。明らかに眠れぬ夜を過ごした者の目をしていた。これを持ってきたんだ、彼は挨拶抜きで言うと一枚の紙切れをよこした。ガルドシュ、私は混乱しながらそこに書かれた文字を読んだ。地区の名前だよ、と彼は言った。川向こうのね。保証はできないけれど、そのあたりを回ってみるといいとペータルが言っている。ガルドシュ、私はもう一度口に出してみた。地区の名。それだけかい？　と私は言うと、少しがっかりしながら紙切れを掌で丸めて上着のポケットに入れた。ミランの写真は？　と尋ねたが、スロボダンは別のほうを見ていて、今にも泣き出してしまうのではないかと思った。彼はため息をついただけだった。あなたの助けが要るんだ、スロボダンは爪を嚙みながら、私が何か人生の秘密の護り手であるかのようにこちらを見つめて言った。ナタリヤが最初からそこに立っていたのか、ちょうど着いたところだったのか、ひょっとして私が彼女のほうを見まいと決めていただけなのかはわからないが、とにかくそこに、頰を薔薇色に染めた悲しげなナタリヤがいた。そのとき私はふと、量子力学を学び信奉するリアから聞いたある伝説を思い出した。その伝説によると、コロンブスの艦隊がアメリカ大陸の海岸に近づいたとき、先住民のインディオには艦隊の姿が見えなかったという。なぜなら見えなかったから、文字どおり見えなかったからだ。というのも帆船やガレオン船やカラベル船といった概念は彼らにとってあまりになじみのない、想像を絶するものだったので、彼らにとっての現実の仕組みのなかに入ってこず、彼らの頭も単にそれを現実とは認めないことにしたのだ。あそこには何もない、とリアが手をかざして水平線の彼方を見るように言ったのを覚えている。わたしの現実とはわたしが知っているものだけを土台にわたし自身が創り出すもの、と彼女は言った。またはそのようなもの。あなたの助けが要るんだ、とスロボダンがもう一度言い、私は彼らをじっと見つめ、自分の新たな現実にどうにか引き入れた。スロボダンは黙っていた。ナタリの少年少女みたいだった。私は彼らを抱きしめてやりたくなった。スロボダンは黙っていた。ナタリヤは、もちろん私の顔は見ずに、鶸《ひわ》がさえずるような美しい響きのジプシーの言葉で何か一言だけ口にしたが、意味がわかるはずもなく、臆病なことに尋ねもしなかった。だが言葉以外のことはすべて理解した。私はスロボダンに、喜んで協力する、夕方には戻るからと言ってアパートの鍵を渡した。私は物憂さと満足感のあいだの気分でその場を離れた。ねえ、とスロボダンが叫び、私は足を立めた。ナタリヤの話ではね、と顎で彼女を指して言った、ジプシーがピルエットをするのには何の意味もないそうだよ。わかってる、と言いかけたが、微笑むだけにした。

レツィッチ家に着くと、長い白髪に山羊髭を生やした、どう見ても王の近衛兵にしか見えない男がドアを開けた。ネボイシャ・トゥーツァだ、と男は英語で言った。私は彼と握手した。水牛のミルクは持ってきたかね？　と彼は尋ねた。私は何も言わなかった。水牛のミルクを一リットル買ってきてくるんだ、と彼は言った。私はなんだか怖くなって後じさりした。松葉杖をついたスラフコが玄関に出てきて、その男を脇に押しのけ、いい加減にしろよ、ネボイシャ、と英語で言った。

マルコが整えたテーブルにはあらゆる種類のナッツ、何種類もの薄切りのチーズ、ソーセージ、半分に切って粗挽きの黒コショウをまぶした固ゆで卵、トマトのサラダ、野菜のキャセロールにアイヴァルという辛いソースが載っていた。ビールが注がれた。食事のあいだ、ネボイシャはヴォイヴォディナの話と外で待たせているというお付きの運転手の話をし、窓の外にときたま目をやった。りんごのタルトを一口食べたときに不安が頭をもたげ始めたと思うが、よく考えてみるとそれもまるきり確かとは言えない。なぜなら不安はずっとそこに存在していたからだ。ネボイシャが私に何か尋ね、私は内容もわからないままイエスと答えた。ぬるいビールをグラス半分ほど、麻酔にかけられたように飲み下した。汗をかいていた。ポケットのなかの丸めた紙を思い出し、余計に不安が増した。ガルドシュ、と心を落ち着けようとして呟いた。ズデナがトルココーヒーを淹れながら、クネズ・ミハイロヴァ通りには行ったかと尋ねた。とても素敵な遊歩道なの、と彼女は言った、レストランもカフェのテラスもたくさんあるし。わからない、たぶん行ったと思う、と、ドガの絵のテーブルのあいだを踊り歩くジプシーの二人の姉弟を思い出しながら私は言った。煙草に火をつけた。きっと気に入ると思うわ、とズデナは言った。ネボイシャがセルビア語で何か言った。スラフコも同じくセルビア語でそれに応じた。みなが笑った。あのね、とズデナが腰を下ろしながら説明してくれた。クネズ・ミハイロヴァ通りは人に見てほしくて行く場所だっていうのよ、きれいに髭を剃って、おめかしして、一張羅の服を着ていちばんいい靴を履いて、でも懐には一銭もない人たち。馬鹿な話だ、とネボイシャが続けた。連中は有り金をはたいてばか高い服を買い、ばか高いコーヒーを飲む、家には食い物すらないっていうのにな。ベオグラードの七〇パーセントは記録的不況下にある、とスラフコが言い、私は彼にどうしてその数字に至ったのか尋ねようとしたが、それまで黙って何か考え込んでいたマルコが、毎晩まな板に濡れ雑巾を叩きつける近所の女性の話をし始めた。どうしてまた？　と私はコーヒーの残りを飲み終えながら尋ねた。近所のみんなに料理する肉を叩いていると思わせるためだ、とマルコは言った。もちろん彼女には肉を買う金もないんだが、近所の人たちにまだあると思わせることが彼女にとって大切なのさ。クネズ・ミハイロヴァ通りに集まる連中と同じだよ、とスラフコが言った。あそこをそぞろ歩いたりコーヒーを飲んだり笑い合ったりする奴らを見ていると、うまくやっている、幸せにしている、金も持っているみたいに見えるじゃないか、でも本当のところは、内面の荒廃ぶりを服や化粧で綺麗に覆い隠しているにすぎないわけだ、もちろん戦争が遺した心の傷から目をそむけようとしてね。爆撃されてそのままになっている建物と同じというわけか、と私がよく考えもせずに言うと、みな黙って私を見つめ、もうそれ以上誰も何も言わなかった。

ズデナにガルドシュまで行くタクシーを呼んでもらった。ああ、ガルドシュはとても綺麗なところよ、と彼女は言った。塔があるの、エドゥアルド。ぜひその塔に登ってね、ベオグラードの街全体が見渡せるから。ネボイシャもヴォイヴォディナへ戻るタクシーを呼んだ。私は首を傾げながら彼を見つめ、いっしょに外へ出るとき、例のお付きの運転手のことを尋ねてみた。誰の運転手だって？

*

ガルドシュに着いたときは日が暮れていた。道はどこも狭く、急な坂になっていて、川のこちら側

における オーストリア＝ハンガリー文化の影響は明らかだった。不安な気持ちはなおも続いていて、なぜかはわからないが今にもそこで、どこかの角か歩道でミランにばったり出くわしそうな予感がし、気もそぞろに彼の姿を探し求め、すれ違う人々の顔を一人一人、注意深く観察し始めた。束の間ミランの顔を忘れてしまい、思い出すのに神経を集中させなくてはならなかった。青白い、と自分に言い聞かせた。髪は黒くて長い、と言い聞かせた。夜行性動物の目、と言い聞かせ、たぶん馬鹿馬鹿しくなって笑ったと思う。二頭立て馬車か、暗闇では二頭立て馬車のように見えた何かのそばを通った。ぽん引きのような格好の、おそらく本当にぽん引きであろう男のそばを通ったが、見るかぎり娼婦はどこにもいなかった。そのときふと、ガルドシュがとても古く、とても静かな地区であると気づき、そうやって日干し煉瓦の家並みやガス灯と思しき明かりや濃い霧の層のあいだを歩いていると、自分が十八世紀か十九世紀に迷い込んでしまったように感じ、すると急に自分が迷子になったような、誰かに探されているような、誰かに追われているような感覚を覚えた。立ち止まって、愚かにも振り返り、そこには誰もいないと思ったが、実はそうではなかったことが今ではよくわかっている。

一軒のバーに入った。客はおらず、ウェイターはあまり信用が置けなさそうだった。そのあと小さなレストランに入ってみたが、誰も英語がわからなかった。私はそのまま歩き続けた。遠くのほう、坂道の上で、街灯のそばに輪をつくっている集団の姿が見えた。輪のなかにジプシーの楽師が、アコーディオン弾きかバイオリン奏者がいるかもしれないと思い、ゆっくりと坂を上っていった。近づくにつれてそれが六、七人の男であること、全員スキンヘッドで黒のブーツを履き、太いチェーンを腰に巻いて革ジャンを着ていることに気づいた。私が上ってくるのを見て彼らは話すのをやめた。さらに近づいて、無害であることを笑顔で示そうと顔を上げたとき、彼らのひとりの首に緑か黒の鍵十字が刺青されていることに気がついた。吐き気がした。歩を速めた。男たちがセルビア語で何か怒鳴ったが、私は急いで一軒の居酒屋に入り、カウンターに行ってヴィニャック、安ウィスキーを頼み、煙草に火をつけると、吐き気というか恐怖というか何でもいいが、そういうものがだんだん鎮まっていった。カウンターの反対の端では、太った男が新聞を読みながら何か飲んでいた。私は店主に英語が話せるか訊いてみた。店主は首を横に振って肩をすくめ、それからわけのわからないことを早口でまくしたてた。太った男が新聞を下ろして、俺は英語がわかる、いったい何の用だ、と大声で言った。ジプシー音楽が聴ける場所を探しているんです、と言うと、男がそれを店主に伝え、すると店主があらゆる身ぶりを総動員して何かを男に答えた。このあたりにはそうたくさんはないようだが、若いのでも連中がよく行くカフェが二軒あるそうだ。そして店の名前を教えてくれたが、どうしても覚えられなかった。男は腕を伸ばして、店を出たらまず右へ行く（ネオナチ連中がいたのは左側）、三百メートルほど行ったところで今度は左に曲がる、もう百メートル行ったところに二軒ともある、通りを挟んで向かい合っている、と説明してくれた。私は礼を言ってウィスキーを飲み干し、金を払った。ネオナチ連中はもういなくなっていたが、彼らが角を曲がったところでナイフを手に待ち伏せているような気がした。教えてもらったとおりに道を辿ったが、きっと迷ってしまったのだろう、何も見つからなかった。路地は曲がりくねっていて、どこも同じに見えたし、そもそも歩いて三百メートル測れる人間がどこにいるのか。一軒の雑貨屋に入った。煙草とチューインガムを買った。小柄で痩せた親切な中国人の店員がいっしょに外まで出てきて、間違いだらけの英語で道を教えてくれた。

二軒のカフェのうち、一軒だけ開いていた。入った瞬間、そこをカフェと呼ぶのはやや寛大ではないかという気がした。二つあるテーブルのうちのひとつに、煙草を吸い、トルココーヒーを飲みながら、ほとんど怒鳴り合っている三人のジプシーの男が座っていた。みな着古したポリエステルのスーツ姿だった。フェルト帽が三つ、テーブルの上に並んでいた。彼らは私を無視した。店のおかみも英語を話せず、私はヴィニャックを注文した。煙草に火をつけた。ジプシーたちは、この世に自分たち以外誰もいないというかのように怒鳴り合い、手を叩いていた。おそらく彼らの世界では本当にそうだったのだろう。そのなかの一人だけ、他の二人とは違って見えた。もっと肌が黒く、ひょっとするともっとアラブ人のような。突然、三人揃ってコーヒーをすすり出し、私はその沈黙の隙に英語が話せるかと尋ねてみた。三人は手を激しく振ってノーと言い、自分たちにかまうなという仕草を見せたので、私はこのときなぜか、わかった《ブエノ》、ありがとう《グラシアス》とスペイン語で言うと、彼らの一人、いちばんアラブ人風の男が顔を上げ、とたんに私は言葉が通じたことを悟った。スペイン語を話せますか？　と男に尋ねた。そりゃ話せるさ、あんた、といかにもアンダルシアっぽい訛りで男は怒鳴った。セビーリャ出身？　と私は尋ねた。まさか、と男は笑って言った。俺に出身地なんてないよ。だがそうだ、一時期セビーリャのすぐ近くの村にいたことがある。彼は音節を引きずるような、重々しい、眠気を誘うようなスペイン語を話した。あんたはスペインから来たのかと訊かれたので、いや、グアテマラからと答えた。グアテマラだって、と驚いた様子で男は言い、それを友人たちにジプシーの言葉で伝えると、三人は少しのあいだ笑い合った。で、グアテマラのお兄さんがこんなところで何してるんだ？　旅の途中で、と私は言った。私はヴィニャックを一息で飲み干し、もう一杯頼んだ。あなたはベオグラードに住んでいるんですか？　いや、違う。チュカリチュカ・パディナだ。ちょっと離れた田舎だよ、と言って男は立ち上がり、断りもなく、礼を言うでもなく、テーブルに自分たちのがまだ二箱あるというのに、私の煙草の箱から一本勝手に抜き取った。あらゆる煙草はあらゆる人々の共有財産だといわんばかりに。男はそのまま立っていた。手を差し出して、俺はベボって呼ばれてると言った。禿げ頭には大きな傷跡があった。一杯おごらせてもらえるかい、ベボ？　すると彼は店のおかみに何か怒鳴り、おかみはすぐにグラスをひとつ運んできて、冷たく濃いウォッカを注いだ。私はそのグラスを見上げながら、ガルドシュに来たのはちょっとジプシー音楽を聴きたくなったからだと言った。俺の友だちは二人ともトランペット奏者だぞ、と彼はウォッカのグラスを二人に向けて言った。そしてジプシーの言葉で何か話したあと、やや疑り深い目で、なぜここ、なぜガルドシュなんだと訊いた。私は慎重に言葉を選んだ。いや、選ばなかったかもしれない。ジプシーのピアニストを探している、と私は言った。スレムチッツァのペータルにこちらへ行くよう言われたんだ、と私は言った。二人の友人が私の言葉を理解し、というか少なくともペータルという言葉とスレムチッツァという言葉だけは理解したらしく、怒った顔で手を振り回しながら怒鳴り始めた。ベボが二人をなだめているように見えた。スレムチッツァのペータルとはどこで知り合ったのかと訊かれたが、私には答える間もなかった。二人の友人はすでに立ち上がり、黒い楽器ケースを手にしていた。なかは裸のタイの女の絵で埋め尽くされた布が張ってあるのだろうと直観的に思った。私も立ち上がった。お願いだ、と私はベボに言い、どうしてかはわからないが、まるで録音した自分の声を聞くときのように、自分の声が情けなく、他人の声のように聞こえた。ベボはウォッカを飲み干し、ジプシーの言葉で二人の友人と話し始めた。あんた、金は持ってるかい？　と訊かれて私は、ああ、もちろん、必要なだけ出す、と答えたが、言ったそばから後悔した。いいだろう、とベボは言った。こいつらはこれから向こうに行くんだが、あんたは絶対に入れてもらえない、ジプシーのためだけの場所だと言っている。向こうとはどこなのか尋ねたかった。私は黙っていた。で、金はどれくらい出すんだ？　私は彼に五千ディナール分の札を渡した。もっとだ、友だちの分もだ、とベボが親しげに言い、私はもう五千ディナール渡した。彼らはそれを山分けした。俺は行かない、とベボが言った。友だちがあんたを連れていってくれるそうだ、ついていくといい、でもあんたは入れてもらえないとこいつらは言っている、わかるな？　ベボが店のおかみに何か怒鳴ると、おかみは慌てて飛んできて、冷えたウォッカをもう少しだけグラスに注いだ。あまりに長い沈黙が続いた。こんなことを聞いたことはないかな、ベボ、ジプシーが突然ピルエットするなんていう。なんだって？　ジプシーが突然ピルエットする、つま先で跳んでくるりと一回転することには、どういう意味があるのかな？　と私は言った。ベボは首を振った。ピルエットだって？　そんなの知るかよ、あんた。フランスのマヌーシュのなかにはくるくる回って生計を立てている奴もいるらしいが、こうやってあちこち前後左右、カエルみたいにぴょんぴょん跳ねまわるわけだ、でもどうしてあんなことをするのかは知らん。ベボが二人の友人にそのことを尋ねると、一人が笑って何か答えた。こいつが言うには、ジプシーがピルエットするのは頭がおかしくなったからだそうだ。そして大笑いした。二人の友人は店を出ていった。俺もいっしょに行ってやりたいんだがな、とベボは言った。いい女が俺のことを待ってるんだよ。イェカ・ブリャサ・ナシュティ・ベシエス・ペ・ドゥイエ・グラステンデ、俺たちジプシーの言葉ではこう言う。「尻ひとつで二頭の馬には乗れない」って意味さ。

＊

二人は私の八歩か十歩先を、早足で、少なくとも私がついてきているかどうか確かめようと振り返りもせず、ひたすら歩き続けた。私は不安になり、何度も立ち止まろうかと思い、このまま逃げ出すかタクシーを探して安全なアパートに戻ってしまおうかと思った。ガルドシュの塔を通り過ぎた。その後、小さな公園を通り、そこで木の幹につながれ、頭を垂れて草を食んでいる白い馬を見た気がした。そんなはずはない、さっきのベボの言葉が耳に残っているんだろうと思ったが、夜の暗闇のなか、白い斑点はまだそこにあった。いつの間にか雪が降り出した。もうガルドシュの外に出てしまったような気がし、そのうちゼムンの外にも出てしまったような気がし、ついにはどういうわけかベオグラードの外にまで出てしまったような気がした。でもドナウ川かサヴァ川かどちらかは知らないが、あの腐った水の臭いは嗅ぎ分けられたので自分のいる場所がなんとかわかった。そこから数ブロックは人っ子一人見かけなかった。誰ひとり。やがて真っ暗な路地に入っていき、もちろんそこで二人は突然足を止めた。私は二人に追いついた。一人が二本の指で唇に触れ、煙草をねだった。彼が煙草に火をつけているあいだ、もう一人が私の上着を撫でながらセルビア語かジプシーの言葉で何か言った。そのあと彼らはまた歩き出し、私はなすすべもなく、奇妙な波に飲まれるように、四歩遅れて彼らの後をついていった。なかば震えながら、私も煙草に火をつけた。冷たい煙を一息吐き出した。ときには希望が恐怖に勝ることもあるらしい。

工業地帯のような一画の真ん中にある巨大で錆びついた扉の前に着いた。明かりはついていなかった。看板もなかった。通りには人影ひとつ見えなかった。何も聞こえなかった。音楽も、人の声も、何も。雪が降り続けていた。彼らのひとりが扉をドンドンと叩き、そのあと私に向かって何か意味不明な言葉を叫び、私はまた逃げ出したくなった。二人が笑った。突然、扉のきしむ音が聞こえた。扉の開いた隙間から、黒服を着込んだ髭面のばかでかい男が姿を現し、二人のジプシーの頰にキスして挨拶を交わした。男は私をじろじろ見た。二人のジプシーが私がそこにいる訳を説明し始めると、男はがっかりしたように首を振って、世界のどの言語でもおそらくノーを意味する舌打ちをした。ジプシーの一人が私に向かって何かを、おそらく、見ろ、だから言っただろう、と言い、そして黒服の男が二人をなかへ通した。ディナール、と叫んで私が札を何枚か、おそらく多すぎる額の札をつかんで差し出すと、男は怒ってすぐにそれを奪い取った。それから何か怒鳴り、土の上にぺっと痰を吐き（明かりはついていなかったので確かなことは言えないが）、ばたんと扉を閉めてしまった。

いったいどこに来たのかもわからぬまま、金もほとんど尽きた状態で、突然ひとりぼっちになってしまった。雪はまだ降っていた。寒さに凍えぬよう、そしておそらく泣き出したりしないよう、歯を食いしばった。腕を組んだ。煙草に火をつけ、扉の向こう側がどうなっているのか想像しようとした。何も頭に浮かんでこなかった。きっともう使われなくなった倉庫か繊維工場なのだろう、あるいはジプシーが愚かで騙されやすい観光客から金をむしり取るためだけに利用しているただの錆びた扉なのだろうと思った。目を閉じると、束の間、はるか彼方から音楽が聞こえたような気がした。でも違った。何も聞こえてはいなかった。私の想像でしかなかった。

二十分、あるいは三十分が過ぎたころ、ふたたび扉が開いた。黒服の男が頭を出して私に向かって何か怒鳴り、それからこちらの返事を待っているらしく黙り込んだ。いったい何の用なんだ？ 私は手袋をはめた両手の掌を空に向けてスペイン語で言った。もっと札をやろうかと思った。なかに駆け込んでしまおうかと思った。男は怒ったまま、また私に向かって怒鳴り、なおも私の返事を待っていた。すると、どこからか、なぜかわからないが、突然ストラヴィンスキーとサンフランシスコとゴールデン・ゲート・ブリッジが頭のなかに降りてきて、私はよく考えもせず、男に向かって「イ・プヴ・ケルデャス」と言った。男の表情が和らいだ。微笑みはしなかったが、その寸前までいった。地震《テレモト》、とスペイン語で私は囁いた。お気に入りの絵葉書だと。イ・プヴ・ケルデャス、と私が正しく発音をするのを助けるかのように男は言った。私は男に煙草を差し出しながらもう一度発音した。男は煙草を箱ごと奪い取ると、まだ少し怒ったままイ・プヴ・ケルデャス、イ・プヴ・ケルデャスと二度、まるで秘密の合い言葉のように繰り返すと、脇によけて、手を広げて寛大な身ぶりで私を招き入れた。

＊

なかは外よりも暗かった。体についた雪を払い落とした。不安な気持ちのまま歩き出した。助けを求めて、あるいは何か確認するように振り返ってみたが、黒服の男はただそのまま前に進めと手で合図した。そこでどきどきしながら一歩一歩、まるで映画のなかにでもいるような気分でゆっくりと歩き続けたが、それがいったいどんな映画なのかはわからなかった。恋愛もの、と思った。ホラー、と思った。体の周りを底知れぬ空虚が覆っているのが感じられた。あらゆるものの究極の不在。トタン屋根が梁にぶつかる音だけが聞こえた。ふいに暗闇が濃くなり、私の歩幅はいっそう狭まり、のろのろと、危なっかしくなった。壁でもドアノブでも人間でも、触れられるものなら何でもいいから、とにかく何か目の前にないかと両腕を前に突き出した。ため息をつくと、そのため息のこだまが聞こえたような気がして、それからネズミの足音が聞こえた気がして、それから誰かの叫び声が聞こえた気がして、そのあと遠くでほんのかすかに音楽が聞こえた気がした。でも違った。自分が世界の一部であるとふたたび感じるために、何か話し、何か言いたかったが、その状況では、言葉はすでに私のものではなくなっていた。言葉を越えたところに私はいた。あらゆる合理的な概念を越えたところに。自分自身の彼方に。自分に何が起きているのかを把握すらできないところに。神や教理や福音書や、あるものを別のものと分かつ境界線の彼方に。彼方と言うよりほかないところに。

両手がいきなり何かに触れた。片手の拳でドンドンと、ほとんど絶望的な気持ちで叩いていると、目の前の、ドアであることに気づきもしなかったその分厚いドアが開いた。そして気がつくともうなかにいて、ドアは私の背後でふたたび閉まっていた。何の決断をする間もなかった。大事なとき、それが本当に重要なときに、何かを決断する間など決してないものだ。

私はじっと動かず、そこがどこなのか、自分がどこに放り込まれたのか見きわめようとした。だがそこはあまりにも煙がもうもうと立ちこめ、夜明けのようなかすかなオレンジ色の明かりがあるだけだった。そこは大きな暖かい広間だった。立っているジプシーもいれば、壁にもたれたり、プラスチックの椅子や革の肘掛椅子に座っているジプシーもいた。彼らは酒を飲んでいた。煙草を吸っていた。大声で話していた。天井はとても低く、わずかな数の黄色い電球が誰かの体に当たって、あるいはたぶん単に慣性で、まるで首を括られた小人の死体みたいに垂れ下がって揺れていた。すべてがセピア色に輝いていたが、それは褪せてくすんだセピア色だった。その広間から上に向かう階段があり、また通路がいくつも奥に伸びていて、そこにある小さな扉から人々が何やら怪しげなゲームの一部であるかのように出入りしていた。数人のジプシーが私に向かって何か叫んだ。私は彼らに微笑み、煙の立ちこめる黄色い明かりの下をあてもなくそわそわと歩き始めた。ふと、その場面に何か禁じられた雰囲気、ごく私的な雰囲気、一九三〇年代のハーレムのもぐり酒場のような雰囲気があるような気がした（というより今はそんな気がする）。どこもかしこも煙が立ちこめ、まるで煙に浸かり煙に溺れているかのように、あらゆるものが煙でできていて、煙から生まれているかのようだった。

隅のほうに、襤褸をまとったエルフのような顔の老人がひとり、酒の入ったグラスを抱いて座っていた。老人は手招きした。ためらったが、老人はなおも手招きした。私はゆっくりと歩いていった。老人の歯は真っ黒だった。私にジプシーの言葉で何か尋ねた。音楽、と私は言った。老人は眉をひそめた。ムシカ、ムシカ。老人が笑い出した。何か怒鳴った。私は他の連中に見られている気がし、そしてなぜかはわからないが、そのとき初めて、周りにいるのがジプシーの男ばかりで女はひとりもいないことに気がついた。老人が自分のグラスを差し出して、またもや身ぶりで飲めと言った。蒸留酒の味がした。老人にグラスを返すと、まるで私に言葉が通じているかのようにぺらぺら話し続けた。

私は肩をすくめた。老人が二度手を叩くと、その瞬間、どこか遠くから、別の部屋からピアノの音色が聞こえてきた。私は黙り込んだ。ピアノなのか？　たしかにピアノに違いなかった。私は曖昧に微笑んで老人のもとを離れた。

広間をゆっくりと横切り、それから通路のひとつに入ると、半開きの扉の前まで行った。くぐもった音が聞こえていた。扉を開けると、まるでぼやけた夢のなかか、昔の映画のぼやけた夢の場面のなかにいるように、鏡の前で化粧をしているか髪をとかしている女の姿がおぼろげに見えた。女は扉のほうを振り返って私に舌を出してみせた。私は原始的な恐怖に襲われて扉をばたんと閉めると、二歩ほど後じさりして躓きそうになった。通路の奥から白髪の男が何か叫んだ。怒っているようだった。私は男を無視した。考えもせずに別の扉に手をかけたが、鍵がかかっていた。白髪の男が私を罵り続けていた。さっきより小さな扉がやっと開いた。そこは明かりのない、というか日蝕にも似たか細い光がちかちか瞬いている部屋だった。ハシッシュと壊疽と干した洗濯物の臭いがした。スツールの上に赤毛で小太りの女の子が腰掛けていて、そばかすだらけの乳房をはだけたまま、ストッキングを履き直していた。彼女が微笑み、色っぽいガラガラヘビのような目で、口を開け、手招きするのを見て、私は自分が娼館にいるのではないかと思った。娼館にいるのか？

広間に引き返した。例の老人がまだ同じ場所にいた。私にまたグラスを差し出し、私は老人や他のジプシーたちに冷やかされながらその蒸留酒を一気に飲み干した。周りはそれほど気にならなくなっていた。ピアノの音がなおも聞こえていた。少し酔いが回ってきた。老人に音楽がどこから聞こえてくるのか尋ねようとしたが、老人は腐った微笑みを返し、何度か手を叩いた。ピアノ、と私は大声で言った。ピアノはどこだ？　と叫んだ。上か？　と二階を指差して言うと、老人は指輪や銀の鎖をじゃらじゃらつけた手を動かして、行くのだ、上がってみろと促した。

階段はとても幅が狭かった。上がり始めたと同時に、ピアノの音が階段を下りてきたような気がした。八十八段の階段を下りるネコ科の動物のように。私を探しているかのように。いくつもの閉じた扉の並ぶ屋根裏というか、踊り場に辿り着いた。そこは天井がさらに低くなっていて、壁はワインレッドに塗られ、通路の真ん中では黄色い電球がひとつだけ左右に揺れていた。私は腰を低くした。催眠術をかけられたような気分だった。あるいは昏睡状態。我を忘れて。存在しないが実は危険な境界線上にまたがっているような。しかしピアノの音は続いていた。すぐそこでピアノの音色が聞こえた。すぐそばで。旋律は聞こえるのに姿が見えない。見えない旋律、と思った。この世のものではない旋律、と思った。ミランに違いない。

扉のひとつを開けた。小さい粗末なベッドの端に、とても白い肌の、まっすぐな黒い髪と大きな水色の目の少女が座っていた。私のいた場所からは十五歳か十六歳くらいに見えたが、実際にはもう少し上だったかもしれない。ついさっきまで泣いていた目をしていた。ターコイズブルーのロングスカートに、白い薄手の袖なしブラウスを着ていた。裸足だった。肌は光っていて、汗のせいかもしれないが、今となってはよくわからない。手首と足首に偽の金貨をつなぎ合わせた細いチェーンをつけていた。彼女は私を真剣な、もしかすると悲しげと言ってもいい顔で見つめ、私はなぜかドアノブを握ったまま動けずにいた。突然、少女が静かに立ち上がり、私のほうにゆっくりと歩いてきた。その冷たい手を私の手の上に置いて、いっしょにドアを閉じ、そのときピアノの音が少し小さくなった。少女は思いのほか背が高かった。私は間近に彼女の顔を感じ、雨かもしかするとマンダリンオレンジの香りのする彼女の息を吸い、彼女の目にひとりのジプシーの女のあらゆる官能を見出した。またもやピアノの旋律が聞こえてきて、私は緊張のあまり笑いが洩れた。彼女は両手を私の胸に置くと、壁に押しつけた。私にぴたりと体を押しつけた。彼女の指が私の頬や首や腹部をそっと撫で、それからポケットのなかに侵入して、何枚かの札、たぶん最後の数枚に触れるまでまさぐった。私はめまいがし、熱っぽく感じたが、ときとして混乱がすべてを支配し、ときとして混乱は偉大な女王と化すことがある。少女が小さなジプシーの足を私の足の上に乗せた。彼女の性器の熱が私の性器に伝わった。私は目をぎゅっと閉じ、天井に両手をついて体を支え、あらゆるものをしっかり支え、くぐもったピアノの旋律を聴き、少女の湿った手が首から胸にかけて這っていくのを感じながら、その瞬間、ジプシーの三つ目の才能のことを思い出し、ピルエット、あれほどのピルエットを思い出し、そして私の人生のさまざまな線は、まさしくその瞬間にそこで、まさにその地点で、その瞬間において、そのあまりにジプシー的であまりに濃いターコイズブルーの幽霊の前で、ばらばらに分岐していくべく描かれていたのだと思い、そのとき突然、煙の向こう側からミランの父親の顔が見えたような気がして、そして同時にその顔は、ジプシーの言葉かヘブライ語で私を呼びながら手を差し出し、さあつかめ、そうすれば助けてやると言っている私自身の父の顔でもあるような気がした。少女の指が手慣れた動きでズボンの中に侵入してきた。私は目を開けた。両手を天井についたまま、私は少女のマジパンのような頬に口を近づけた。何でもいいからとにかく何か口に出して言いたかった。ところが少女は突然膝をついた。乱暴なまでにズボンを脱がせ、そのほてった顔をすっぽりと私にうずめ、その大きな水色の目ですがるように私を見上げた。エル・ピアーノ、と私はあまりに淫らな響きのスペイン語で囁き、少女の澄んだ水色の目に裁かれているのを感じながら至福に体を震わせて微笑んでいると、はるか彼方に、意識下で絡み合うようにして、そこで聞こえるすべての音楽と宇宙のすべての音楽ともつれ合って私自身の内側から湧き出るように流れてくる、メロディアス・サンクのシンコペーションの効いたメロディーのどれかを聞き取った気がした。どの曲か言い当てることはできない。そのほうがいい。

ポヴォア講演

数週間前、私は「文学は現実を引き裂く」というこの会議のテーマをEメールで受け取りました。実に美しいフレーズですが、しまいには頭を抱えてしまいました。この禿げ頭を数分かきむしったあとで最初にしたのは、現代文学フェスティバル実行委員長マヌエラ・リベイロにメールを書いて助けを求め、このテーマは文学と現実の交差についてなのか、あるいは現実の文学への侵入についてなのか、それともむしろ文学の現実への侵入についてなのかと尋ねることでした。すると彼女はすぐさま返事をくれました――どれも正しいと。そこで私が次にしたのは会議の出席者の名前を見て、そのうちのジョアン・パウロ・クエンカにメールを送り、この「文学は現実を引き裂く」というのがどういうことなのか、お願いだから説明してくれないかと頼むことでした。ところがこのブラジルの友人も私と同じように困惑していたのか、いらいらしていたのか、あるいは十五分の――私たちに割り振られた時間——講演原稿をすでに書き始めていたのか、すぐさま返事をくれました——俺にもさっぱりわからんよ。それで、その夜はイングマール・ベルイマンの映画でも観て、少し気晴らしをすることにしたのです。ところが観終わって寝ようとしたとき、この会議のテーマがふたたび襲いかかってきて、私はベッドで悶々としてしまいました。とても寒かったあの明け方の五時か六時ごろ、もう絶望的になりかけていたとき、私の思考はふとベルイマンの映画に戻って、まさにそこ、前の夜に観た映画の結末にその答があると気づいたのです。といってもそれについてはこの十五分の最後に話しますので、まずは最初から始めることにしましょう。

現実というテーマが私の不眠の引き金となったのでしょうが、一言付け加えておかねばなりません、実はそのころ、ベオグラード行きに必要な観光ビザを取得するためのカフカ的規模の煩雑な手続きをめぐって、精神的にかなりまいっていたのです。そしてここ、ポヴォア・デ・ヴァルジンに来る直前、あのセルビアの美しい街で、私はある幽霊を追ってとんでもない数日を過ごしました。

現実とは何でしょう。私にはわかりません。現実をどうとらえるか。もっとわかりません。しかし幸いにもここが認識論者の大会でないことはわかりましたので、神に感謝しつつ、現実の認識に関してあれこれ考えることはすぐに却下しました。その結果、この奇妙な動詞に行き着きました。引き裂く。私は暗闇で仰向けになり、動詞 rasgar はポルトガル語もスペイン語も同じ意味だろうと考えました。そして「ギターをかき鳴らす」といったスペイン語特有の音楽的な意味を除き、たとえばまず「何かを破る、切る、割く、ばらばらにする」といった意味に注目しました。三つの場面を想像したのを覚えています。一つ目。布を裁断する人。二つ目。車のウィンドウの引っかき傷。三つ目。紙を半分に破くときの音。こうしたイメージから出発して（私はものを書いたり、何かを理解をしようとするときは――この二つはほぼ同じことなのですが――常にイメージから出発することにしています）、文学がいかにして現実を引き裂くことができるのかを考えました。現実が布切れのようになるのか？　現実が車のウィンドウの引っかき傷のようになるのか？　現実が破けた紙のようになるのか？　そして、何かを理解するに至るには、というか少なくとも何かを理解しようと試みるか理解するふりをしたいのであれば、やるべきことはただひとつ、自分自身の体験に立ち返ることだと考えたのです。つまりこういうこと――私の作家としての経験において、文学と現実との間にはどんなつながりがあったか？　またはこう――私の文学はどのように現実を引き裂いたのか？　そのプロセスは常にこう、まず焼けたストーブがあり、指がそれに触れ、脳に伝わり、最後に叫ぶ。つまり帰納的なのです。

すると、いやおうなく、アウシュヴィッツにいたポーランド人の祖父の物語のことを考えてしまいました。祖父が私に語ってくれるまで、家族の誰も知らなかった話です。祖父は戦後グアテマラにやってきて、完全に口を閉ざしました。さまざまな強制収容所で過ごした日々について語ることを自ら拒んだのです。たとえば私が子どものころ、祖父の左の前腕にあった緑色の五桁の数字は電話番号で、忘れないように刺青してもらったと聞かされていました。ところが何年か前、六、七年前でしょうか、なぜか私は祖父に思い切ってインタビューさせてもらえないかと尋ねたのです。ちょっと知りたいことがある、教えてほしい、記録に残したい（「証拠」とは言いませんでした）、たぶん、あとで私自身がそれを物語にすると思う。すると祖父は実に穏やかに、いいよ、喜んで、と言ったのです。日時を決め、ビデオカメラを借り、祖父がウッチで友だちとドミノをしていたときに逮捕されたこと、家族を最後に見た日のこと、さまざまな強制収容所を転々としたこと、祖父いわくアウシュヴィッツで命を救ってくれたポーランド人ボクサーのことなどを――ほぼ六十年ぶりに――語る様子をビデオカメラに収めました。そしてそのポーランド人ボクサーにまつわる短い単純な物語が、強烈に文学的なものに思えたのです。だいたいこういう話です。祖父はザクセンハウゼンの強制収容所にいます。祖父は新しくやってきた囚人から二十ドル金貨を譲り受け、それと引き換えに食べ物やスープをその囚人に多めに分けてやるようになります。それが発覚し、祖父は鞭で打たれ、アウシュヴィッツの十一号棟に送られ、かの悪名高き黒い壁の前で銃殺されるのを待つ運命となります。その夜、つまり裁きを受ける日の前夜、祖父は人々が詰め込まれた地下牢に放り込まれ、そこでポーランド人ボクサーと知り合います。二人は同じ言葉を話します。同じ町の出身です。そのポーランドのボクサーがまだ生きているのはどうやら、ドイツ人将校たちが彼のボクシングを見たがるからで、それは推し測るに、闘鶏場の雄鶏みたいなものなのでしょう。アウシュヴィッツ十一号棟の古株にしてベテランたるそのポーランドのボクサーは、そのとき祖父に向かって一晩中、翌日の裁判で言うべきことと言ってはいけないことを叩き込みます。いわば言葉でスパーリングをしてやったのです。そして翌日、祖父はポーランドのボクサーに言えと言われたことを言い、言うなと言われたことを言わなかったことで、本当に命拾いをします。おしまい。その単純さというか、見かけの単純さ、おそらく命を救うとか命拾いをするといった言葉の使われ方に惹かれたのでしょう、私はすぐにこの物語が気に入りました。こうして私は現実を――映像までも――確保しました。次はそれを文学に移さねばなりません。ですが、この現実をどう語ればいいでしょう？　どういった観点から？　どの時点から？　たくさんの方法を試し、さまざまな語りのテクニックを用い、六、七年にわたりこの物語とともに過ごした末（いつも小脇に抱えている、とある友人からマドリードのコンデ・デ・シケーナ通りにある彼のアパートで言われました）、ついに、ひとりの孫が祖父といっしょにウィスキーを飲みながら祖父の腕の緑色の五桁の数字を見ているうち、アウシュヴィッツでの体験を聞き出す、という短篇を書き上げました。よし。完成。どうにか現実を文学に移すことができた。文学を通して現実を理解することもできた。何もかもが素晴らしい、完璧だ、印刷したての本の匂い。それもついこの間までの話です。ある朝、グアテマラの新聞の日曜版をめくっていると、コーヒーの最初の一口をすする前に、バター色の古い革のソファに座って例の緑と青の五桁の数字を見せている祖父の写真が目に飛び込んできました。祖父はインタビューで、大工としての腕があったおかげで――という箇所を二度読み返さなければなりませんでした――アウシュヴィッツを生き延びたと語っていました。

なんだって？　大工？　大工の特技？　ではあれは？　うまいことシェヘラザードになりおおせたポーランド人ボクサーはどうなった？

まさにここです。

文学というのは優れたトリック、現実を揺るぎないものに見せかける、現実がただひとつのものだという幻想をつくり出す手品師や魔法使いのトリックにすぎません。あるいは、文学とはある現実を壊すことによってもうひとつの現実を構築するもの――祖父はすでにそれを直観的に察していたのでしょう――つまり、文学はまず自らを破壊し、自らの瓦礫を足がかりに自らを再構築するものかもしれません。あるいは、ブルックリン出身の旧友がよく主張していたように、文学とは吃音症の人によるせっかちで曲がりくねった語りにすぎないのかもしれません。

不眠のまま迎えたあの寒い明け方、こうした理屈をこねながら思いを巡らせ、何か大切なことをようやく理解した、いや少なくとも見出したと思いかけた矢先、すでにベッドのなかで煙草を吸っていた私はふと、イングマール・ベルイマンを思い出しました。

映画のタイトル『恥』は、スウェーデン語でスカメン、スペイン語でベルグエンサ、ポルトガル語でベルゴーニャ。内戦中、ある島に避難する音楽家夫婦の体験を描いた作品ですが、ベルイマンなので、自然とそれ以上の話に発展します。だいたいこんな感じです。すべてを——家、財産、夫婦関係、尊厳、そして恥まで——失った夫婦は、島からも戦争からも逃れるべく難民船に乗り込みます。船はエンジンが故障し、海をさまよい始めます。最後のパン一切れ、最後の角砂糖、最後の水が配られます。男がひとり自殺します。船は大量の溺死体に行く手を阻まれてしまいます——見事なまでにおぞましい場面です。そして最後の場面で、美しいリヴ・ウルマンが、すでに死を予感させる淡々とした消え入りそうな声で、ある夢について語ります。「夢を見たわ」と彼女は言います。「素敵な通りを歩いていた。片側には大きなアーチと柱のある白い家並みがあった。反対側には緑豊かな公園があった。木々のあいだを緑の小川が流れていた。その奥に薔薇の花で覆われた高い壁があった。そして飛行機がやってきて薔薇に火を放った。でも何も起こりはしなかった、綺麗な光景だったから。川面に目をやると燃えている薔薇が見えた。わたしは女の子を抱いていた。わたしたちの娘。その子はわたしにしがみついた。その子の唇をこの頬に感じもした。そのあいだずっと、自分には何か忘れてはならないことがあるとわかっていた。誰かがわたしに言った言葉。でもわたしは忘れてしまった」。

まさにこれこそが文学です。ものを書くとき、我々は、現実に関して自分が言っておくべき何かとても大事なことがあって、それは今にも手の届きそうなところに、すぐそこ、すぐ近くにあり、舌の先まで出かかっている、それを決して忘れてはならないと知っているのです。でもいつだって、まず間違いなく、私たちはそれを忘れてしまうのです。

さまざまな日没

祖父の体はベッドの上の塊だった。黒と赤紫色のチェック模様の愛用の掛け布団で頭からつま先まですっぽり覆われた仰向けの硬い小さな姿が、部屋の戸口から見えた。土曜日だった。祖父はその土曜日の明け方、祖母の隣で眠っているあいだに亡くなった。数時間前まで私の祖父だったそのベッドの上の小さな塊は、日が落ちるまで、触れることも動かすことも禁じられていた。

私はそっと部屋に入り、死の匂いを嗅ごうとした。だが何の匂いもしなかった。というか、薬と軟膏と年寄りにつきものの、長く座ったままの暮らし特有の臭い以外には何の匂いもしなかった。祖母はベッドの向こう側、いつも自分が寝る側に、祖父の亡骸に背中を向けて腰掛けていた。背中がいっそう曲がって見えた。祖母はうつむいていた。左の膝に氷袋をあてていた。祖母のそばに、赤いぼさぼさの髭を生やし、クリーム色のシャツに黒のスーツを着た、太った禿げ頭の男がいた。男は椅子に腰掛けていたが、明らかにそれはもともとそこ、つまり祖父母の寝室にはなかったもので、おそらく誰かがその日の朝に持ち込んだのだろう。男は縁なし帽をかぶり直し、絶えず便秘に苦しんでいるかのような渋面を向け、無言でうなずいて私に挨拶を送った。私は男に歩み寄った。彼はすぐさま立ち上がり、やわらかい手を差し出した。お悔やみ申し上げます、と彼は下手くそなスペイン語で囁き、私はなぜか、たぶん気が張っていたせいか、男が威厳を保とうと必死になっていたせいか、少し笑ってしまった。見知らぬ者同士が出会うとき、厳粛さは笑劇になる。男はますます真面目な顔で、私に何か言うか主張しようとしかけたが、そのとき祖母がやっと顔を上げた。レイベレ、と祖母は私の手を探しながら呟いた。祖母は祖父をそう呼んでいた。レイベレ、イディッシュ語で「ライオン」、つまりスペイン語のレオン。屈んでキスをして抱きしめると、祖母は私の手を両手にしっかり挟んで、まるで海に浮かぶ救命ブイのように——とそのとき私は思った——すがりつき、私は軽いめまいを感じながら、氷袋が絨毯の上にずり落ちそうになっているのを見つめた。その膝はどうしたのと尋ねてみた。祖母は何か言おうとしたが言えず、ただ唇をぎゅっと結んだ。

これをかぶって、と男がややぞんざいな口調で言いながら、白い小さな縁なし帽を差し出した。敬意の印だ、と男は言い、私は手渡されたその白の縁なし帽を見つめた。ヘブライ語でキッパー。イディッシュ語でヤルムルケ。誰に対する敬意なんだ？　と尋ねようかと思った。でもそのまま頭にかぶった。さあ、座って、と男が言った。彼は脇にどけて椅子を指し、私は礼を言った。椅子は生温かかった。

祖母は独り言でも呟くように、ただ自分の存在を思い出させようとするかのように何か囁き、かすかに頭を振り続けた。私の手をまだつかんだままだった。左膝には氷袋がまだかろうじて載っていた。祖母は鎮静剤を飲まされた人のような、淀んだ焦点の定まらない目をしていた。

シュローモ、と男が言った。

私は顔を上げた。相手の言葉に集中しようとしたが、私に見えたのは彼の口の周りの赤毛の髭にいっぱいくっついたお菓子かパンの屑だけだった。私の名はシュローモ、ラビだ、と男は言った。我々は初対面だ、君と私はね、と言うと、私の視線が汚いぼさぼさの髭に注がれているのに気づいたのか、すぐさま手で擦り、パン屑が粉雪のように絨毯の上に舞った。でも私は君のことを知っているよ。お孫さんだ、と男は言った。芸術家だ、と言われ、私は少し馬鹿にされたような気がした。弟と間違われているのかはわからなかったが、それを尋ねるのも正すのも面倒で、ただ、はい、私です、とだけ答えた。

ラビは、ゆっくりと、たどたどしく、きつい外国訛りのスペイン語を話した。おそらくイディッシュ語かイスラエルの訛りなのだろう。きっとこの人が新しいラビなのだろうと思った。グアテマラのように小さなユダヤ人コミュニティーでは（百家族とよく言われる）、ラビはいつも外国から連れてくることになる。子どものころ、マイアミビーチ出身のラビがいたのを覚えているが、正統派よりさらに真面目な人で、いつも鼻をすすり、湿ったハンカチを肌身離さず持ち、あらゆる祈禱を英語でやった。パナマから来たラビは金を持ち逃げした。メキシコからは祭日のときだけときどき呼ばれていたラビがひとりと、もうひとりメキシコから来ていたラビは、祈りの最中に大汗をかき、礼拝の途中で帽子を取り替えるような人だった。しかしラビの大半は、私が覚えているかぎり、アルゼンチンの出身だった。ひとりは四六時中ボカ・ジュニアーズを誉めそやし、異宗派婚を戒めているような奴だったが、カトリック教徒のグアテマラ人女性を妊娠させ、結婚する羽目になった（オウンゴールだな、とそのとき祖父は自説を開陳した）。もうひとりのアルゼンチン人はカルロスという名の好青年で、ちょうど私がユダヤ教と家族から（両者のどちらかだけというわけにはいかない）距離を置くようになったころに赴任してきて、私にジャズの話ばかりした。そのころ私はジャズを聴き始めていた。彼もジャズを聴いていたか、ジャズに詳しかったか、あるいはいくつか名前を知っていただけで、私と親しくなるきっかけにしたのかもしれない。いずれにせよ、当時の私はあらゆる点で大いに悩んでいて、あらゆる面でとても傷つきやすく、くじけてばかりいた。父の家からも、父の宗教からも、父のガラス張りの世界からも逃げ出したところだった。だから、カルロスが私をしつこく責めたりせず、ただアームストロングやコルトレーンやパーカーやモンクやミンガスやブルーベックの話ばかりしてくれたことが、私にはとても嬉しかった。ただし最後に会ったとき（彼はのちにイスラエルに家族とともに引っ越した）を除いて。街中の子供向けアイスクリーム店の前だった。私たちは挨拶を交わした。少しお喋りをした。私が自分の置かれた状況について、たぶん若干の不安か悲しみをこめて語っていると、カルロスが出し抜けに、君はアブラハムの話を覚えているかと尋ねた。最初のユダヤ人だ、と彼は笑顔で言い足した。私は、いや、とか、だいたいそんなことを言った。彼は笑みを絶やさず、創世記の一節を引用した。汝は汝の生まれ故郷、汝の父の家を出て、我の示す地に行きなさい。レク・レカ、と彼はヘブライ語で言って目配せし、そしてそれが最後になった。

そこに、別の都市にいた私の目の前に、聖十字架教会の巨大な白い柱のなかに、ショパンの心臓があった。

心臓が白い柱のなかに安置されているのか、それとも下に埋まっているのかはわからなかった。でもたしかにそこにあった。私の目の前の、そのワルシャワの教会の荘厳にして陰気な空間に、ショパンの最後の望みに従って。

＊

一八四九年にパリで亡くなった二日後、彼の心臓は取り出されてアルコール漬けにされた。ブランデーだったと言う人もいる。コニャックだったと言う人もいる。その後、姉のルドヴィカがパリから秘密裏にワルシャワまで運んだ。人目を避け、畑や国境を越え、プロイセン憲兵隊のいくつもの検問所をかいくぐり、一説によると、彼女は密閉したガラス容器をスカートの下に隠して運んだという。彼女の温かい脚のあいだでブランデーかコニャックに浮かんでいる弟の心臓。そうやってガラス容器に入れられ、ようやく私の目の前にある聖十字架教会の白い柱に埋葬され、以来そこに眠っている。第二次世界大戦の最後の数か月を除いて。一九四四年八月、ワルシャワ蜂起の最中に、ショパンの心臓はツェレウスキーというナチの将軍によって掘り出された。ツェレウスキーは数十万人のポーランド市民虐殺の責任者にして、アウシュヴィッツ強制収容所の設置と運営を最初に推進したイデオローグであるだけでなく、クラシック音楽の熱心な愛好家でもあった。ツェレウスキーがドイツ軍の爆撃からショパンの心臓を守ったと言う者もいれば、ツェレウスキー自身の死者の形見や珍品のコレクションに含めたかっただけだと言う者もいる。

教会から凍てつく夜の街に出た。道行く人たちをつぶさに眺め、新世界通りを挟んで向かい側にあるワルシャワ大学の古い建物を眺めつつ、ピンクのコートのボタンを上まで留めた。煙草に火をつけ、聖十字架教会の前の黒御影石のベンチに座って一服し、なぜかジャズ・ピアニストのデイブ・ブルーベックと彼のポーランド巡業のことを考え始めた。一九五八年三月、アメリカ政府はブルーベックに、ポーランド七都市を回る計十二のコンサートツアーの予算を与える。冷戦のさなかのある種の音楽またま文化外交使節として。アメリカ的生活の伝道者として。クール（彼の未来のあだ名）の大使として。ブルーベックはすでに名声を博していたカルテットと妻アイオラを伴ってポーランドを巡業し、ポズナニで開かれた最後のコンサートでアンコールを求められ、舞台に登場したとき、その日の午後、ウッチからの鉄道の旅の最中に頭のなかで作曲したか書き上げた曲「ジェンクイエン」（ポーランド語で「ありがとう」）を初めて弾いた。優しく、憂愁に満ち、ノスタルジックで、ショパンの旋律のどれか、おそらくノクターンの一曲か前奏曲ホ短調とほとんどそっくりな曲だった。ブルーベックはこの曲をショパンへのオマージュだと述べている。ブルーベックはその数日前にこの偉大なピアニスト兼作曲家の生家を訪れた際、ふと自らが幼少期を過ごしたカリフォルニアで家族が経営していた牧場の風景を思い出したのだという。母がショパンを弾いているあいだ、ブルーベック少年はピアノの足元の床のペダルのそば、裸足でペダルを踏む母の足元に座っていたそうだ。ブルーベックは、ショパンの音楽はジャズのなかにずっと流れていたと言う。ブルーベックは当時あれらの国々で、鉄のカーテンの向こう側にいたあの人々にとって、ジャズは自由の声だったと言う。

黒御影石のベンチに、四つか五つの、とても色白で分厚く重ね着をした少女がひとり近づいてきた。少女はポーランド語で私に何か言った。私は白い息と煙をいっぱいに吐き出し、ただ肩をすくめた。少女は手袋をはめた小さな両手をベンチに載せて、黒御影石を撫で始めた。私は微笑みかけた。少女も笑みを返し、また何かを口にし、たぶん何かをしてくれと言った。私は首を振った。少女はベンチにもたれて、いたずらっぽく、そしておそらく私の特大の婦人物みたいなピンクのコートに驚きながら、微笑み続けていた。少女の両手が黒御影石の上を、まるで禁じられたものに手を伸ばすかのようにそっと這い、やがて私には見えてすらいなかった金属製のボタンに触れた。少女が両手でボタンを押すと、とたんにあるメロディーが流れ始めた。穏やかに。かすかに。雑踏と車の騒音でほとんど聞き取れないくらいの音が。そのときひとりの婦人が大きな声で呼び、少女はそちらへ駆け出し、二人は手をつないで去っていった。私はピンクのコートにくるまって煙草を吸いながら、人で溢れ返る歩道を二人が遠ざかっていくのを見つめ、黒御影石のなかから、いやひょっとするとワルシャワそのもののなかから立ち昇ってくるショパンの葬送行進曲のひどい録音を聞きつつ、もう二、三分その場に留まっていた。

＊

祖母が私の手を離し、わずかに体を動かすと、背後の黒と赤紫色の掛け布団もわずかにずれ、私は祖父の死に顔が見えるのではと慄いた。

祖母は私に何か言いたそうにしていたが、言葉が出てこなかったのか、あるいは何を言うべきかわからなかったのかもしれない。私は祖母の体を支えるように、少しだけ屈み込んだ。ああ、エドゥアルディート、と祖母は囁き、それからかすかに微笑んでこう言った。おじいちゃんはお前をそう呼んでいたんだね？　そして祖母はエドゥアルディートともう二回ほど繰り返したが、顎を震わせ、声は次第にか細くなり、水色の目はまた下を向いてしまった。私は祖母の顔をしげしげと見た。祖母は優しい人だった。思いやり深く親切だったが、涙もろいところもあった。いつだったか、祖母の父、カード賭博で一家の全財産をすってしまった私のアレッポ生まれのユダヤ人の曽祖父は、子どもたちには手にキスすることしか許さなかったと話してくれた。それだけ。手にキスするだけ。わたしはね、と祖母はひどく悲しそうに言ったものだ。わたしは父を一度も抱きしめたことがないんだよ。

遠くの食堂と居間のほうから、最初の弔問客のざわめきが次第に大きくなりながら聞こえてきた。

＊

子どものころ、父にその古いマットレスに寝ている人たちは何をしているのと尋ねたことを覚えている。

初めて訪れたその家は、どこもかしこもあまりに暗く見えた。鏡はどれも白いシーツで覆われていた。小卓の白いテーブルクロスの上に、灯をともした燭台、ドーナツ、チーズのサンドイッチ、アニスやバニラ味のキャンディがあった。床には、コーヒーをこぼしたみたいな黄色や黄土色の染みだらけの、今にも破けそうな古いマットレスが敷いてあった。あとで知ったのだが、故人の近親者は、七日間、その汚いマットレスに座って寝ずの番をすることになっていた。体を洗うのは禁止。着替えも禁止。顔は青白く灰色がかり、(女性は)化粧もせず(男性は)髭も剃らず、目は淀み、べたついて、一滴の涙も残っていない、限界まで出し尽くした人のようだった。みな白い靴下を履いていたが、七日も経つともう白ではなくなっていた。男たちのシャツは破けていた。要するに胸ポケットを引きちぎってしまって、心臓のあたりがほつれていたわけだが、私にはその光景が恐ろしいと同時に魅惑的に思え、まるで内臓を飛び出させたまま生きているように見えた。

父は、おそらく私が大声で尋ねたから、そしてその小さすぎる部屋が他の弔問客でごった返し始めたからだろう、血相を変え、普段よりやや大きく目を見開いて私を上から睨みつけた。父の返事は、私だけが感知できるよう狙いを定め見事に調律された、冷たく用心深い囁きの糸を伝って私の耳に届いた。喪に服している。

喪。その言葉があの光景に、そして私が感じていたあの恐怖と魅惑の相反する混在に重々しく被さった。ヴェールのように。あるいはチュールのように。あるいはTシャツにアイロンでくっつけるアップリケのように。Tシャツの、布地の一部になったように見えても、時が経つうちに色がぼやけて少しずつ剝がれ落ち、そのアップリケの痕跡だけが残る。なぜなら大人になれば、喪のような言葉のシニフィアンとシニフィエを、その精神分析学的な意味(フロイト——喪とは愛する人の喪失、または祖国や自由や理想など何かの代償となっていた抽象の喪失に伴う反応である)を探求して理解したり、哲学的意味（デリダ――喪の機能が機能する言語にとって、そのときメタ言語は存在しない）、文学的意味（トーマス・マン――私たちが死者に対して喪に服すと名づけているそれは、おそらく彼らを呼び戻せないのを嘆いているというより、自分がそうした気持ちになれないのを嘆いているにすぎない）までを探求して理解したりするからだ。学び、本を読み、頭が半分禿げ上がり、喪のような言葉を口にするときもアカデミズムの見方をとる。喪という言葉を理解で満たし、知識と福音で満たし、そうこうするうちに、喪という言葉もいつか色がぼやけて剝がれ落ち、そのもっとも基本的な意味を少しずつ失い始める。その力を。その恐怖を。その暴力性を。ドーナツとチーズサンド、小部屋に閉じこもった親族たちの体臭、妙な染みだらけのマットレス、数人の不格好な裸足の人々がカディッシュを三度唱えるあいだ、鏡の前でかすかにはためく白いシーツ、蠟燭の炎でぼんやりと琥珀色に照らし出されたあの部屋における、喪という言葉の途方もない大きさのことも。死者への祈りは三度唱える。私は父の手を握りしめていた。そしてその父の手を私は離さずにいた。喪という言葉にいつまでも怯えていたから、喪のイメージにいつまでも怯えていたから、白いシーツで覆われてはいても、そこでは死者の亡霊がうごめき、身を震わせていると信じ込んでいたからだ。

＊

ラビは（話を聞いてもいない）祖母にノアと洪水と雲のあいだの虹の話をしていた。私は祖父母の寝室を観察し始めた。ベッドの脇には、祖父がかろうじて持っていたポーランド、ウッチの家族の唯一の写真が貼ってあった。全員がゲットーや強制収容所で亡くなっている。ラケル（ウラ）とライゼル（ルシュカ）の姉妹、弟のサロモン（ザルマン）、父サムエル（仕立て屋）と母マーシャ（洗濯婦）。灰色で、味気ない、私にはあまりに縁遠い顔だ。ポーランドに行きたい、ウッチに行きたいと最後に祖父に言ったときのこと、そのとき祖父が示したほとんど乱暴なまでの反応のことを考えた。どうしてポーランドなんかに行きたがる、と祖父は言った。ポーランドなんかに行ってはいかん、と祖父は言ったが、あとで小さな黄色い紙切れにウッチの家の行き方を詳しく書いてくれた。青果市場の近く、ポニャトフスキ公園の近く、ゼロムスキ通りと五月一日大通りの角の十六番地の一階。そして祖父の前腕に刺青された69752という数字、私が子どものころ祖父は電話番号だと言っていた、忘れないようそこに刺青してもらったと言っては笑っていた、あの緑色のぼやけた数字のことを思った。そしてアウシュヴィッツから生還したもうひとりのポーランド人、本人の語るところによれば、戦争から何年も経ったころ、腕の数字176を手術で剝がし、だがそれを捨てるのではなく、ホルムアルデヒドを満たしたガラス瓶のなかにその皮膚の一部、彼女の一部を保存したレナ・コーンライヒのことを思った。そして、プリーモ・レーヴィと、プリーモ・レーヴィの腕に刺青された174517という数字のことを思い、祖父が自らの数字を避け、隠し、それを直視しないよう笑い話に変えていたいっぽうで、コーンライヒ夫人が自らその数字を剝ぎ落としたこと、プリーモ・レーヴィが数字を自らの墓に刻むよう指示していたことを思った。実際そのとおり、トリノのユダヤ人墓地にあるレーヴィの墓碑銘には、彼の名と彼の数字が刻まれている。家族にもらった彼の名と、より忌まわしいもうひとつの名。どちらも、望もうと望むまいと、彼という人間の切り離そうにも切り離せない一部となっていたのだろう。

＊

いまやラビは（話を聞いてもいない）祖母に洪水後の神との契約がどうとか語り始めていて（ハシェムと何度も言っていた）、私は祖父母の寝室を観察し続けた。場違いなものが三つ見つかった。祖父のナイトテーブルの燭台に灯がともされ、壁の鏡は大きな白のシーツで覆われ、隙間風を防ぐためにいつも閉めたままにしていたはずの窓が大きく開け放たれていたのだ。シュローモが祖母への短い説教をすでに終えていたので、私はこの三つの点について彼に尋ねてみた。シュローモはそこに立ったまま、私にそれらのことを説明するのが嬉しくてたまらないようだった。彼は小声で、ユダヤ人が死んだときには家の燭台に灯をともす、炎が負のエネルギーを追い払ってくれるからだ、ユダヤ人が死んだときには家のすべての鏡に覆いをかける、そうやって虚飾を取り払うのだ、ユダヤ人が死んだときには遺体を安置した部屋の窓を開け放つ、これは象徴的なものだが、そうすることで、トーラーやダニエル書に書いてあるように、死者の魂が天に昇るのを助けるのだと説明した。シュローモは慈悲深い笑みを浮かべ、ヘブライ語の言葉を二つ唱えて話を締めくくり、私にはそのうちのひとつがアルパスと聞こえた。突然、シュローモが少し私に近づき、少し屈み込んだ。彼が何かもっと、とても儀礼的なこと、とてつもなくユダヤ的なことを言うのだろうと思った。歯を食いしばった。実は昨日、と彼は言った。ティカルから戻ってきたんだ。

私は祖母の膝の上でぐにゃりと溶けつつある氷袋を見つめた。

君はティカルへ行ったことはあるかね、とシュローモは言った。私はティカルがとっても気に入ったぞ、と彼は言い、ペタンの密林にあるマヤ文明の遺跡に対する自分の熱意がちゃんと伝わったか確認するかのように、とっても、とっても、と二度くり返した。私は何も言わなかった。彼の熱意は死者の前で場違いに思えた。立ち上がってそのことを彼に伝え、できれば何か言い訳をして、早く祖父母の寝室から立ち去ろうと思った。ところがラビはその生温かい毛むくじゃらの手を私の肩に置き、とても静かな声で、言葉を吐き下ろすようにして自分の旅について語り始め、マヤの神殿、熱帯の暑さ、密林の動物たち、あらゆる観光客のことをいちいち挙げ、ちびで肌の黒いフアンというガイドについて語り、素晴らしいガイドだったと言い、そして私をじっとさせておこうとするかのように、私が一刻も早くそこを去りたがっているのを察したかのように、私の肩をしっかりと押さえながら、とても親切な奴だったと言った。君はガイドのフアンを知っているか？　と訊かれて、私はあらんかぎりの皮肉を込めて微笑み返した。フアンは我々に一日中付き合ってくれたうえに、いいかね、その日の終わりに、皆さんは神殿の上から夕陽を見たくありませんかと訊いてきたんだよ、どの神殿だったかは忘れたが、たぶんいちばん大きくて高い奴だな。シュローモはそれを思い出すかのように祖父母の寝室の天井を見上げた。私が上まで皆さんをお連れします、とフアンは言った。あそこの上からはジャングルの縁に沈む素晴らしい夕陽が見えるでしょう、とフアンは言った。

廊下に響くサンダルの音がシュローモの話を遮った。私はすぐにその足音が、二十年前から祖父母の家で料理人として働いているエルサルバドル人のジュリーだとわかった。

ジュリーは寝室に入ってくるとまっすぐ私のところへやってきた。私は立ち上がって彼女を抱きしめようとしたが、何かの重み、たぶん肩に置かれたラビの手の重みのせいで立ち上がれなかった。ジュリーは金歯と銀歯を見せて微笑んだ。私たちは中途半端に抱き合った。やっとドン・レオンも安らかに眠りにつかれたのですね、と彼女は言うと、黒と赤紫色の掛け布団のほうに体を向け、私は生前の祖父を最後に見たときのこと、そう、数週間前、バルカン半島での（幽霊を探す）長い旅とポルトガルでの（現実を引き裂く）旅から戻ってすぐ、末期にさしかかっていた祖父を最後に見舞ったときのことを思い出した。私は別れを告げるために祖父の家に来た。それが最後になるとわかっていたのだ。祖父はすでに重い病を患っていた。意識もほとんどなかった。やせ細り、衰弱し、うろこのような皮膚は黄ばんでいた。祖父はうわごとを言った。ベッドのすぐそばに母を見たと思っていた。ドイツ兵の姿が見えると思っていた。おじやおばは食堂でコーヒーを飲み、いとこたちは居間でサッカーのスペインリーグを観戦中だった。私は寝室のなかをそっと覗き、戸口に立って、ジュリーがベッドのそばの絨毯に膝をつき、祖父の禿げ頭を撫でているのをじっと見つめていた。なかには入らなかった。その必要はなかった。私は無言で、戸口から祖父にさよならを言い、白い仕事着姿で膝をつくジュリーを見つめ、彼女が無益な言葉、慈悲深い言葉、励ましと思いやりの言葉を囁いているのに耳をすませていた。

ジュリーはベッドの上の祖母の隣に腰掛けた。彼女は祖母の手を握りしめた。何か要りますか、ドニャ・マティルデ？　と彼女は尋ねた。だが祖母は何も言わなかった。ドニャ・マティルデ、何か要りませんか？　すると祖母は大義そうに体を起こし、いいや、なんにも、どうもありがとう、と言った。ジュリーがさっと立ち上がった。ため息をついた。姫りんごのシロップ煮をつくったの、ともう背中をこちらに向けてドアのほうに歩き出しながら私に言った。私が彼女のつくった姫りんごのシロップ煮に目がないことを知っていたのだ。あなたの分を少しだけ瓶に分けておきましたからね、と彼女は言った。忘れずに瓶を持って帰るのよ。

祖母が膝の氷袋を置き直し、ラビが私の肩をぎゅっとつかんで注意を促し、そこでだ、と話し続けた。夕陽を見にティカルの神殿を上まで登ったんだ。

私は腹に何かを感じた。怒りだったかもしれない。

上から見るジャングルはどこまでも続いていてね、とラビはぼさぼさの髭をさすりながら小声で言った。夕陽はオレンジ色で、それが沈んでいくんだ、木々のあいだに隠れるように。信じられない光景だった、と彼は言った。

祖母が咳き込み出した。汚れたハンカチで口を覆った。

神殿のてっぺんには先住民の男がいた、とシュローモが言った。そこのてっぺんに座っていたんだ。裸足で。浅黒い男だった。革とゴムサンダルが脇にあった。男は膝にノートを載せて日没をスケッチしていた。

祖母はハンカチのなかで咳き込み続けていた。シュローモは黙れと言わんばかりに祖母をちらりと見やった。

その先住民の男は日没をスケッチしていた、とシュローモは私の肩に片手を置いたまま繰り返し、もう一方の手で宙に絵を描く仕草をした。だが何かこう、慌てて描いていたんだ、と彼はその真似をしながら言った。大急ぎでクレヨンで色を塗ってしまうと、と彼は言った。そのページをちぎってマヤの神殿の上に、先祖たちが積み上げた石段の上に投げ捨て、それからまた新しい日没の絵を描き始めた。わかるかい？　絵は一枚一枚違っていたのさ、日没はどれも違っていたんだ、まるで本当にたくさんの日没があるみたいに。現にすべてが一刻一刻と姿を変えていた。雲の動き、太陽の位置、空の色。すべてが。その先住民の男はそうした変化を急いで描きとめていたんだ。そこに、そのノートの上に形にしていたんだ。ノートに日没の一瞬一瞬を記録していたというか、そんなところだ、とシュローモは言った。だがカメラを使うのではなく、自分の目と手とクレヨンでそれをやっていた。想像力を使って、と彼は言った。信じられないことだ、と彼は感動して、感動のあまりもはや小声で話すのをやめ、荘重な声で、ほとんど神話を語るときのような声で言った。その先住民の男はね、と彼は語り続けた。描いた絵を神殿にばらまき、何枚かは風で飛ばされてしまった。それでもまるで気にしないんだよ、と彼は言った。そんなことはどうでもいいって顔なんだ。シュローモはなおも屈み込み、なおも私に顔を近づけた。なんとね、と彼は温かく言った。我々十人か十五人ほどの観光客までもが、ジャングルの日没のことなどすっかり忘れて、その先住民の男がクレヨンで描いていた日没の絵をじっと見つめていたんだよ。信じられないだろう？　日没そのものより、その絵描きや、彼の描く日没の芸術のほうが面白くなってしまったんだ。シュローモが赤毛の髭のあいだで汚らしく笑った。君ならわかるんじゃないかな？　君ならわかるはずだ。

廊下をやってくる声がした。その隙にラビの手を払いのけると、彼はまごついて、ほとんど気分を害した様子だったが、私はかまわず椅子からさっと立ち上がった。

黒いスーツに黒のネクタイと黒い表情の二人の老人が入ってきた。祖父の昔なじみの二人だろう。私には誰だかわからなかったが、向こうは私を知っていたらしく、近づいてくると二人揃って、とても残念だ、ドン・レオンは偉大な男、偉大なユダヤ人、偉大な生還者だったと言った。そして彼らが話し続けているあいだ、私は祖父の腕に刺青された数字のことを思った。あの分厚い黒と赤紫色の掛け布団の下、祖父の腕の上ですでに朽ち始めているであろう緑色の古ぼけた五桁の数字のことを思った。アウシュヴィッツのことを思った。さまざまな刺青を、さまざまな数を、さまざまな絵を、さまざまな神殿を、さまざまな日没のことを思った。私は二人の老人に、あなた方は間違っている、祖父はなによりもまず偉大なウィスキー飲みだった、ウィスキーを飲むことにかけては達人だったのだと言おうと思った。だが結局は、ただもごもごと、そうですね、偉大な人でした、ありがとうございますと呟き、そうしているうちに初めて泣きたい気持ちになり、それで、祖父だったその小さな塊からそそくさと離れ、その部屋からも、その家からも走って逃げ出し、通りに出て、かなり遠くまで行ってから、ようやく白の縁なし帽を脱いで、ゴミ箱に投げ捨てた。

修道院

その旧型の重々しい茶色のシトロエンは〈カディマ・ホテル〉の前に停まっていた。

ドアを開け、助手席に乗り込む前に、そこにあった小さなスーツケースをどけねばならなかった。タマラに何のスーツケースかと尋ねた。彼女は微笑んだ。内緒よ、と言うと後部座席にそれを放り投げた。で、どこへ連れていってくれるんだい？　と尋ねたが、彼女はエンジンをかけてまた微笑むだけで、私に弟のことを尋ねた。空港で一緒にいたのは弟さん？　そう、弟だ、十四か月違いの、と私は答えた。双子みたいにそっくりね、とタマラが声を上げた。ああ、と私は言った。一見するとね、でも実はかなり違う。どういう意味で違うの？　とタマラが急ブレーキを踏みながら尋ねた。弟のほうが背が高い、と私は言った。浅黒い、と私は言った。もっと優しい、と私は言った。もっと自由だ、と私は言った。それに弟は神の手を持っている。タマラがくすっと笑った。で、妹さんは？　ああ、妹はね、と言いかけたが、途中で完璧な言葉を少し考えてというか少し感じてというか探して黙り込んだ。妹はとことん大胆不敵な奴だと言ってもよかった。妹はとらえどころのない奴だと言ってもよかった。でも水銀のようにとらえがたい、風に舞う落ち葉のようにとらえがたい、指をぽきぽき鳴らしたり、上唇を舐めたりする何気ない仕草、そうやって何も言わずにすべてを伝える仕草のようにとらえどころのない奴なのだと。結婚式はいつ？　とタマラが尋ねた。明日の午後だ、と私は答えた。でも行かない。彼女が戸惑った表情でこちらを見た。今なんて言ったの？　タマラの運転は下手くそで乱暴で、アクセルもブレーキもぎりぎりで急に踏み、ギアレバーは怒りにまかせるように引いたり押したりしていた。これは酔いそうだと思った。式には出ないことに決めたんだ、私はドアハンドルをしっかり握り、自分の決断だということを強調して言った。行けないのか行きたくないのかはわからない、と私は言った。彼女は低い声で唸った。たぶん非難しているのだろう。あるいは単なる唸り声。たぶん私の言葉を信じていなかったのだろう。短い沈黙のあと、私は友だちのヤエルのことを尋ねてみた。友だちのヤエルって誰？　君の友だちさ、と私は言った。ヤエルだ、と私は言った。君と知り合ったとき、一緒に旅行中だったろう。誰のことを言っているのかわからないわ、エドゥアルド。あなたと知り合ったときはちょうど兵役を終えたばかりで中米を旅行していた、と彼女は言った。わたしひとりでね、と彼女は言った。

理解できなかった。からかっているんだろうと思った。ヤエルだよ、アンティグア・グアテマラのスコティッシュバーで働いていた子だ、僕の母方の家族と同じ姓の子だ、肩のラインがとても綺麗で、臍に銀のピアスをしていた子だよ、と言おうかと思った。

いきなりタマラがダッシュボードに屈み込んで小さな緑色の箱を取り出した。彼女は赤信号を無視したことにも気づかなかった。車は曲がり角で、駐車すべきでないところに停まった。タマラはまたダッシュボードに屈み込み、書類か絵葉書の束のようなものを取り出すと、これを見て、と言った。彼女はハザードランプをつけた。

それは厚手の上質紙にプリントされた白黒の写真だった。まだ薬品の臭いがしていた。写真はどれもピンぼけで、枠からもずれていた。うちの一枚には横から写した鼻だけ、別の一枚では片側だけの笑顔、別の一枚では首の一部、別の一枚では分厚い真っ黒な眉だけがどうにか見えた。理解できなかった。何だこれは？　と彼女に尋ねた。父の友人が撮ったのよ、とタマラは言った。お年寄りのユダヤ人でね、と彼女は言い、そのあと素早く突くように、盲人なの、と付け加えた。タマラに笑顔はなかった。緑色の小さな箱をいじっていた。盲目の写真家なの？　と私は尋ねた。写真家なのに目が見えないの？　おそらく私たちがおかしなところに停まっているのに文句を言ったのだろう、後ろの車がクラクションを鳴らした。写真はどれもパレスチナの子を写したものなの、とタマラが言った。その人はパレスチナの町や村に出かけてパレスチナ人の子どもの写真を撮っているのよ。わたしも一度ね、と彼女は言った。その人と父についてラマラに行った。その人はベンチやときには地べたに座って、男の子や女の子が近寄ってくるのを待って、そこでいきなり自分のカメラを、旧型のフイカを、子どもたちに向ける。子どもたちは、彼のカメラにも、彼の大胆さにも、彼の目が見えないことにも惹きつけられる。子どもたちがカメラを触っているあいだ、彼も手を伸ばして子どもたちを触り始める。髪の毛、腕、肩、特に顔を。ゆっくりと。優しく。いかにも愛おしそうに。手を通して、触覚を通して子どもたちを知ろうとしていたのね。子どもたちはそんなことにはほとんど気づかない、それか少し笑うだけ。そのあと子どもたちがカメラから手を離すと、彼は子どもたち一人一人の写真を一枚ずつ撮り始めた。というかそれぞれの子どもの目鼻立ちを。あっという間に。子どもたちですら気づかないほど。そのあと、家に帰る途中、車のなかで、どこを撮るかはどうやって決めているか彼に尋ねてみたの。タマラはここで一息つき、やかましい軽トラックが遠ざかるのを待ってから、話を続けた。最初、彼はわからないと言った。それから少し考えたあと、もちろんその子のもっとも美しい部分だ、と言った。それからさらに少し考えたあと、彼は微笑みながら、目は常にもっとも美しい部分を捉えるものだ、と言ったの。タマラは運転席のドアを開けた。そこにあるのは、あの日ラマラで撮った写真を現像したものよ、と彼女は言った。どうして車に置いてあったのかわからないけど、と彼女は言った。気に入った？　私はイエスでもありノーでもあると答えそうになった。パウル・ヴィトゲンシュタインは第一次世界大戦で右腕を失ったあと（これを克服するにはいかなる哲学が求められようか、と弟のルートヴィヒは書いている）、片手でピアノを演奏する術を身につけたばかりか、偉大な作曲家に委嘱して――プロコフィエフ、シュトラウス、ラヴェルなど――左手のための独奏曲や協奏曲を書いてもらったのだと答えそうになった。セロニアス・モンク（あるいは彼の妻いわくメロディアス・サンク）のノートによれば、天才とは誰よりも自らを模倣する者なのだと答えそうになった。でも私はただ、その写真をダッシュボードのなかに、地図やら書類やらキャンディやチョコレートの包み紙やら、プラスチックのケースに入った二つの未開封のコンドームと思しきものやらが散らかるダッシュボードに戻した。

これあげるわ、とタマラは言って緑色の小さな箱を私に渡した。すぐ戻るから。白抜きの文字で〈ノブレス〉、黒の文字でヴァージニア・ブレンド。

＊

煙草に火をつけた。シトロエンのなかは暑かった。子どもの写真がまだ頭にあったからか、道の向こう側で二人の少女が通行人に混じって遊んでいるのが目にとまった。十歳か十二歳くらいだろう。たぶん姉妹か親友同士。ひとりが突然、地面に飛び込みの姿勢で身を投げ出した。そしてそうやって手でまっすぐ体を支えたまま、あらゆる通行人に混じって歩き始めた。実に自然に。頭を下に歩く通行人。足を上に歩く通行人。あべこべの通行人として。やがて逆立ちのまま回れ右をし、もうひとりの少女がいる場所まで戻ってきた。今度はもうひとりの子の番だ。その子はためらっていた。友だちか姉と思しき子が励まし、やり方を説明しているようだった。でも無駄だった。最初の子がまた気をつけの姿勢をし、細い両腕を前に伸ばし、地面に向かってまた飛び込みの姿勢で身を投げ出すと、通行人のあいだをふたたび逆立ちで歩き始めた。完璧だった。優美だった。体操選手のようによく研究した緻密な優美さだった。両脚はぴんと伸びていた。大勢の通行人の頭のあいだから彼女の両足が突き出ていた。逆立ちを終えるともうひとりの子が手を叩いた。二人とも手を叩いた。私はシトロエンのウィンドウを開け、煙草を投げ捨てながら、ピルエットはいつだって理解しがたいものなのだと思った。そのあと奇妙なことを思いついた。自分はその場面を忘れるべきではない、少女がエルサレムの歩道を逆立ちで歩く、エルサレムの歩道を足を上にして歩く、イスラエル人に混じって足を上にして歩く場面を記憶に留めようとしなくては、そのもっとも美しい細部を見つけ出して心のカメラで、盲人のカメラで写真に残しておかなくては、理由はいつかわかるだろうと。私はあの年老いた写真家を真似て両目を閉じた。まるでそうすれば十分であるかのように、私の瞼がシャッターで、それを閉じるだけでイメージが定着するかのように。目を開けたとき、二人の少女は手をつなぎ、通行人のあいだを速足で、ジグザグに、ほとんど跳びはねながら遠ざかっていくところだった。

＊

新しい煙草に火をつけた。時計を見た。シャツの袖で額の汗をぬぐった。ハザードランプの点滅が鬱陶しくなってきた。

すぐそばの歩道に浮浪者がいた。老人。髭もじゃ。埃だらけ。襤褸をまとい、イスラエル国旗のような色の毛布にくるまっていた。段ボールの切れ端に膝をついて座り、何か独り言を呟いていた。煙草を吸いながらしばらく眺めているうち、浮浪者の横にある塊――小さくて真っ白で微動だにしない――が猫であることがわかった。これだけ大勢の通行人がいるなかで猫がそんなにもじっとしていることなどありえない気がした。強張りすぎじゃないかと思った。ひょっとしてぬいぐるみなのかもしれないと思った。あるいは寝ているのか。あるいは死んでいるのか。死んでいるだって？　私はドアを開けて外に出た。

浮浪者が二、三歩先で何か呟いた。私は車のドアを開けたままゆっくりと近寄った。猫を見て、ちょっとでも動きはしないか、あくびでもしないか、猫らしく伸びをしたりしないか、とにかく死んでいないことがわかるように何かしてくれないかと考えた。でも見つめれば見つめるほど、その寝そべった無気力でやせこけた猫はますます本当に死んでいるように思えてきた。煙草の火を地面で揉み消した。もっとよく見ようとしゃがんでみた。猫は目を開けていた。まばたきひとつしていないようだった。突然、浮浪者が大声を上げ、おそらくヘブライ語で金をねだり始めたらしかった。そのあと笑い出した。激しく。ますます激しく。岩場に当たって砕ける波か何かのような、硬く乾いた笑い声だった。男は私の後ろ、背後の光景を見て笑っていた。私は振り返った。まだ二分と経っていなかったが、茶色のシトロエンの周りには兵士の一群、みな若く銃を構えた四、五人の兵士が集まっていた。彼らは神経を尖らせていた。車のなかを覗き込んでいた。私が近づいていくとさらに表情を固くして、ヘブライ語で何か怒鳴り、銃を突きつけてきたので、とっさに両手を高く上げて耳を遮った。何も聞こえなくなった。何人かの通行人が立ち止まり、私に向かって何か叫んでいたが、その口が動いて何か叫ぶのが見えるだけだった。浮浪者が私のことをまだ笑っているのが見えたが、笑い声は聞こえなかった。兵士たちのうち、金髪の女の子が私に何か尋ねるのが見えたが、質問は聞こえなかった。遠くのほうに、タマラが手にビニール袋の包みを抱えて走ってくるのがスローモーションで見え、それと同時に、耳に詰まっていた綿の玉を誰かに抜かれたような気がして、タマラが兵士たちをヘブライ語でなだめる声がだんだん耳に入ってきた。こんなことを言っているのだろうと想像した。ごめんなさい、この茶色のシトロエンはわたしの車なの、そこで両手を上げている馬鹿はグアテマラ人の友だちで、イスラエルでは道の真ん中に無人の自動車を放置してはいけないことを知らなかったの、と。通行人のどよめきがまた聞こえた。浮浪者の笑い声がまた聞こえた。兵士たちは銃を握る手を緩めていなかった。タマラが私に英語で車に乗るように言った。今すぐ。私は車に乗り込み、座ってドアを閉めた。彼女はビニール袋を私に渡すと、すぐにエンジンをかけた。気が動顛したまま謝ったが、タマラは何も言わなかった。車が発進するあいだ、首を左右に振るばかりだった。私は額と首筋の汗を手でぬぐった。白い猫は同じ場所で寝そべったままだった。

＊

名前はいくつもあるの。運転中、太ももの上で煙草と大麻を薄い紙で巻きながらタマラは言った。イスラエル人はセキュリティ・フェンスとか、分離壁とか、テロ防止柵とか呼んでいるわ。彼女は紙の端を舐めると、それを細くきつく巻いた。ハンドルは肘で操作していた。ギアは少し前から四速に入ったままだった。パレスチナ人は人種隔離壁とか、新たな恥の壁とか、アパルトヘイトの壁と呼んでいるの。彼女は大麻にライターで火をつけ、一服した。海外のメディアはそれぞれの政治的傾向に応じて、塀とか柵とかフェンスとか壁とか、いろいろ呼んでいるみたいね。彼女は甘い青みがかった煙を吐き出した。タマラは大麻を私によこした。大麻は好きではない。でもノーとは言えなかった。二度吸って彼女に返し、私たちは黙り込んで、その巨大な塀かフェンスか柵か壁か、人によって呼び名の異なるその何かをじっと見ていた。これほど高く、これほど長く、これほど分厚く、これほど威圧的であるとは予想もしていなかった。まるで果てしなく続いているように見えた。私はその壁に心の底から触れてみたくなった。車を停めてくれとタマラに言おうとしたとき、彼女の荒っぽい運転のせいか、大麻とシトロエンの車内の暑さと兵士たちを前に噴き出たアドレナリンが混じり合ったのか、それとももっとはかなくて暗い何かのせいか、気分が悪くなった。窓を全開にして外に頭を出し、生ぬるい新鮮な空気を吸いながら、別の壁のことを考えた。中国の壁、ドイツの壁、アメリカの壁のことを考えた。寺院の神聖な壁と、地下牢のじめじめと苔むした壁のことを考えた。ゲットーの煉瓦の壁のことを、一民族をまるごとゲットーに閉じ込め、ゲットーで飢えに苦しませ、緩慢で静かな死に追いやる壁のことを考えた。突然、イギリスの芸術家バンクシーが分離壁に描いた真っ黒な少女の絵が見えたというか、見えたと思ったというか、見えたと想像した（車は猛スピードで走っていたうえに、私は目をほとんど閉じていて、焦点もぼけていたので）。黒い三つ編みのお下げ、黒い前髪、黒いミニスカート、黒い靴、見上げる黒い顔、その真っ黒な全身で上を、空を見上げる少女が、小さな黒い手に握った黒い風船の束とともに浮かんでいる姿が。私はふと、頭を半分ウィンドウの外に出して、大麻がもたらす甘い倦怠を感じながら、壁とは他者に対する憎悪の物理的な意思表示ではないかと思った。他者から自分たちを分離し、隔離し、自分たちの視界と自分たちの世界から他者を消し去ることを目指す、じかに触れられる具体的な意思表示。しかし、それはどう見ても役に立たない意思表示でもある。どんなに高く分厚い壁を作ろうとも、どんなに長く威圧的でも、越えられない壁などないのだ。壁は隔離された人間の精神より大きくなることは決してできない。なぜなら他者はなおもそこにいるからだ。他者は消えない。他者がいなくなることはない。他者にとっての他者は私なのだ。

私と私の精神。私と私の想像力。私と私の黒い風船の束。
タマラにそっと肘をつつかれて我に返った。吸いさしを渡されて、私は安堵に近い気持ちでためらうことなく受け取った。名前はどうあれ、と彼女はカーブでアクセルをめいっぱい吹かしながら言った。とにかく見てのとおりよ。

*

そのあとは何もかもが砂だった。起伏のある風景。オリーブの木々。ナツメヤシの木々。街道沿いを往くベドウィンとラクダたち。空と雲、ひょっとすると風までもが。まるですべてが同じ砂の絵筆で、同じ砂のキャンバスに、同じ砂の色で、ただし無数の色合いと濃淡で描かれた水彩画のなかを行くようだった。私たち自身も含めて。

*

服を脱いで。
タマラが目の前に立っていた。彼女は腕を交差させて白いリネンのブラウスを脱ぎ、脇に投げた。地面を蹴り、もう一度蹴ると、革のサンダルがブラウスの上に転がり落ちた。カーキ色のショートパンツをゆっくりと脱ぎ、それも脇のブラウスの上に放り投げた。服を脱いで、と赤いビキニ姿になった彼女が全身で笑いながらもう一度命じた。顔のそばかすが陽を浴びて目を覚ましたかのようだった。私は汗ばんできた。両手をズボンのポケットに突っ込んだ。今のビキニはフランス人のエンジニアが発明したんだ、と、ぶざまで間の抜けた声、少なくともそのあまりにだだっ広い砂漠ではぶざまで間抜けに聞こえる声で呟いた。ルイ・レアールが。一九四六年に。タマラが眉をしかめた。思いがけず右手に小さな紙切れが触れた。レアールはビキニ環礁にちなんで名前をつけたんだ、と私は呟き続け、右手でその紙切れを、ズボンのポケットのなかの右手でその紙切れを握りしめた。太平洋の真ん中にある環礁でね、と私は言った。その同じ年、アメリカがそこで核実験をやったんだ。知ってた？　私は彼女の足と腰のライン、締まったお腹の曲線、赤いビキニの布地にわずかに浮かび上がった乳首――丸いのか尖っているのか、ピンクか深紅か透きとおる紫なのか――を見つめながら右手に紙を握りしめた。いいからもう黙って、エドゥアルド、服を脱ぎなさい。彼女は断固とした、有無を言わさぬ笑みを浮かべた。私はいくぶんどもりながら（ある友人から窮地に陥ったらそうしろと言われていたとおり）水着について言い訳を呟き始めた。残念ながら水着を持ってくるのを忘れたとか何とか。スーツケースを開けてみて、タマラがそばかすだらけの背中を向けて言った。後部座席にあるから、ともう水に足を入れながら付け加えた。タオルが二枚とあなたの水着が入っているわ。元は誰の水着なのかは訊く気になれなかった。知りたくなかった。そのほうがいい。ただ二、三秒のあいだ、手に紙を握りしめ、インディゴブルーの海に女神のごとく入っていく彼女を見つめたまま、その場に突っ立っていた。

浮かんでいるのは私たちだけだった。他には誰もいなかった。水はぬるく、ぬるぬるして、強烈な硫黄臭がした。突然ペニスの先端が耐えがたいほど熱くなってぎょっとした。大麻のせいだと思った。私の反応を待っていたかのように、こちらを見ていたタマラが笑った。あそこが痛いんでしょ？　と彼女は水をちゃぷちゃぷちゃぷ叩きながら笑って言った。塩のせいよ、と彼女は言った。ガイドブックには書いてないのよね。すぐに治まるわ。私たちは近いけれど体は触れ合わない程度の距離を空けて浮いていた。彼女は私に、死海は大好きだけど、あの観光客の大群が嫌でたまらないと言った。何年か前、何人かの友だちとこのささやかなプライベートビーチを見つけたの、と彼女は言った。それからはしょっちゅう来るようにしている、塩が肌にとてもいい、塩はたくさんのことによく効くのだと。彼女は微笑み、見えない結晶を指で擦るようにしながら、エジプトの神官は塩が性的欲求を増すと信じて摂るのを控えていたのだと言った。おそらく私のほうに向かって少し泳ぎながら、ローマ人は恋に落ちた男をサラクスと呼んでいたの、「塩を振った」という意味よ、それが、と彼女はなにやらいたずらっぽく言った。「好色な《サレイシャス》」という言葉の語源なの。日本の伝統劇では、それぞれの上演に先立って、役者を邪悪な霊から守るために舞台に塩を撒くのだと彼女は言った。ハイチでは、ゾンビの呪いを解いて甦らせる唯一の手段は塩なのだと彼女は言った。フランスでは一四〇八年まで赤ん坊を水ではなく塩で洗礼していたし、オランダでは赤ん坊の揺りかごに塩の塊を置く、アラブ人は生後七日目の前夜に赤ん坊の手に塩を握らせて守るのだと言った。古代ユダヤ人も、エゼキエル書にあるように赤ん坊に塩を撒いて邪悪な目から守っていたのだと言った。ユダヤの法典シュルハン・アルフによると、ユダヤ人は塩を中指と薬指だけでつままなければならない、なぜならユダヤ人が親指を使えばその子供たちが死ぬし、ユダヤ人が小指を使えば貧しくなるし、ユダヤ人が人差し指を使えば人殺しになってしまうからだと言った。ユダヤ人にとって塩とは契約であり、協定であり、迷信であり、罰であり、廃墟であり、永続性であり、祝福であり、災いであり、そして秘密でもあると言った。ここで彼女は間を置いた。私は秘密とは何かと尋ねた。どうしてそんなに塩に詳しいのかと尋ねたが、タマラはただ微笑んで、ここは地球でもっとも海抜の低い場所なのだと言った。向こうに見えるあれ、と彼女は高く黄色っぽい岩山を目で示しながら言った。ロトの妻がソドムの破壊を見ようと振り返ったとき、あそこで塩の像に変えられたと考える専門家もいるの。それと向こうに見えるあれ、と彼女が巨大な台地を目で示しながら言った。あれが聖書に出てくるマサダの要塞、ユダヤの民がローマ軍に降伏する直前に集団自決した場所。タマラは片手を水から出して指を舐めた。それと向こうが、と彼女は舐めたばかりの人差し指で海の向こうの山並みを指して言った。ヨルダン。私はヨルダンの灰色の山々よりも、彼女の白くて長い人差し指のほうが気に入った。私たちのいた場所からそう遠くないところ、その同じ死んだ塩の海のどこかから、誰かの祈禱の声が漂い始めていた。

*

誰も視線を落とさない。そう思ったのはまた別の旅でのこと、グアテマラを発つときから着てきたピンクのコート、相変わらず皺だらけの汚れたピンクのコート、あのおぞましく派手なピンクのコートを着たまま、なおも眠れずワルシャワの灰色の通りを歩いた最初の日の午後のことだ。誰も声をかけてこなかった。誰も微笑みかけてこなかった。だが誰も視線を落とそうとしなかった。男も女も、若者も老人も、誰もが私を振り返ってまっすぐ見つめるのだが、その視線には何の先入観もなければ感情も好奇心もなく、ピンク色が場違いだとすら思っていないようだった。ポーランド人にとって視線を落とすのは臆病者の印。ポーランド人にとっては、視線を最後まで落とさない人間、最後まで瞬きしない人間こそがゲームの勝者なのだといわんばかりに。だがそれはきわめて重要なゲームなのだ。容赦なきゲーム。盲目の歩行者同士が、知らず知らず命を賭け合うゲームなのだ。

まだ午後四時にもなっていなかったが、すでに日は暮れていた。私は暖を取ろうと急ぎ足で歩いた。軽装すぎたというか、あのピンクのコートをかろうじて着ていただけで、このとき私はおそらく空港でのことを思い出していた。他の乗客全員が楽しそうに空港から去っていくのをただ眺めつつ、スーツケースがひとつも残っていないベルトコンベアーががらがら回る前で、かくもなじみのないつまらない国に着いたばかりだというのに、服、つまりそのときの私——底知れぬほど灰色の都市を歩く道化じみたピンクの歩行者——がたまらなく必要としていたあの自分の服、世界のどこかでロストバゲッジとなってさまよい続けている自分の服から切り離されて裸にされたような気分で、ひとり空港にぽつんと取り残されるほど深い孤独はないということを。

ワルシャワ空港の職員が書類に記入するのを手伝ってくれた。そのあと私を真顔で見つめ、ひどい英語で、スーツケースが出てきたらホテルまで送らせると言った。私はぶつぶつと、そのホテルには一泊するだけで、翌日にはもう鉄道で移動する予定だと説明し始めたが、「鉄道で移動する」と言いかけたところで一秒だけ話を止め、その永遠に続くかのような一秒間、自分の言うべき言葉を吟味し、鉄道で移動する先はアウシュヴィッツだとその職員に言うべきか言わざるべきかを考えた。というか、その一秒間に、自分が本当にアウシュヴィッツに、四二年に祖父が囚われていたアウシュヴィッツ十一号棟に行くのかをそこで決めたのかもしれない。ある意味ではそのために、つまりアウシュヴィッツを訪れ、祖父が囚われていた十一号棟の地下牢を見るためにポーランドにやってきたわけだが、実を言うと、強制収容所やガス室や死体焼却場や十一号棟や四二年に祖父がポーランドのボクサーにスパーリングしてもらった地下牢へ私を導くはずのその電車に本当に乗るのかどうか、自分でもまだわかっていなかったのだ。なぜ行く決心がついていなかったかはわからない。アウシュヴィッツが怖かったのか？　アウシュヴィッツという言葉が怖かったのか？　アウシュヴィッツへの鉄道の旅が怖かったのか？　アウシュヴィッツに向かう観光客の群れ、あの嘆かわしいセンセーショナリズムに満ちた、残酷さを売りにするポルノを崇拝するとすら言える観光客の群れに混じるのが怖かったのか？いずれにせよ、余計な言葉は抜きにして、何かが怖かったことは確かだ。

その永遠に続くかのような沈黙の一秒間、空港の職員はおそらく困惑しながら、あるいは私が言い終えるのを待ちわびながら、じっと私を見つめていた。そこで私は、なんとかして言葉を押し出そうとするかのように、口を少し開いた。しかし気まぐれかつ生意気な言葉はなかなか出てこようとしなかった。私は視線を落とした。ズボンのポケットに素早く手を入れると、黄色い紙の冷たさが手に伝わってきて、私は祖父の真っ白で清潔な両手を思い出し、その手が帽子の絵を描いたり、ドミノの牌を動かしているところを思い浮かべた。祖父は三九年十一月、友人たちとガールフレンドとともにドミノをやっていたとき、ウッチにあった自宅の前でゲシュタポに逮捕された。祖父はそのとき十六歳だった。その後戦争の続くあいだ——六年近く——を捕虜としてザクセンハウゼン、ノイエンガンメ、ブナ・ヴェルケ、アウシュヴィッツを含むさまざまな強制収容所で過ごした。アウシュヴィッツでは、ポーランド人のボクサーが拳ではなく言葉で祖父にスパーリングを授け、祖父の命を救った。祖父は四五年にポーランドをあとにし、その後二度と戻ろうとせず、ポーランド語は一言たりとも口にしようとしなかった。祖父はグアテマラでの残りの人生を、かつての同国人、自らが生まれた国、自らの母語に対する激しい怒りとともに生きた。祖父は私によく言った。ポーランド人はわしらを裏切ったのだと。その後、私がポーランドへ行きたい、ウッチを訪ねてみたいと言うたび、祖父は苦々しげに笑うか、立ち上がって激昂しながらその場を去ってしまうか、私かもしかするとポーランドの国民全員に向かって罵りの言葉を吐いたものだった。しかし亡くなる数週間前、衰弱してうわごとを言うようになった祖父が（寝室に、死の床に、ゲシュタポの隊員がいて自分を待っていると思っていたのだ）、小さな黄色い紙切れに正確な住所を書いて渡してくれた。青果市場の近く、ポニャトフスキ公園の近く、ゼロムスキ通りと五月一日大通りの角の十六番地の一階。黄色いささやかな遺言状のように。家族の宝のありかを記した小さな地図のように。孫へのささやかな遺産のように。祖父の震える手からその黄色い紙を受け取って二つ折りにしたとたん、祖父がその小さなしわくちゃの黄色い紙以上のものを私にくれたことを悟った。それは指令だった。命令。指示。日程表。旅行ガイド。知られざる多難な一族の航路を示す座標軸。つまるところ祈禱書だった。祖父の最後の祈禱。そこに、その折り畳んだ黄色い紙に、私が今——ワルシャワ空港に突っ立って——お守りのようにすがっている祖父直筆の最後のメモのなかに、祖父の物語、ある意味で私のものでもある物語の座標軸がある。つまるところ、私たちの物語こそが、私たちに残されたただひとつの遺産なのだ。

ポーランド人の空港職員は私をまじまじと見つめていた。落ち着きか軽さを少しでも取り戻すべく、ワルシャワのど真ん中で置き去りにされたと感じないよう努めながら、彼に微笑みかけようとした。ぶざまでわざとらしい苦笑いができただけだった。職員は真面目くさった無感動な顔で、私がアウシュヴィッツについてほとんど聞こえない声で言いかけた言葉をまだ言い終えていないのを知っているかのように、それを最後まで言い切り、言うべきことを言う時間を私に与えるかのように、静かに待っていた。そこで私は力を振り絞り、黄色い紙をしっかりと握りしめて、さっそく続きを言うことにした。

明日には、と私は言った。鉄道で、と私は言った。南部に向かいます、と私は言った。口のなかに苦いものを感じた。その場を立ち去るとき、臆病者の味だと思った。

＊

ブレカスよ。なんだって？ ブ・レ・カ・ス、とタマラがビニール袋を差し出しながら、ゆっくりと繰り返した。チーズ入りのとホウレンソウ入りのがあるの、と彼女は言った。わたしの好きな朝ごはんなのよ。

　私たちの後ろではシトロエンのドアが開けっ放しになっていて、ラジオの音楽が絶え間ないホワイトノイズのように、ゆるやかなそよ風のようにかすかに聞こえていた。タマラは紙のカップに入ったミルクと砂糖入りのコーヒーを二つ買ってきていた。もちろん冷めていたし、もちろん薄くなり甘くなっていた。でも、聖書の海を前にして、裸足で半裸の濡れた姿で座り、砂と塩のビーチで煙草を分け合っているのだ、そんなことは気にならなかった。

　ブレカスを食べ、コーヒーを飲み終えると、タマラはルフトハンザでの仕事について話し始めた。もう五年近くになると彼女は言った。悪くないと彼女は言った。お給料はいい。旅もたくさんできる。タマラはまるでマニュアルどおりの答であるといわんばかりに苦笑いを浮かべた。このあいだの男の人はどうなったの？　と私は尋ねた。空港でひと悶着起こしていたあいつ。タマラは私から煙草を取り上げて一服してから、いつものことよと言った。要注意人物、と言うと、それ以上は何も言わなかった。私は、空の上、つまり飛行中にああいう出来事に遭遇したことはあるかと尋ねた。そんなにひどいものじゃなかったけれど、と彼女は煙草を返して言った。でもあったとしても言わないわ。それから私は飛行機について考え始めた。煙草を一服した。その煙草はタマラの味がした。そのタマラは塩の味がした。私は彼女が座ったまま後ろを向き、すらりとした体をうつ伏せにし、顔は私の脚の間近にあり、唇が私の太ももに触れそうになるのを見ていた。ときどき、と緊張しながら私は言った。アラブ人テロリストにハイジャックされた飛行機に乗っている夢を見る。彼女が慣れた手つきでビキニの背中側の赤い結び目を解くのを見ながら、もう一度煙草を吸った。何度も同じ夢を見るんだ、と私は煙を吐き出しながら言った。アラブ人テロリストのひとりが目の前に立ちはだかると、と私は言った。パニックに陥りながらレバノン生まれの祖父から聞いて覚えていた数少ないアラビア語を唱え出すんだ。タマラはそばかすだらけの顔をこちらに向けて、大きな青い目で私を見上げた。ラへム・ビ＝アジーン、ケッベ・ナイエ、ラブネ、ムジャッダラ、どれもアラブ料理の名前なんだけど、アラビア語はこれしか覚えていない。タマラがかすかに微笑んだ。するとアラブ人テロリストが拳銃を顔に突きつけてきて、このくそったれめが、お前はユダヤみたいな面をしている、ユダ公だな、と怒鳴ってさらに拳銃を突きつけてくる。ここの額のところに銃口を感じるんだ、と私はタマラに言った。アラブ人の男が今にも発砲しようとしている、今にも僕の頭に一発撃ち込んで殺そうとしている、そこで僕は、違う、間違いだ、僕はユダヤ人じゃないと言う。

タマラは笑うのをやめ、手を伸ばしてその煙草の最後の一服をちょうだいと言った。私は彼女の足首と足先を見た。彼女の温かい息を太ももに感じた。

それが何度も見る夢なわけ？　とタマラが砂の上で煙草の火を揉み消しながら真顔で尋ねた。ときには細部が変わっていることもある、と私は言った。どんなふうに？　たとえば僕がテロリストにマブルークと言ったり。これは父がよく使っていた言葉で、アラビア語で「おめでとう」の意味だ。テロリストに「おめでとう」なんて言うわけ？　ときどきね。あとはシェシュ・ベシュ、6と5と言うときもある。シェシュがペルシャ語で6、ベシュがトルコ語で5。レバノン生まれの祖父が、二〇年代にダマスカスから持ち込んだ貝殻と真珠をあしらった立派な専用の台でバックギャモンをやるときによくそう叫んでいたんだ。さいころを振って、6と5が出ると、シェシュ、ベシュって叫ぶわけ。

私たちはしばらく黙り込み、ただラジオのホワイトノイズと、かすかなさざ波の音と、一羽の鳥の美しくくっきりとした、青空になかば消えかけたさえずりだけに耳をすませていた。それを聞いているうちに、かつてベートーヴェンが交響曲五番の最初の四つの音――おそらく音楽史上もっとも重要な四つの音――はある鳥のさえずりにヒントを得たと述べている、というか述べたかもしれないことを思い出した。

タマラはすでにタオルの上でまどろみながら、穏やかに、リズミカルに呼吸していた。きらめく海を眺めているうちに視界が曇ってきて、そして突然、私は涙に曇った目で、みなが分かち合うその水には何か本質的なものがある、硝石や聖書にまつわることや泥を塗りたくった観光客以上の何か、世界でもっとも低い海抜よりもさらに低い何か、二つの国のあいだの、そのあまりに死んだあまりに塩辛い水（我々はみなそこからやってきて、そこに帰り、火によって塩を塗り、塩によって塩を塗る）によって隔てられ、同時に結びついている二つの文化のあいだの見えない威圧的な壁よりもさらに曖昧な何かがある、そう理解したように思った。

＊

それじゃあ、とタマラがそそのかすように言った。あなたは夢のなかで命惜しさにユダヤ人であることを否定するし、あなたのルーツも伝統も遺産も、何もかも否定するっていうわけ？

私は片手で涙を拭った。タマラは気づいていなかった。たぶん日差しのせいだろう、目をうっすら閉じていた。

ああ、そうだろうね、と私は言った。嘘をつくわけ？　ああ、嘘をつく。それってちょっと卑怯なんじゃない？　ああ、たぶんね。でもそれで嫌にならないの？　と言うと彼女は目を開けた。何が？　何がって、命惜しさにユダヤ人であることを否定したり、嘘をついたり、他人になりすましたりするってことがよ。タマラはうつ伏せのまま両肘をついた。赤いビキニがかろうじて胸に引っかかっていた。乳首の黒い影がほとんど見えそうになっていた。私は目を素早く海に逸らした。どうして嫌になったりしなけりゃいけないのかな、と私は呟いた。ただの夢じゃないか、と言うと、タマラは、馬鹿言わないでとでもいわんばかりの、あるいは夢はただの夢とは限らないんだからとでもいわんばかりのしかめ面をした。それに、と私は言った。ナチから生き延びるために別人になりすましたユダヤ人、別人のふりをしたユダヤ人だって同じじゃないのかな。タマラは何も言わなかった。思うに、と私は、ほとんど気づかれないほどの笑みを浮かべながら言った。死んだユダヤ人より生きている嘘つきでいるほうがいくらかましさ。違う、それは同じじゃない、エドゥアルド、とおそらく何かに嫌気がさしたのか、タオルにまた頭を載せてタマラが呟いた。そのわずかに白髪の混じる濡れて乱れた髪が、私の太ももをかすめた。ビキニが彼女のお尻に吸い込まれるように食い込んでいるのに一瞬気づき、私は初めて自分の性器がうずくのを感じた。

グアテマラにペーターという名前のユダヤ人がいた、私はタマラの真っ白なお尻を見ないようにしながら言った。でも本当はペーターという名前じゃなかった。彼はポーランド系ユダヤ人、ポーランドのガリツィア出身のユダヤ人で、名前はユゼフといった。戦争中の数年間、ユゼフはポーランドを一度も出ることなく、ポーランドの町や森や山を自由に行き来して過ごし、ナチが来ると偽名を使って生き延びた。ある別人の名前だ。ペーター・ツァノフスキーとかいう人物の。彼はペーター・ツァノフスキーという名のポーランド人の樵になりすまし、そのポーランド人の名を身につけ、そうやって仮面をかぶり、他人になりすまし、嘘をつくことで生き延びた。グアテマラに来てから死ぬまで、そして墓碑銘でさえも、彼はペーターを名乗った。

＊

ある友人のユダヤ人のひいおじいさんはね、私はタマラの丸くすべすべとしたふくらはぎを見ないようにしながら言った。ドイツ兵から奪った身分証を使ってドイツから脱出することに成功した。ノイマンというナチのドイツ兵の。彼はノイマンという名字のドイツ兵になりすまして脱出した。自分を殺そうとしていたドイツ兵のひとりになりすましたんだ。他人のふりをし、そうすることで生き延びた。アルゼンチンに着いたとき、彼は自分の処刑人かつ救世主の名前を捨てないことにした。ネウマン。

*

ポーランドの作家イェジー・コシンスキの家族はね、私はタマラのはみ出した乳房を見ないようにしながら言った。カトリック教徒の一家のふりをしてナチの手を逃れたんだ。三九年の暮れ、まだレヴィンコプフという名字だった彼の家族は、僕の祖父の故郷ウッチを脱出した。実際、レヴィンコプフ一家の家（グダンスク通り）は僕の祖父の家（ゼロムスキ通り）からほんの数ブロックのところにあって、幼いころのイェジー・コシンスキ、まだユゼフ・レヴィンコプフだったころの彼が、僕の祖父とドミノをしたり、サッカーをしたり、ポニャトフスキ公園の木々のあいだでかくれんぼをしていたと考えても決して無理はない。レヴィンコプフ一家は最終的にポーランド南部の農村ドンブロヴァ・ジェチツカに辿り着いた。そこでコシンスキという名字のカトリック教徒の一家になることにした。彼らはアパートを借りた。壁には十字架や聖母マリアの像を飾り、それがさっき置いたばかりの新品に見えないよう、わざわざ蜘蛛の巣や埃までかぶせたんだ、と私はタマラに言った。幼いイェジーは毎週日曜になると父と教会へ通った。教会で教理問答を受けた。侍祭にもなった。初聖体拝領も受けた。カトリック教徒の友だちの前では絶対に立ち小便をしないように気をつけた。そして、そうやってカトリック一家の一員となったふりをし、侍祭に扮したことで生き延びた彼は、以来、コシンスキという姓をいつまでも――五十年後にニューヨークの浴槽で死ぬまで――捨てることはなかった。

＊

ポーランド生まれの祖父はね、私はタマラの背中の低い位置のくぼみにあるほくろを見ないようにしながら言った。アウシュヴィッツの十一号棟に収監されていたあいだ、あるユダヤ人の囚人と知り合った。男は仲間からカジックと呼ばれ、黒い壁の前で銃殺されたばかりの遺体の山を片付ける係のひとりだった。グナーデンシュス、と祖父は僕に説明してくれた。後頭部にとどめの一発って意味だ。その男はカジックと呼ばれていたが、本名はカジミェシュ・ピェホフスキだったと祖父は言っていた。トチェフ出身のポーランド人だったそうだ。あいつは足首屋だったと祖父は言っていた。黒い壁の前で新しい死体が出るたび、一体ずつ足首をつかんで担ぐか引きずるかしてアウシュヴィッツの死体焼却場まで運ぶ係のことだ。祖父が言うには、四二年六月、カジックは親衛隊のウンターシュトゥルムフューラー、中尉の制服を着て、他の三人の囚人と一緒にアウシュヴィッツの正門からまんまと脱走した。カジックは盗んできた黒の染みひとつない制服で、がりがりの体と腕に刺青された数字（918）を隠し、SS中尉になりすまして、SS中尉が号令を怒鳴るのとそっくりにドイツ語で号令を怒鳴った。すると門衛はただちにアウシュヴィッツの正門（「働けば自由になる」）を開け、こうして彼は自らの敵に化け、敵の真似をし、嘘をつくことで自由を手に入れた。

何年か前の話だけど、私はタマラの太もものあいだのわずかに盛り上がった温かい恥丘と思しき赤い膨らみを見ないようにしながら言った。カトリック教徒の女の子になりすましてナチの手を逃れたポーランド系ユダヤ人のお年寄りと知り合ったんだ。

＊

私は自分の覆いている水着を、慎重に、少しだけずらした。

彼によれば、ある冬の日、ワルシャワ郊外の森にある修道院に、女の子の格好をして両親と出かけたそうだ。その日、森では雪が降っていて、修道院にも雪が積もり、あらゆる木々が雪で覆われ、すべてが魔法にかかったように青く見えた。両親は彼に偽の出生証明書と偽の洗礼証明書を持たせてカトリックの修道女たちに預け、そして別れを告げたという。わしはそのとき五歳だったと彼は言った。その後、彼はそのワルシャワ郊外の修道院で、カトリック教徒の女の子のふりをし、カトリックの女の子の服装と髪型とおめかしをして戦時中を過ごすことになったそうだ。金髪を三つ編みにして。スカート姿で。カトリックの女の子や修道女に混じって何年も暮らした。カトリックの女の子たちと一緒に跪き、十字を切り、ラテン語でお祈りを唱えたものだよと彼は言った。

私は少し背筋を伸ばした。また水着の位置をずらした。

修道院での最初の数日、あるいは最初の数週間、彼が言うには、左手を固く握ったまま、ずっと小さな拳をつくっていたそうだ。修道女がそれを開かせようとしても、握った手を緩めさせようとしても、いっそう強く握りしめるばかりで、まるで今にも誰かに殴りかかりそうだったらしい。そうやって拳を握ったまま食事し、握ったまま入浴し、握ったまま祈り、眠るときですら握った左手の小さな拳をまくらの下に入れていたそうだ。彼が言うには、実は修道院へ着く直前に父が雪のなかで膝をつき、その場で彼の左の掌に、黒いインクで本名を書き記していたそうだ。男の子の名前。ヘブライ語の名前。ユダヤの名前を。息子が忘れないように。自分だけの秘密にしておくために。ワルシャワ郊外のあの森のなかで、わしの父は膝をつき、わしの掌の線と線のあいだに黒インクで、密かに息子の名前をつけたのだ。彼はそう言いながら片手を上げて、その掌を見せてくれた、と私はタマラに言った。まるで忠誠を誓う証人みたいだった、と私は言った。でも何日も何週間も修道院にいるあいだに、と私は言った。彼の本当の名前は消えてしまった。

タマラが少し口を開き、何か言うか尋ねようとしたらしかったが、私はその隙を与えなかった。たった一度だけ、彼の声が震えたのを覚えている、と私は彼女に言った。それは善良で愛情に満ちた声で修道女ひとりひとりの名を挙げていったときだ。自分の世話をしてくれた十五人から二十人の女たちの名前を、彼はすべて覚えていたんだ。彼があの森のなかにある修道院の内部の様子を詳しく説明してくれたのも覚えている、と私はタマラに言った。でもその詳細はまるで覚えていない。たしか明かりのない回廊と、古い塀と、修道院の高いドーム形の天井の話をしていたかな。修道院の宗教的でカトリック的な光景とか、回廊にいつまでもこだまするラテン語の賛歌とか。でもちゃんと覚えてはいない。ただ彼の目ばかりを覚えている。というのも、彼は説明しているあいだ、じっとこう、上のほうを見上げていたんだ。謎めいた、慈しみに溢れた、怯えたような目で。まるで今でも修道院の内部の光景が見えているみたいに。まるで今もその修道院にいるみたいに。その森のなかの修道院からまだ一歩も外に出ていないみたいに、と私はタマラに言った。何年にもわたって彼を閉じ込め、そして彼の命を救ったあの修道院から。というのも、彼の目を通して想像できたんだ、と私は彼女に言った。恐怖におののくほとんど子どものような彼の目のなかに思い浮かべたのは、そうやって囚われの身となり、あの古いじめじめした暗い塀のなかだけでなく、違う言葉、違う祈り、違う服、そして違う自分のなかに閉じ込められて彼が感じたことなんだ。それ以外のこともすべて想像できた。たとえば、両親が彼に三つ編みできるくらいまで髪を伸ばさせているところ、ピンクのスカートと女の子の小さな靴を履かせているところ、彼の唇と頬に紅をさしてやっているところ、彼の掌に名前を書き込んでいるところ、イディッシュ語で、これからはその掌に黒いインクで書かれた名前はお前の名前じゃない、テレサかナターシャかマグダレーナだと言い含めているところ、両親が雪の降り積もる修道院の巨大な門の前で彼に別れを告げているところ、たぶん父も母も雪で白くなりながら、二度と息子に会えないことを知りながら、そのどうしていいかわからない顔をした可愛らしいカトリック教徒の少女を前に、父も母も泣いているところを。

細かい塩のかけらを人差し指の爪で削りながら、ここで私は少し間を置いた。

もちろん彼は自分の両親を失い、と私は話を続けた。子ども時代を失い、無垢を失い、自分の名前を失い、宗教と国を失い、ついには男らしさまで失ったわけだが、それでも、その森のなかの修道院で数年間カトリック教徒の女の子のふりをすることで生き延びた。彼は自分のユダヤ教を否定し、自分の男らしさを否定し、そうやって生き延びたんだ、と私はタマラに言った。あるいはこう言ってもいい、と私は言った。彼はユダヤ教と男らしさを無理やり奪われたかもしれない、でもそのおかげで生き延びたと。

私の爪がいつまでも塩を削る音だけが聞こえていた。

だってそうじゃないかい？　とタマラに向かって私は言った。彼女はこちらを厳しい顔で、ほとんど悲しげな表情で見つめていた。どうやって生き延びるかは自分で決めるしかない、と私は言った。原理主義に基づくこともあれば、ある種の作り話や寓話に頼ることもあるし、規則や規範や禁止を定めた本に頼ることもあれば、ポーランド人の樵やドイツ兵やカトリック教徒の少女や正統派ユダヤ教徒になりすますこともあれば、飛行機のなかで卑怯な嘘をつく夢を見ることだってある。何だっていい、本人にとっていちばん意味がありさえすれば、本人の心がいちばん痛まないのであれば。タマラがかつてないほど悲しげな顔で私を見ていた。でも本当はどれも嘘なんだよ、と私は言った。そのうえで僕たちはみな自分自身の嘘を信じているんだ、と私は言った。みんな自分にいちばんふさわしい名前にしがみついているんだ、と私は言った。みんな自分がいちばん得意な役を演じているんだ、と私は言った。でもすべてはどうだっていいことさ、と私は言った。最後は誰も生き延びることなどできないのだから。

私は、ある種の終止符を打つように、自分が何の話をしているかわかっているかのように、そのことを本当に信じているかのように言い切った。

私は黙り込んで虚空を見つめた。自分が空っぽになった気がした。でも空っぽになったのは言葉だった。心も空っぽ。色も空っぽ。自分たちを満たしていた、あるいは満たしていると思っていたあらゆるものが消えうせていた。

突然、左手に鈍い痛みを覚えた。少し前から左の拳を握っていたこと、握った拳に力を入れすぎていたことに自分でも気づかずにいた。でも、たとえ痛くても、私は拳を開きたくなかった。きっと男らしいポーズを保ちたかったのだろう。あるいはひょっとすると、拳を開いたらそこに私のもうひとつの名前、ヘブライ語の名前があるのを――黒いインクで掌の線のあいだに書いてあるのを――見るのが怖かったのだろう。ニッシム。私が生まれて八日目、ユダヤの伝統が教えるところに従い、またエドゥアルドがヘブライ語の名前でなかったことから、父は私にヘブライ語でニッシムと名づけた。あるいは奇跡。私のヘブライ語の名前はニッシム、「奇跡」という意味だ。でも自分の握った拳を見つめているうち、ふと、その名前、私のもうひとつの名前、かつて父が生まれたばかりの私の小さな掌に黒いインクで書き込んだその名前も、時とともにやはり消えてなくなったのだという気がした。

タマラが片手を上げて私のほうに伸ばした。ただ伸ばしただけか、私の拳を探しているのか、あるいはもうなくなってしまった煙草をくれとねだっているのか、その手が私の太ももの上に落ちた。そして彼女の手はそこで動かなくなった。温かく、すべすべしていて、力が抜けていて、掌は上を向いている。まるで単なるもののよう、あるいは彼女の手ではなく、他の誰かの手のようだった。他人の手。別人の手。華奢な、乾いた、燃えるような、塩にまみれた手。

それで、あなたは助かるの？　質問の意味がわからなかった。突然、彼女の声は遠くに、かすれてなめらかに聞こえた。飛行機のなかでよ、アラブ人のテロリストからあなたは助かるの？　私は何かを探して下を向いた。夢の最後で、あなたは生き延びられるの？　私は彼女の背中を、そばかすだらけの両肩を、大きなお尻を、丸くて白い、ほとんどむき出しの、細く透明な産毛に覆われたお尻を探した。彼女の手は私の太ももの上に載ったまま、動かずにいた。彼方にはヨルダンの山々がなおも灰色にじっと佇んでいた。

訳者あとがき

本書は中米グアテマラの作家エドゥアルド・ハルフォンの短篇集『ポーランドのボクサー』（*El boxeador polaco*）（二〇〇八）と中篇小説『ピルエット』（*La pirueta*）（二〇一〇）、同じく中篇小説『修道院』（*Monasterio*）（二〇一四）の計三作を一冊にまとめて翻訳したものである。

著者エドゥアルド・ハルフォンは一九七一年にグアテマラのユダヤ系一家に生まれた。本書の表題作でも描かれている母方の祖父はポーランドに生まれ、アウシュヴィッツなど強制収容所を生き延び、第二次世界大戦後にグアテマラに移住したアシュケナージ系ユダヤ人だった（本書の扉に使われている写真の自転車に乗った男性がこの祖父である）。それ以外の三人の祖父母はレバノン、シリア、エジプトといった地中海周辺のアラブ世界にルーツをもつセファルディ系ユダヤ人である。ちなみにハルフォンとはレバノンから移住してきた父方の祖父の姓だ。両親はグアテマラ生まれのため、エドゥアルドと本書にも登場する弟と妹はそれぞれスペイン語の名を授かり、家庭でも学校でもスペイン語で育てられたが、幼いころからユダヤ教の習慣はもちろんのこと、祖父母が話していたイディッシュ語やアラビア語、また彼らが持ち込んだ料理をはじめとする東欧やアラブの諸文化にも少なからず触れていたようだ。

一九八一年、一家は内戦の続く首都グアテマラシティから米国に移住する。当時十歳だったハルフォンはそれ以降英語で教育を受けるようになり、やがてノースカロライナ州立大学工学部に進学、二十二歳になって戦火の落ち着いたグアテマラに帰国したときにはすでに母語のスペイン語を忘れかけていたという。五年ほど建築会社で退屈な書類を相手に悶々とする日々を過ごしたが、二十八歳で一念発起して退職すると、グアテマラの大学に入り直して今度は文学を専攻、もともと好きだった英語やスペイン語の小説に熱中し、ついには本書所収の「彼方の」でも描かれているように教壇に立つようになり、自ら小説を書き始めた。

二〇〇四年刊の『文学の天使』(*El ángel literario*)は、五人の著名な小説家(ヘッセ、カーヴァー、ヘミングウェイ、ピグリア、ナボコフ)の人生の一コマ、作者自身の執筆体験や文学観、実在する作家へのインタビューという三種類のテクストを巧みにコラージュして作家が作家になる瞬間を考察した不思議な味わいの作品で、ハルフォン自身が語り手となり実際に出会った相手とのやりとりを小説化していくという手法、いわゆるオートフィクションの特徴がすでに見られる。二〇〇七年にはグアテマラ内戦の暴力などを背景とする短篇集『不安の七分』(*Siete minutos de desasosiego*)を刊行し、翌二〇〇八年に刊行された第二短篇集『ポーランドのボクサー』によってスペイン語圏に広く知られることとなった。二〇一〇年には中篇小説『ピルエット』、二〇一一年には自らのグアテマラにおける幼少期をテーマとする三冊目の短篇集『明日僕たちがその話はすることは決してなかった』(*Mañana nunca lo hablamos*)、二〇一四年には中篇小説『修道院』と、その後も着々と作品を発表し続けている。

なかでもハルフォン自身がある種未完の連動する小説プロジェクトと位置づけているのが、本書に収められた『ポーランドのボクサー』、『ピルエット』、『修道院』の三部作だ。さらに二〇一五年に刊行されたばかりの最新短篇集『シニョール・ホフマン』（*Signor Hoffman*）もこのいわば「未完の自伝小説」の系譜に連なるものであり、本書に始まるハルフォンの自己探求の文学は今後もさらなる広がりを見せることが予測される。

本書は十二の短篇で構成されている。これは三冊の原書（短篇集一冊、中篇二冊）の短篇と各章を、ハルフォン自身の指示に従って次のような形に並び替えたもので、いわば日本オリジナルの短篇集である。

＊彼方の＝『ポーランドのボクサー』所収短篇
＊トウェインしながら＝『ポーランドのボクサー』所収短篇
＊エピストロフィー＝『ピルエット』第二章（『ポーランドのボクサー』所収短篇が原型）
＊テルアビブは竈のような暑さだった＝『修道院』第一章
＊白い煙＝『修道院』第二章（『ポーランドのボクサー』所収短篇が原型）
＊ポーランドのボクサー＝『ポーランドのボクサー』所収短篇
＊絵葉書＝『ピルエット』第三章
＊幽霊＝『ピルエット』第一章
＊ピルエット＝『ピルエット』第四章
＊ポヴォア講演＝『ポーランドのボクサー』所収短篇
＊さまざまな日没＝『修道院』三章
＊修道院＝『修道院』四章

もともと短篇集『ポーランドのボクサー』がひとつの土台となって、そこから発展する形で中篇の『ピルエット』と『修道院』が生まれている。そのため訳者も当初は三冊を別々に読んでいたのだが、こうして再構成された本書を読み直してみると、全体としてまったく新たな物語がいくつも立ち現れてきたのを発見してとても驚いた。この構成について打ち合わせていたメールのやりとりのなかでハルフォンが、「私たち流の『石蹴り遊び』をやろう」と書いていたのを覚えている。フリオ・コルタサルの長篇小説『石蹴り遊び』は、冒頭からページ順に読んだあと、作者のつくった進行表に従って別の順序で読み直すことができるという作品だ。コルタサル同様、ジャズマニアらしきハルフォンは小説を固定的な不変のテクストではなく、時間とともに自由に生成変化するテクスト、翻訳者や読者も含めたその時々の関係性に対して常に開かれたテクストと見なしているようだ。実は、英語版をはじめとする各国語版でも常に同様のシャッフルがなされており、彼に限っては言語を超えてそっくり同じ本が再現されるという文芸翻訳の常識は通用しないようだ。

個別に読むかぎりでは、短篇集『ポーランドのボクサー』はさまざまな人物との出会いや作者自身の文学観を、中篇『ピルエット』はジプシーの血を引くセルビア人ピアニストとの邂逅を、同じく中篇『修道院』は作者がイスラエルでユダヤ教の伝統に直面した際の困惑を中心に描いているように思える。しかし三冊を合わせた本書を読めば、全体に共通する語り手であるハルフォン自身が、一族が背負ってきたユダヤ的なものとどう距離を置くかという問題をその中心軸としつつ、いくつかの特定のテーマや鮮烈なイメージを、その都度その都度の即興で変奏し続けているということに気づく。

ユダヤ人と似た迫害の歴史をたどったジプシーの音楽に魅せられ、ついには祖国セルビアで消息を絶つミラン・ラキッチとは、語り手ハルフォン自身のネガのような存在といえるだろう。そのミランが何度も強調する「境界を越えたい」という欲望は、実は語り手のなかにも隠れていたものであり、それがミランとの出会いを通じて次第に顕在化していくのだ。空間と時間のなかに縦横に引かれた境界の彼方にあるものを知覚しようとする人間の根源的欲望は、本書においてしばしば「語る」という行為となって顕現する。カクチケル語とスペイン語で詩を書くインディオの少年ファン・カレルは、二十世紀の古典的名作として知られる難解な短篇小説をいとも簡単に解釈し直してしまう。ベオグラードで語り手が出会うジプシーたちは、何かにつけ勝手に物語を語り出しては世界をより楽しく作り替えてしまう。彼らが楽譜を無視して即興で演奏するという点も、個々の表現者自身による語りのダイナミズムを重視する作者の姿勢の表れと言えよう。ハルフォンは語られた内容や意味そのものよりも、「語る」(あるいは「騙る」)という行為自体に、言うなれば文学的真実のメカニズムそのものに取り憑かれているようだ。それがもっともよく伝わってくるのは「トウェインしながら」の老教授の造形であり、あるいは表題作の種明かしをしている「ポヴォア講演」であろう。本書の登場人物はしばしば会話の途中で黙り込むが、それは語るべき何かを飲み込んだときに生じる雄弁な沈黙、言葉のマグマを押し込めた濃密な沈黙といえる。周りの人物に比していっそう黙り込むことの多かった作中のハルフォン本人も、最後の「修道院」では、他者になりすまして生き延びたユダヤ人たちの物語を、まるで堰を切ったように延々と語り始める。

いっぽうでハルフォンは「壁」というものに異様な執着を示している。その中心にあるのはアウシュヴィッツ強制収容所で銃殺場となった黒い壁のイメージであるが、ほかにもエルサレムの嘆きの壁、ワルシャワ・ゲットーの壁、そしてヨルダン川西岸の分離壁など、さまざまな現実の壁が一種の暴力的な分断の象徴として現れる。ミランの言う境界を現実世界で具現したかのごときこの壁に、人間の想像力や何かを「語る」ことへの欲望はどう向き合っていけるのか。覆面芸術家バンクシーの風船少女の絵に代表される表現行為は、現実の壁といかに対峙しうるのか。本書全体から見えてくる、ある意味で非常に重い、しかし同時に希望に満ちたテーマであるといえよう。

ハルフォンはラテンアメリカ文学というジャンルには分類しにくい作家である。名前のせいだろうか、スペイン語圏の書店でもしばしば翻訳書のコーナーに分類されてしまうという。本書を読めばわかるようにユダヤ教とは距離を置いているから、ユダヤ系作家というカテゴリーにも含めにくい。そもそも植民地時代を通して異端審問が続いたラテンアメリカでは、アルゼンチンなどを除きユダヤ系コミュニティー自体が今なお超少数派であり、米国のようにユダヤ系作家による文学的系譜があるわけでもない。というわけで、本人もそうしたアイデンティティにはまったくこだわっていないようだし、単にグアテマラ出身のスペイン語作家と呼んでいいだろう。

そして、彼のような一九七〇年代生まれの多くのスペイン語作家に共通するのが、両親や祖父母の世代に実際に起きた出来事をオートフィクションの形で描き出す手法である。スペイン内戦やその後のフランコ体制期の、あるいは南米であればチリやアルゼンチンの軍事独裁政権期の埋もれた事実を、近親者の言葉や記憶を手がかりに物語として再構築するというスタイルの良質な作品が次々と現れているのだ。ハルフォンも今のところはそうした特徴を兼ね備えた作家の一人といえるが、彼の場合は直近の実体験を（場合によっては固有名詞も含めて）ほぼ忠実に小説化していくというスタイルそのものの魅力、たとえばノルウェーの作家カール・オーヴェ・クナウスゴール（『わが闘争』と題された全六巻の自伝小説はスペイン語圏でも三巻目まで翻訳紹介され、非常に人気がある）と同様、自伝的虚構という企てのもつ強固な文学性が読者を惹きつけているようにも思える。

白水社編集部の金子ちひろさんには本書の企画から訳文の細かなチェックに至るまで今回もお世話になった。訳文中、スペイン語以外の各国語については、大阪大学の同僚をはじめさまざまな方のご指導を仰いだ。特にポーランド語については小椋彩さんに、セルビア語については亀田真澄さんとルチア・トドランさんに、ロマニ語（ジプシーの言葉）については角悠介さんにご教示いただいた。なお、現在〈ジプシー〉の正式名称は〈ロマ〉となっているが、原書でスペイン語 gitano が用いられており、原書の雰囲気を可能なかぎり伝えるため本書ではあえて〈ジプシー〉という訳語を使用したことをお断りしておく。

最後に、日本の読者のため世界でただひとつの短篇集をつくる企画を私たちに提案してくれたエドゥアルドに感謝の言葉を記しておきたい。どうもありがとう。

二〇一六年四月

松本健二

訳者略歴
一九六八年生　大阪大学言語文化研究科准教授
ラテンアメリカ文学研究
訳書にR・ボラーニョ『通話』、『売女の人殺し』、
A・サンブラ『盆栽／木々の私生活』（白水社）
など

〈エクス・リブリス〉
ポーランドのボクサー

二〇一六年 五 月一五日　印刷
二〇一六年 六 月一〇日　発行

著　者　エドゥアルド・ハルフォン
訳　者　©　松《まつ》本《もと》健《けん》二《じ》
発行者　及　川　直　志
印刷所　株式会社　三　陽　社
発行所　株式会社　白　水　社

東京都千代田区神田小川町三の二四
電話　営業部〇三（三二九一）七八一一
　　　編集部〇三（三二九一）七八二一
振替　〇〇一九〇-五-三三二二八
　　　郵便番号　一〇一-〇〇五二
http://www.hakusuisha.co.jp

乱丁・落丁本は、送料小社負担にて
お取り替えいたします。

誠製本株式会社

ISBN978-4-560-09045-9

Printed in Japan